은밀하고
위험한
엄마 구출 작전

Me Mam. Me Dad. Me.

Text Copyright ⓒ Malcolm Duffy, 2018
First published by Zephyr, an imprint of Head of Zeus Ltd.
This Korean edition was published by Bomgaeulbook in 2021
by arrangement with Zephyr, an imprint of Head of Zeus Ltd. through EntersKorea Co., Ltd.

이 책은 (주)엔터스코리아 에이전시를 통해 저작권자와의 독점 계약으로 봄개울에서 출간되었습니다.
저작권법에 의해 한국 내에서 보호를 받는 저작물이므로 무단전재와 복제를 금합니다.

은밀하고
위험한
엄마 구출 작전

맬컴 더피 글 I 조수연 옮김

봄개울

차례

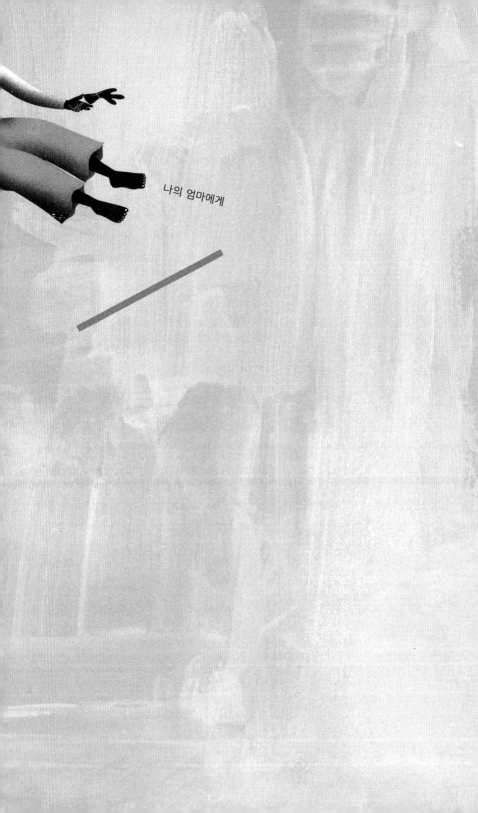

나의 엄마에게

결심

서머 타임(해가 긴 여름에 표준 시간보다 시각을 앞당기는 것)이 끝나 시계를 한 시간 뒤로 돌린 날이었다.

나는 그 남자를 죽이기로 결심했다.

그날 나는 학교 친구인 배리 모스맨, 벤 심슨 그리고 칼 헤퀼리와 축구를 했다. 개빈 레이썸도 같이 하려고 했는데, 그 애 엄마가 이발해야 한다며 데려갔다. 넷이서는 제대로 된 축구 경기를 할 수 없어서 우리는 공동묘지 근처 공원에서 그냥 코너킥과 페널티 킥만 연습했다.

어두워지자 공이 잘 보이지 않았다. 배리가 흰색 공을 가져왔다면 좋았을 텐데, 어쩔 수 없이 우리는 헤어졌다. 나는 보통 집까지 자전거를 타고 가지만, 자전거 바퀴에 바람이 빠져서 걸어갔다. 집까지 가는 내내 길바닥에 공을 튀기면서 갔다. 모두 300개하고도 87개나 튀겼다. 중간에 몇 번이나 포기할 뻔했지만, 숫자를 세면서 하다 보니 끝까지 할 수 있었다.

집 옆을 돌아 대문을 지나 뒷문으로 들어갔다. 엄마는 내가 밖에 나갔을 때는 항상 뒷문을 열어 놓았다. 문을 열자마자 우는 소리가 들렸다. 텔레비전에서 가끔 흘러나오는 것 같은 커다란 통곡 소리였다. 그래서 처음에는 텔레비전에서 나는 소리인 줄 알았다. 공을 쓰레기통 옆에 두고 거실로 가서 살짝 안을 들여다보았다. 텔레비전은 꺼져 있었다. 깜깜했다. 아무도 없었다.

잠시 가만히 서서 소리를 들었다. 울음소리는 이 층에서 들려왔다. 엄마 소리 같은데 좀 이상했다. 마치 누가 볼륨 버튼을 가지고 장난치듯 잠깐 조용해졌다가 갑자기 엄청나게 커졌다. 나는 조용히 이 층으로 올라갔다. 발뒤꿈치를 들고 살금살금 엄마 방 앞에 가서 귀를 기울였다. 울음소리는 거기서 났다. 엄마. 틀림없이 엄마의 울음소리였다. 롤러코스터를 탄 것처럼 속이 울렁거렸다. 내가 틀렸기를. 확인해 봐야 했다. 나는 크게 숨을 들이마시고 문손잡이를 돌렸다.

잠겨 있었다. 누가 방문을 잠갔을까? 나는 똑똑 두드렸다.

"엄마."

울음소리가 너무 컸다. 나는 큰 소리로 외쳤다.

"엄마, 나 대니. 무슨 일이야?"

울음소리가 뚝 멈췄다.

"대니, 아래층으로 내려가."

엄마가 소리를 질렀고, 나는 엄마가 울 때보다 더 겁이 났다.

"엄마, 괜찮은 거야?"

"그래."

바보 같은 질문에 바보 같은 대답이었다. 당연히 안 괜찮지, 괜찮은데 저렇게 울 리가 없으니까. 텔레비전에 너무 슬픈 내용이 나왔거나, 누가 죽었거나, 아니면 반려동물이 죽었을 때 말고는.

"엄마, 어디 다쳤어?"

"대니, 제발 저리 좀 가."

가고 싶었다. 아니, 가고 싶지 않았다.

"무슨 일인데?"

"아무 일도 아니야."

하지만 무슨 일이 있는 거다. 단순히 훌쩍이는 소리가 아니었다. 게다가 엄마는 징징 짜는 스타일도 아니다.

나는 전에 엄마가 마트에서 어떤 놈한테 소리 지르는 걸 본 적이 있다. 감자칩 진열대 옆이었다. 빡빡머리 전체에 문신을 한 남자였다. 그 남자는 엄마의 카트를 세게 밀고는 사과는커녕 눈을 부라렸다. 엄마는 팔짱을 끼고 그 남자에게 소리를 질렀다. 한 치도 물러서지 않았다. 나는 엄마가 끝내주게 자랑스러웠다.

"엄마, 차 한 잔 줄까?"

엄마는 차 마시자는 말에 한 번도 싫다고 한 적이 없다.

"아니."

이상하다.

"캘럼 아저씨는 어디 갔어?"

웃음소리가 들렸다. 하지만 어이없을 때 내는 허탈한 웃음소리였다.

"어디 갔을 거 같니?"

나는 답을 알고 있다.

"티나 이모한테 전화할까?"

"아니."

"그렉 이모부는?"

"아니."

"그럼, 마틴 외삼촌한테 할까?"

"아니, 저리 좀 가라니까."

엄마가 더 크게 소리 질렀다. 그리고 다시 울기 시작했다.

나는 그저 무슨 일이 있었는지 알고 싶을 뿐인데……. 엄마 말대로 아래층으로 내려가 텔레비전을 켰다. 축구 방송이 나오기를 바랐지만, 아무 채널에서도 하지 않았다. 항상 어딘가에서는 축구 방송을 했는데, 오늘은 운이 없는 날인가 보다. 하는 수 없이 사자가 나오는 채널을 찾았다. 나는 사자를 좋아한다. 사자들이 서로 싸우고 있었다. 나는 소리를 키웠다. 사자들이 싸우는 소리가 엄마의 울음소리를 덮었다.

저녁 먹을 시간이 되었다. 하지만 저녁은 없었다. 내 인생에 처음 있는 일이었다. 엄마는 독감에 걸렸거나 레드 와인을 너무 많이 마셨을 때에도 저녁은 꼭 차려 주었다. 하지만 엄마가 저녁을 차려 주지 않아서 한편으로는 다행이었다. 나는 전혀 배고프지 않았다. 배 속이 주먹처럼 꽉 뭉쳐 있어서 아무것도 먹을 수 없었다. 게다가 엄마에게 무슨 일이 있었는지도 아직 모른다.

나는 서로 싸우는 사자를 지켜보는 게 지루해져서 에이미에게 전화를 걸었다. 에이미 목소리만 들어도 기분이 나아질 것 같았다. 하지만 에이미의 전화기는 꺼져 있었다. 나는 별일 없기를 바란다는 메시지를 남기고 끊었다.

창밖을 내다보았다. 밖은 어둡고 깜깜했다. 서머 타임 때문에 시간을 바꾸니 이런 일이 생긴다. 서머 타임은 정말 바보 같은 짓이다. 같은 저녁 시간인데 어제는 환하고, 오늘은 어둡다. 전혀 말이 되지 않는다.

나는 계속 텔레비전을 봤다. 그러다 엄마 소리를 들으려고 볼륨을 줄였다. 텔레비전에서는 럭비를 하고 있었다. 나는 럭비를 좋아하지 않는다. 소리까지 안 나오니 더 바보같이 보였다.

'별일 없나?' 생각한 순간, 계단에서 마치 도둑처럼 조심스러운 발소리가 들렸다. 엄마가 저녁을 차려 주러 내려오고 있었다.

"엄마?"

"거기 그냥 있어. 제발 그냥 거기 있어."

마치 무거운 걸 끌고 가듯 엄마가 슬리퍼를 질질 끌면서 부엌으로 들어갔다. 그러고는 코를 풀었다.

엄마는 내게 그냥 있으라고 했지만, 그럴 수가 없었다. 무슨 일인지 알아야 했다. 아주 조용히 걸어갔다. 부엌문은 닫혀 있었다. 공포 영화에서 방 안에 뭐가 있는지 모를 때처럼 무서웠다. 나는 손잡이를 돌려 살짝 문을 열고 들여다보았다.

어둠을 바라보면서 서 있는 엄마의 뒷모습이 보였다. 내 쪽으로 돌아서지 않았지만, 창문에 엄마 얼굴이 비쳤다. 엄마의 눈에는 밤하늘만큼이나 짙은 멍이 들어 있었다. 엄마는 손을 뻗어 키친타월을 뜯어 침을 뱉었다. 흰색 키친타월이 붉게 변했다. 엄마는 마치 심한 복통이 찾아온 듯 팔로 배를 감싸고 싱크대로 쓰러져 다시 울기 시작했다.

바로 그 순간, 나는 그 남자를 죽이기로 결심했다.

엄마와 나

나는 엄마를 사랑한다.

그건 다행이었다. 엄마와 나는 몇 년째 친척도, 남자 친구도, 아이도, 하숙인도 없이 둘이서만 살았다.

엄마는 나를 위해서라면 뭐든지 해 주었다. 저녁마다 전자레인지로 맛있는 것을 만들어 주고, 언제든지 엄마의 노트북을 쓰게 해 주고, 축구 장비도 항상 깨끗하게 챙겨 주었다. 날마다 양말을 가지런히 정리해 주고, 형편이 어려워도 내 생일마다 갖고 싶은 것을 사 주었다. 내가 잘못했을 때에도 잠자리에 와서 잘 자라며 안아 주었다. 모든 엄마가 다 그렇지는 않을 것이다.

나 때문에 무지 화가 났을 때도 엄마는 그저 팔짱을 낀 채 열을 식혔다. 좀처럼 소리를 지르며 화를 내지 않았다. 학교에서 선생님들의 고함 소리를 충분히 듣고 있으니 이건 정말 좋은 일이었다.

엄마는 속으로 '딸이 있었으면.' 하고 바라는 것 같았다. 하지만 한 번도 내색한 적은 없다. 단지 내가 축구 이야기를 할 때 다른 이야기를 하면 좋겠다는 표정으로 들을 뿐이었다. 엄마가 옷 이야기를 할 때 나도 그런 표정을 짓는다.

엄마는 착할 뿐 아니라 예쁘다. 키는 작지만 정말 예쁘게 생겼다. 초콜릿 비스킷만 아니면 모델도 되었을 정도다. 하지만 엄마는 초콜릿 비스킷을 자제하지 못했다. 초콜릿 비스킷은 엄마에게 넘버원 마약이다.

"대니, 제발 그것 좀 내 눈앞에서 치워 줄래?"

이럴 거면서 애당초 엄마는 왜 초콜릿 비스킷을 꺼냈을까?

모델이 되는 대신 엄마는 콜센터에서 일했다. 엄마는 목소리가 좋다. 그래서 콜센터 일자리를 얻을 수 있었을 것이다.

나는 어릴 때 던스턴에 있는 길 아래쪽에서 할머니, 할아버지와 함께 살았다. 나는 거기에 사는 게 좋았다. 항상 여러 사람들이 드나들었기 때문이다. 이웃과 친구와 친척들이 시시때때로 들렀고, 그래서 언제나 시끌벅적했다. 할머니는 쉬지 않고 말하는 걸 좋아했다. 올림픽에 말하기 종목이 있다면 단연 금메달감이었다.

하지만 내가 아홉 살 때쯤 엄마와 나는 떠나야 했다.

"이사할 때가 되었어, 대니. 여기 살기에는 네가 너무 자랐어."

할머니 집에서 나는 엄마하고 한방을 썼다. 엄마는 이제 우리끼리 살아도 충분할 만큼 내가 컸다고 했다. 그래서 로펠 지역의 임대 아파트를 구했다.

수많은 임대 아파트와 임대 주택 중에서 왜 이 아파트를 배정받았는지 모르겠다. 할머니 집과 달리 정원도 없고 이 층도 없었다. 그냥 방 두 개와 거실과 부엌, 이렇게 네 칸으로 이루어져 있었다. 아니, 화장실까지 치면 다섯 칸이었다. 겨울엔 추워서 집 안에 있을 때도 밖에 나갈 때처럼 옷을 입고 있어야 했다. 그리고 별다른 이유 없이 벽이 축축했다.

하지만 좋은 점도 두 가지 있었다. 내 방이 생겼다는 것과, 학교가 가까워서 등교 시간이 거의 다 될 때까지 잘 수 있다는 것이었다.

우리 집에는 사람들이 많이 오지 않았다. 의자가 충분치 않아서일 수도 있고, 집이 춥고 벽이 젖어 있는 게 창피해서 그럴 수도 있다. 나는 할머니 집에서 만났던 모두가 그리웠다. 할머니와 할아버지조차 자주 만나지 못해서 속상했다. 나는 엄마만큼 할머니도 사랑한다. 포옹하는 걸 무척 좋아하는 할머니. 나는 할아버지도 사랑한다. 하지만 치매에 걸린 할아버지는 포옹을 하지 않는다.

누군가 생일이면, 가족들은 티나 이모 집에 모여 파티를 했다. 티나 이모네는 우리랑 달랐다. 호화로운 집에, 차도 있고 목소리도 고상했다. 이모 집은 우리 집에서 멀었다. 타인강 건너 청소하는 사람이 필요할 만큼 큰 집이었다. 그렉 이모부는 끝내주는 직업을 가진 게 틀림없다. 아니면 범죄자거나. 이모는 아이가 둘 있는데, 타비사와 마르커스다. 걔네도 고상했다.

맨체스터에 사는 엄마의 사촌들은 그리 자주 만나지 못했다. 직장을 잃고 달링턴에 사는 엄마 동생인 마틴 외삼촌과 쉴라 외숙모도 마찬가지였다. 외삼촌네는 아이가 없었다. 그래서 나를 좋아하는 것 같았다. 개를 안 키우는 사람이 개만 보면 좋아하는 것처럼.

나의 인생은 아주 드라마틱하지는 않지만, 그럭저럭 좋았다. 친구도 있고, 친척도 있고, 축구도 있으니까. 무엇보다 엄마가 함께였다.

엄마는 나를 사랑했고, 나도 엄마를 사랑했다.

우리는 이렇게 계속, 계속, 계속, 계속 행복했다.

그러다 모든 게 바뀌었다.

엄마의 남자 친구

그 남자가 언제 나타났는지 정확히 기억나지 않는다. 한 1년쯤 전인 것 같다.

엄마는 그 남자와 컴퓨터에서 만났다. 그 전까지는 없었는데, 어느 날 갑자기 나타났다. 그때부터 그 남자를 죽이고 싶었던 건 아니다. 평범해 보이는 그 남자가 처음엔 좋았다.

그 남자는 손이 커다랗고, 턱이 늘어지고, 체격이 큰 사람이었다. 마치 침대 끝에 이불이 걸쳐진 것처럼 배가 벨트를 덮고 있었다. 억양으로 보아 이 지역이 아니라 남쪽 어디쯤, 아마 런던 쪽 출신 같았다. 곱슬곱슬한 검은 머리에 작고 파란 눈, 그리고 큰 턱에 어울리게 입이 컸다. 싱글싱글 웃는 얼굴이었다. 처음 만났을 때 그 남자는 마치 셀카를 찍을 때처럼 가식적으로 활짝 웃었다. 이름은 '캘럼 제프리스'.

캘럼 아저씨가 왜 우리 엄마랑 사귀는지는 물어보지 않아서 모르겠다. 직업으로 컴퓨터를 이용한 일을 한다고 했다. 아마 사장인 것 같았다. 손가락이 굵지만 빨랐다. 엄마는 컴퓨터를 잘 못 한다. 내가 엄마보다 나았지만, 캘럼 아저씨는 나보다 훨씬 잘했다. 자기 일이니 당연할 것이다.

우리 아파트는 엄마와 나, 둘도 겨우 살 만했기 때문에 캘럼 아저씨가 우리 집에서 같이 살지는 않았다. 엄마와 아저씨는 술집, 영화관, 바닷가 같은 데로 데이트를 가곤 했다.

엄마는 캘럼 아저씨에게 완전히 빠졌다. 항상 손을 잡고, 팔이나 다리를 쓰다듬고, 놀라운 걸 발견한 듯한 눈빛으로 바라보았다. 같이 있지 않을 때면 엄마는 광고에 나오는 것처럼, 사고 싶지 않은 것도 사게 만드는 그런 목소리로 캘럼 아저씨와 전화를 했다. 그리고 밤에는 레슬링 선수처럼, 문어처럼 혹은 밧줄처럼, 캘럼 아저씨와 팔과 다리가 뒤엉킨 자세로 작은 소파에 누워 있었다.

엄마가 행복해서 나도 행복했다.

처음 만났을 때 캘럼 아저씨는 정말 친절했다. 어린아이를 대하듯 내 머리를 쓰다듬고 돈을 주었다.

"자 이거 받아, 장군."

엄마는 그러지 말라고 말렸지만, 꿋꿋이 그냥 주었다.

캘럼 아저씨가 우리 집에 온 지 몇 번 안 되었을 때, 거대한 레인지로버 자동차로 드라이브 가고 싶냐고 물었다. 나는 그렇다고 했다.

우리는 강을 건너 하드리아누스 성벽(영국 잉글랜드 지역에 있는, 고대 로마 시대의 방어벽)으로 갔다. 캘럼 아저씨는 항상 제대로 된 로마인의 길을 운전하고 싶었다고 말했다. 로마인들이 캘럼 아저씨가 오는 걸 알았다면 과속 방지 턱을 몇 개 만들었을 텐데.

"장군, 이륙 준비."

액셀을 밟자 차는 폭죽처럼 튀어 나갔다. 이렇게 빠른 속도로 운전하는 사람은 본 적이 없었다. 로마인은 원형 교차로나 커브 같은 것도 만들지 않았다. 길은 마치 축구장의 라인처럼 완전히 직선이었다. 나는 속도계를 슬쩍 보았다. 시속 170킬로미터.

"오예!"

캘럼 아저씨는 멈춰 서 있는 것처럼 보이는 밴을 추월하며 소리쳤다. 완전히 스릴을 즐기고 있었다.

차가 길의 파인 곳을 지나며 덜컹거리는 순간, 내 위장이 뇌까지 튀어 오르는 것 같았다. 내 인생에 이런 미친 드라이브는 처음이었다.

"무섭지 않지, 장군?"

"안 무서워요!"

하지만 무서웠다.

"너도 얼른 이렇게 운전하고 싶지? 그때까지 기다리기 힘들겠지?"

기다릴 수 있다. 왜 이렇게 빨리 운전해야 하는지 모르겠다. 어디 늦은 것도 아닌데. 어쨌든 캘럼 아저씨는 계속 빨리 달렸다.

"남자들끼리 재미있게 보냈어?"

우리가 집에 도착하자 엄마가 물었다.

"어, 끝내줬어."

"장군이 테스트 파일럿이 되고 싶은 모양이야."

우리는 웃었다. 하지만 내 웃음은 가짜였다. 엄마의 남자 친구에 대해 어떻게 생각해야 할지 혼란스러웠다. 돈을 주고 머리를 쓰다듬고 같이 드라이브하고 나를 '장군'이라고 부르는 걸 보면, 친구가 되기를 바라는 것 같았다. 내가 자기를 좋아하기를 바라는 듯 보였다.

얼마 후, 어느 주말에 캘럼 아저씨는 우리를 위크햄에 있는 자기 집으로 데려갔다. 집이 정말 좋았다. 차를 두 대 세울 수 있는 차고에 앞마당과 뒷마당이 있고, 위층이나 옆에 아무도 살지 않았다. 이런 집에 살다니, 캘럼 아저씨는 세상에서 제일 빠른 손가락을 가진 게 분명했다.

엄마도 이 집이 맘에 드는 눈치였다. 서랍과 찬장을 열었다 닫았다 하면서, 인터넷에서 새끼 고양이를 볼 때처럼 빙그레 미소를 지었다.

"너무 좋지 않니, 대니?"

엄마가 물었다.

"최고네."

엄마가 이런 집을 가진 남자를 만나다니 믿을 수가 없었다. 어쩌면 엄마의 목소리 덕분인지도 모르겠다.

우리는 부엌으로 들어갔다. 부엌이 우리 집 거실보다도 컸다.

"이게 뭐야?"

나는 신기하게 생긴 수도꼭지를 가리키며 물었다.

"그건 물이야. 정수된 물, 스파클링워터와 끓는 물이 나오지."

캘럼 아저씨가 말했다.

"끝내준다, 대니."

"이거 엄마한테 딱인데. 어마무시하게 차를 마시니까."

내가 말했다.

"얄미운 녀석!"

엄마는 진심이 아니라는 뜻으로 나를 안았다.

무엇보다 최고는 거실이었다. 캘럼 아저씨네 텔레비전은 거의 한쪽 벽을 다 덮을 만큼 컸다. 메트로 센터 몰의 스크린도 이보다 작을 것이다. 아저씨가 내 눈이 튀어나온 걸 알아차린 것 같았다. 텔레비전을 켜더니 리모컨을 건넸다. 우리 집에서는 안 나오는 온갖 채널이 있었다.

"축구 보고 싶지?"

엄마가 말했다.

두말하면 잔소리.

우리는 집 구경을 마저 했다. 나는 평소에는 집에 대해서 별로 할 말이 없었다. 집은 그저 방이 있는 곳이니까. 하지만 이 집이 티나 이모네 집보다 훨씬 좋다는 건 인정할 수밖에 없었다. 나는 신발 구경할 때를 빼고 엄마가 이렇게 흥분하는 걸 처음 보았다.

게다가 이 집은 아무도 살지 않는 것처럼 티끌 하나 없었다. 진흙투성이 신발로 들어가면 막 혼날 것 같았다. 캘럼 아저씨가 청소에 집착하는 게 분명했다.

또 캘럼 아저씨가 농담을 많이 한다는 것도 새로 알게 되었다.

엄마가 일 층으로 내려가서 초콜릿 비스킷 쪽으로 가자, 캘럼 아저씨가 말했다.

"아가씨, 조심해."

"무슨 말이야?"

"당신 엉덩이 말이야. 코끼리 엉덩이 뺨치겠는걸."

나와 캘럼 아저씨는 함께 웃었다.

진짜 여자 친구

재미있는 일이 생겼다.

'하하하.' 웃는 우스운 일이 아니라 끝내주게 기쁜 일.

엄마한테 남자 친구가 생긴 지 얼마 되지 않아 나도 여자 친구가 생겼다. 내가 찾아 나선 게 아니다. 여자 친구가 짠, 내 앞에 나타난 셈이었다.

어느 날, 자전거를 끌고 교문을 지날 때 에이미 레이놀즈가 다가왔다.

"대니, 안녕?"

에이미가 왜 나에게 말을 거는지 알 수 없었다. 에이미는 콧대가 높고, 멋지고, 반에서 세 번째로 예쁜 아이다. 금빛이 도는 짧은 머리에 파란 눈, 전동 칫솔을 사용한다는 걸 보여 주는 듯 예쁘게 미소를 지었다. 전부터 에이미를 무척 좋아했지만, 실제로 말해 본 적은 없었다.

"뭐 해?"

에이미가 물었다.

"자전거 미는데. 안 그러면 넘어지니까."

에이미는 웃으며 내 옆에서 걷기 시작했다.

뭘 해야 할지 몰랐다. 자전거에 올라탈 수도 있지만, 에이미 걸음에 맞춰 천천히 탄다면 넘어질 게 분명했다. 그래서 계속 자전거를 밀면서 가기로 했다. 에이미가 가까이 있으니까 너무 흥분되어서 심장이 빨리 뛰는 소리까지 느껴졌다.

"토요일에 영화 보러 갈래?"

에이미가 물었다.

"나하고?"

나는 자전거를 쓰러뜨릴 뻔했다.

"아니, 나는 지금 상상 속의 친구에게 말하는 거야."

에이미는 이렇게 말한 다음 한숨을 쉬더니 다시 말했다.

"당연히 너한테 말하는 거지. 안 그래, 대니?"

얼굴이 화끈거렸다.

"그래, 그거 좋지."

나는 별것 아닌 듯 말하려고 애썼지만, 사실은 진짜 엄청 대단한 일이었다. 에이미 레이놀즈가 나에게 데이트 신청을 하다니! 그 에이미 레이놀즈가! 끝내준다!

"메트로 센터에 있는 극장 앞에서 1시에 만나."

사실 난 좀 늦은 시간에 영화를 보고 싶었다. 12시 30분에 텔레비전에서 뉴캐슬 유나이티드 축구팀 경기를 생중계하기 때문이다. 하지만 난 거짓말을 했다.

"그래, 좋아."

"그럼, 그때 보자."

에이미는 평소처럼 차분히 걸어갔다.

나는 막대 사탕처럼 굳어서 그냥 서 있었다. 에이미가 나를 좋아하는지 몰랐다. 가끔 에이미가 내 쪽을 보며 미소 짓는 걸 본 적이 있었다. 하지만 한 번도 그게 무슨 의미가 있거나, 내가 그 애를 생각하는 것처럼 에이미도 그런다고 생각한 적은 없었다. 글쎄, 나처럼 지저분한 생각을 하는 건 아니겠지.

그때 배리가 다가와 내 옆구리를 쿡 찔렀다.

"야, 왜 그래? 귀신 본 얼굴인데."

"그냥 상상 좀 했어."

나는 에이미가 멀어지는 모습을 보면서 말했다.

배리가 내 눈이 향하는 곳을 봤다.

"그래, 계속 상상해라, 대니. 가능성이 전혀 없으니까."

그날 이후 토요일이 어찌나 더디 오는지…….

드디어 토요일, 나는 버스를 타고 메트로 센터에 갔다. 엄마한테는 어디 간다고 말하지 않았다. 사실은 아무에게도 말하지 않았다. 완전히 망칠 수도 있으니 말이다. 게다가 에이미가 나에게 먼저 데이트 신청을 했다는 게 조금 찔리기도 했다. 그건 남자가 하는 거 아닌가? 만약 배리나 누가 물어본다면, 내가 오래전부터 계획했다고 말해야겠다.

사람들 사이로 걸어가다 나를 찾고 있는 에이미를 발견했다. 학교에서의 에이미와 완전히 달랐다. 얼굴에 화장을 하고, 하이힐을 신고, 우리 반에서 제일 마른 토니 헤스킬조차 손을 넣을 수 없을 만큼 꽉 끼는 청바지를 입고, 가죽 재킷을 걸쳤다. 머리에도 뭔가를 한 거 같은데 혹시 아닐 수도 있으니 아무 말 안 하기로 했다.

나는 평소 극장에 갈 때는 대충 입고 간다. 극장 안은 어두우니 잘 입을 이유가 없지 않은가. 하지만 오늘은 달랐다. 광을 낸 구두를 신고, 제일 좋은 청바지를 입고, 파티에 갈 때 엄마가 꺼내 주는 셔츠를 입었다.

"대니, 안녕! 너 멋있다!"

"너도 아주 훌륭한걸."

왜 그 말이 튀어나왔는지 알 수 없지만 에이미는 미소를 지었다.

나는 에이미에게 뽀뽀하고 싶었지만 사람이 너무 많았다. 그리고 뽀뽀를 하려면 발뒤꿈치를 들어야 했다. 반의 대부분 아이들처럼 에이미도 나보다 키가 훨씬 컸다. 거기에 하이힐까지 신어서 마치 거인, 아주 멋진 거인과 함께 있는 기분이었다. 우리는 축구에서 골을 넣었을 때 친구들이랑 하는 것처럼 짧게 포옹을 했다.

같이 영화를 봤지만 솔직히 영화에 대해서는 할 말이 없다. 에이미가 옆에 있어서 통 영화에 집중할 수가 없었다. 우리 둘 다 재킷을 벗었기 때문에 팔걸이 위에서 맨팔꿈치가 서로 닿았다. 팔꿈치가 닿는 게 딱히 야하지 않다는 건 안다. 배리 전화기에서 본 동영상에도 그런 장면은 없었다. 하지만 에이미의 팔꿈치에서 느꼈던 따스함은 평생 느낀 기분 중 가장 짜릿했다.

영화가 끝나고 우리는 바깥으로 나왔다.

"좋았어."

에이미가 말했다. 나는 에이미가 영화를 말하는지, 팔꿈치가 닿은 걸 말하는지 알 수가 없었다.

"완전 좋았어."

그러자 에이미가 가까이 다가왔다. 믿을 수 없을 만큼 가까이. 너무 행복하면 흥분되면서 동시에 속이 울렁거릴 수 있다는 걸 예전에는 몰랐다. 하지만 지금 그럴 수 있다고 깨달았다. 바로 지금, 에이미가 나에게 뽀뽀하려는 순간에. 여기 메트로 센터에서.

"우리 핫초코 마시러 갈래?"

에이미가 말했다.

아, 이런! 뽀뽀가 아니었다.

"그래. 핫초코! 아주 좋은 생각이야."

나는 신나는 척했다.

우리는 쇼핑객들을 따라 걷다가 카페를 발견했다. 나는 에이미와 함께 있는 게 너무 좋아서 축구 경기가 어떻게 되었는지 확인하는 것조차 잊었다. 에이미가 자리를 잡는 동안 나는 핫초코 두 잔을 사 왔다. 에이미는 한 모금을 마시고 마치 최면을 거는 듯 내 눈을 빤히 쳐다봤다. 에이미는 우리 학년에서 가장 아름다운 눈을 가졌다. 난 다시 너무 흥분되어서 에이미의 눈이 그렇게 아름답지 않기를 바랄 정도였다.

"스푼 좀 갖다 줄래?"

에이미가 말했다

아, 멍청이! 왜 긴 재킷을 입지 않았을까?

"스푼?"

"응, 이거 좀 저으려고."

내 머리가 휴가를 갔나 보다. 어떻게 해야 할지 알 수가 없었다. 에이미가 나를 이상한 아이라고 생각하기 전에 아이디어가 하나 떠올랐다.

"어, 쟤, 우리 학교 클로이 아냐?"

내가 말했다. 에이미가 뒤를 돌아보는 순간 나는 음료수를 엎었다.

"아이고, 어떡하지?"

핫초코가 흥건하게 고인 것을 보면서 내가 말했다.

핫초코가 테이블 모서리로 흘러 내 무릎 위로 떨어지기 시작했다. 에이미는 벌떡 일어나 내가 쓸 냅킨과 자기가 쓸 스푼을 가져왔다. 내려다보니 청바지 앞이 꼭 똥 싼 것처럼 보였다.

"어쩌다 쏟았어?"

에이미가 말했다.

'네가 앞에 있으니까 마구 흥분됐어. 그래서 어기적거리면서 카페를 가로질러 스푼을 가지고 오는 걸 피하려고 일부러 핫초코를 내 사타구니에 부은 거야.' 이렇게 생각했지만, 터져 나온 대답은 이랬다.

"별일 아니야."

청바지를 최대한 깨끗이 닦았다.

에이미는 핫초코를 저었다. 그런 다음 손을 뻗어 내 손을 잡았다.

"나는 널 정말로 좋아해, 대니. 너는 귀여워."

귀엽다는 말은 강아지한테 쓰는 말이라고 생각했지만, 나는 영어 선생님들이 하듯 '레이놀즈 양, 좀 나은 단어를 떠올릴 수 없겠니?'라고 할 마음이 없었다. 귀엽다는 말도 좋았다.

"고마워. 너도 귀여운 거 같아."

나는 엄마처럼 톤을 높여 말했다.

그 다음에 뭘 해야 할지 잘 몰라서 그냥 씩 웃었다. 다행히 맞게 했는지 에이미가 나의 다른 손도 잡았다.

"대니, 내가 모르는 너에 대해 이야기해 줘."

에이미 손의 열기 때문에 제대로 생각을 할 수가 없었다.

"음, 나는 볼 리프팅을 스물여섯 번 할 수 있어."

"아니, 그런 거 말고 좀 개인적인 거."

그게 무엇을 말하는지 정확히는 잘 몰랐지만 한번 시도해 봤다.

"난 엄마랑 둘이 살아. 근데 얼마 전에 엄마한테 남자 친구가 생겼어."

"잘됐네!"

"응, 괜찮은 사람 같아. 나를 '장군'이라고 부른다."

"너 전쟁하러 가는 건 아니지?"

"그러기엔 내가 너무 작지. 총알이 나보다 클걸."

"너 진짜 재미있다, 대니."

그렇게 생각한다니 기분이 좋았다. 난 맨날 헛소리만 하는데.

"그럼, 나한테도 에이미 너 개인적인 이야기를 해 줘."

에이미의 표정이 바뀌었다.

"나, 남자 친구를 찾은 거 같아!"

나는 입이 말라서 제대로 말을 할 수가 없었다.

"진짜로?"

"쪼끔 부끄럽긴 한데…… '장군'이라고 불린대."

에이미가 테이블 위로 몸을 숙였다. 코가 서로 부딪쳤지만 입술은 제대로 찾았다.

나에게 진짜 여자 친구가 생겼다.

이사 첫날

엄마에게 에이미 이야기를 했다.

엄마는 무척 기뻐하면서 엄청나게 많은 질문을 해 댔다. 엄마가 웃는 걸 보니 내 대답이 맘에 드는 것 같았다. 그러다 미소를 지우고 말했다.

"대니, 그래도 바보 같은 짓은 하지 마."

무슨 말인지 알아들었다.

내가 에이미랑 사귀기 시작한 지 얼마 되지 않아 엄마와 나는 캘럼 아저씨네 집으로 이사했다.

나는 우리가 살던 아파트를 떠나는 게 조금 아쉬웠다. 그 집은 냉장고 속처럼 추웠지만, 그래도 정이 들었다. 하지만 이제 다른 사람이 살기 때문에 돌아갈 수도 없었다. 엄마는 더 나은 생활로 나아가야 한다고 했다.

이사하는 날 나는 에이미를 만나고 싶었다. 하지만 엄마는 앞으로 만날 시간이 많으니 이사를 도우라며 허락하지 않았다.

"알았어, 엄마."

엄마와 싸우기 싫었다.

캘럼 아저씨는 물건을 옮기려고 이사 용달차까지 불렀지만, 아저씨네 집에 어울리지 않아서 결국 대부분 다 버렸다. 그렇게 좋은 새집에 낡은 가구를 가지고 갈 이유가 없었다. 짐을 다 옮기는 데 거의 다섯 시간 정도 걸렸다. 이사가 끝날 때쯤 나는 나가떨어졌다. 캘럼 아저씨는 10파운드 지폐를 내 주머니에 찔러 주었다.

"이사 선물이다, 장군."

내 머리를 쓰다듬으며 말했다.

"고맙습니다!"

엄마는 식료품을 사러 나갔다.

"공원에 갈래?"

캘럼 아저씨가 물었다.

"그래요."

나는 공을 가지고 갔다.

캘럼 아저씨는 축구에 젬병이었다. 마치 축구를 한 번도 본 적이 없는 사람처럼 공을 전혀 다루지 못했다.

"아저씨는 축구 어느 팀 응원하세요?"

"아무 팀도 안 해."

모든 게 설명되었다.

캘럼 아저씨는 포뮬러 원을 좋아한다고 했다. 나는 좋아하지 않는다고 했다. 그 뒤로 우리는 별로 말을 나누지 않았다. 캘럼 아저씨는 축구를 하기에는 너무 숨이 차서 벤치에 앉아서 전화기만 만지작거렸다. 나는 코너킥 연습을 했다.

아저씨하고 내가 집에 돌아갔을 때, 엄마는 부엌에서 물건을 정리하고 있었다.

"대니, 네 짐 다 풀었니?"

"아직."

"내가 해 줄 거라고 기대하지 마. 이제부터는 네 방을 깔끔하게 정리하도록 해. 이 집을 계속 멋지게 유지해야지."

"이따 하려고."

"지금 해."

그날 짜증이 난 건 엄마만이 아니었다. 나는 처음으로 캘럼 아저씨가 화내는 걸 봤다. 진짜 미친 듯이 화를 냈다.

마지막 짐을 다 풀자 캘럼 아저씨가 말했다.

"오늘 이만하면 충분하니까 이제 피시앤칩스(흰살생선튀김에 감자튀김을 곁들여 먹는 영국 대표 요리) 먹으러 가자."

식당이 있는 컬러코츠로 가는 길을 달릴 때 옆 도로에서 차가 나오다가 우리 차와 부딪칠 뻔했다. 캘럼 아저씨는 핸들을 꺾으며 브레이크를 세게 밟았다. 우리는 헝겊 인형처럼 앞뒤로 흔들렸다.

"이런, 미친!"

캘럼 아저씨가 소리를 질렀다.

운전자는 젊은 여자였다. 캘럼 아저씨는 상관하지 않았다. 마치 경찰인 양 그 차 뒤에 바짝 따라붙어서 상향등을 깜빡거리며 쫓아갔다.

"캘럼."

엄마가 불렀다. 캘럼 아저씨는 대답하지 않았다. 백미러에 캘럼 아저씨의 입이 보였다. 미소는 사라지고 노트북 뚜껑처럼 입술을 꽉 다물고 있었다.

"그만해. 제발 그만해."

엄마가 말했다. 하지만 캘럼 아저씨는 그만두지 않고 점점 더 빨리 달려 그 차를 추월했다. 그리고 그 차 바로 앞으로 가서 브레이크를 밟았다. 쾅! 안전띠를 하고 있지 않아서 나는 엄마가 앉은 앞 의자에 코를 세게 부딪쳤다. 몹시 아팠다.

캘럼 아저씨는 차에서 내려 그 차로 가서 주먹을 휘두르며 생각할 수 있는 모든 욕설을 퍼부었다. 그리고 거대한 발로 차 문을 걷어찼다. 나는 그 운전자가 무척 겁에 질렸을 거라고 생각했다. 하지만 젊은 여자가 차에서 나와 캘럼 아저씨한테 맞고함을 치기 시작했다.

"감히 이런 짓을 해? 나는 깜빡이를 켜고 나오고 있었다고. 당신이야 말로 과속했잖아. 운전 교습이나 다시 받아!"

여자는 소리 질렀다. 캘럼 아저씨는 손가락 욕을 하고 다시 차로 돌아와서는 자동차 경주에 나간 것처럼 진짜 빠른 속도로 출발했다.

"대니, 저래서 여자들이 포뮬러 원에서 우승을 못 하는 거야."

캘럼 아저씨가 웃으며 말했다.

식당에 도착해서 우리는 피시앤칩스를 먹었다. 맛있었다. 하지만 엄마는 별로 먹지 않았다. 그리고 캘럼 아저씨하고도 별로 대화를 하지 않았다. 그저 잔잔한 바다만 바라보고 있었다.

바닷가에서 돌아온 뒤 나는 방으로 가서 엄마가 말한 대로 깔끔하게 정돈하려고 노력했다.

잠시 있다 보니, 엄마가 캘럼 아저씨와 홀에서 껴안고 있었다. 캘럼 아저씨의 정신 나간 행동을 엄마가 용서한 모양이었다.

캘럼 아저씨는 이사 파티를 하려고 음악을 아주 크게 틀었다. 감자칩과 견과류와 맥주 같은 것을 차리고, 엄마와 캘럼 아저씨는 부엌에서 춤을 추었다. 그 모습을 보는 건 재미있었다. 캘럼 아저씨는 큰 팔을 마구 흔들었고, 엄마는 보이지 않는 상자에 갇힌 듯 조금씩 움직였다. 엄마가 웃으며 춤추는 걸 보니 행복했다. 엄마의 이런 모습을 본 게 언제였더라? 아마 사촌 타비사의 세례식이 끝난 뒤 티나 이모 집에서가 마지막이었던 것 같다.

엄마는 크로스컨트리 경기라도 한 것처럼 얼굴이 온통 상기되어 의자 위에 털썩 주저앉았다.

"난 자러 갈래."

"하지만 우리는 아직 샴페인도 안 마셨는데."

캘럼 아저씨가 냉장고에서 샴페인 병을 꺼내면서 말했다.

"다음에 마시자."

"아니, 이건 오늘을 위한 거야. 내가 특별히 샀단 말이야."

"난 마시고 싶지 않은데."

"귀에 무슨 문제 있어? 내가 말했잖아. 오늘은 특별한 날이라고."

캘럼 아저씨의 목소리가 학교 선생님처럼 변했다.

아저씨는 병뚜껑을 감싸고 있는 포일을 벗기고 병을 흔들었다. 코르크가 튀어 나가 엄마 머리를 아슬아슬하게 비껴갔다.

"아, 이런! 캘럼!"

엄마가 말했다.

속으로 미안하게 생각했는지 모르지만, 캘럼 아저씨는 아무런 내색하지 않았다. 그저 포뮬러 원이 끝날 때 사람들이 하듯 엄마에게 샴페인을 뿌려 댔다. 엄마는 기분이 좋지 않았다. 전혀 좋지 않았다. 수건으로 옷을 닦는 얼굴에 짜증이 가득했는데도 캘럼 아저씨는 웃었다.

캘럼 아저씨는 잔에 샴페인을 따라 엄마에게 건넸다. 엄마는 싫다며 뿌리쳤다.

"내가 따라 주면 넌 마시는 거야."

캘럼 아저씨가 엄마한테 얼굴을 바짝 들이대며 말했다. 엄마는 떨리는 손으로 잔을 받아 한 모금 마셨다. 자러 가고 싶은데도, 술을 마시고 싶지 않은데도, 억지로.

우리가 이사한 첫날이었다.

쓰레기 같은 크리스마스

크리스마스.

이 날을 쉽게 잊을 수가 없다.

크리스마스 아침 나는 캘럼 아저씨한테 아주 많은 선물을 받았다. 새 산악자전거, 생애 첫 휴대 전화, 뉴캐슬 유나이티드의 후드 티, 카메라, 축구 반바지. 무엇보다 최고의 선물은 뒷마당에 놓는 축구 골대였다. 엄마랑 둘이 살 때는 선물 한 가지와 초콜릿 한 개, 그리고 포옹이 전부였다.

엄마도 많은 선물을 받았다. 향수, 옷, 벨트, 목걸이 등. 하도 선물이 많아서 은행이라도 털었나 생각할 정도였다.

"이럴 필요 없는데."

엄마가 말했다.

"알았어. 그럼 내일 다 환불하지, 뭐."

엄마와 캘럼 아저씨는 웃으며 꼭 껴안고 키스를 했다. 너무 오래 그러고 있어서 나는 자리를 피해 주었다.

나는 옷을 입고 새 자전거를 타고 위크햄 뱅크를 내려가 에이미 집으로 갔다. 에이미네 집은 캘럼 아저씨 집보다는 작았지만, 그래도 꽤 좋았다. 에이미 엄마가 문을 열어 주었다. 에이미 엄마는 체크무늬 파자마 바지와 반짝거리는 눈사람이 있는 털이 복슬복슬한 스웨터를 입고, 머리에 우스꽝스러운 모자를 쓰고 있었다. 크리스마스에는 사람들이 진짜 웃긴 옷을 입는다.

"메리 크리스마스, 대니."

에이미 엄마가 안으며 뽀뽀했다.

나는 늘 유쾌한 에이미 엄마, 아빠가 좋다. 기분이 나쁠 때가 없어 보였다. 어쩌면 내가 집에 갈 때까지 참는지도 모르겠다. 에이미 말로는, 내가 에이미랑 어울리는 걸 좋아한다고 했다.

"어서 들어오렴."

나는 새 자전거를 집 앞 벽에 세워 놓았다. 설마 도둑이 크리스마스에 자전거를 훔쳐 가지는 않겠지. 도둑들도 자기가 훔친 선물을 열어 보느라 바쁠 것이다.

"에이미는 지금 올라가서 준비 중이란다. 뭐 좀 마실래? 아니면 민스파이(잘게 다진 고기를 넣고 구워서 만드는 서양식 과자)라도?"

"아니, 괜찮아요, 레이놀즈 아줌마."

나는 거실에서 기다렸다. 에이미네 거실은 온갖 크리스마스 분위기로 가득 차 있었다. 어디선가 크리스마스 음악이 나오고, 나무는 반짝이는 장식으로 가득 덮여 있고, 벽난로에는 불이 타올랐다. 에이미의 아홉 살 동생 타일러와 네 살 동생 엘리는 선물을 가지고 놀고 있었다. 나도 동생이 있으면 좋겠다는 생각이 들었다.

몇 분 후, 이 층에서 뛰어 내려오는 소리가 들렸다.

"메리 크리스마스, 대니!"

에이미가 활짝 웃으며 뛰어 들어왔다. 에이미는 평소보다 더 멋져 보였다. 나는 에이미를 꼭 안고 싶었지만, 동생들이 빤히 보고 있었다.

"밖으로 나가자."

에이미는 내 손을 잡고 칠면조 냄새가 풍기는 부엌을 지나 뒷문으로 나가 집 옆 좁은 통로 아래로 내려갔다. 거기에 작은 창고가 있었다. 에이미는 문을 열고 그 안으로 나를 잡아끌었다.

창고는 정원 물건들로 가득 차 있었지만, 나와 에이미가 비집고 들어갈 만큼의 공간은 있었다. 아주 좁게. 창고 안에 있는 게 이렇게 흥분되리라고는 한 번도 생각해 본 적이 없었다. 하지만 지금 너무 흥분되었다.

방과 후에 에이미하고 나는 종종 성당 뒤에서 시간을 보냈다. 학교가 있는 게이츠헤드에서 아이들을 마주치지 않을 곳이라곤 거기밖에 없었다. 나는 에이미의 손을 잡고, 할머니한테 하듯이 입술만 살짝 닿는 뽀뽀를 했다. 에이미가 천주교 신자이기 때문에 단지 거기까지였다.

그런데 에이미의 표정을 보니, 오늘은 좀 다를 것 같았다.

"에이미, 이거 네 선물이야."

나는 스웨터 안에서 포장된 선물을 꺼냈다. 향수였다. 에이미에게 향수가 필요해서 고른 건 아니다. 에이미에게선 항상 좋은 냄새가 났다.

"아, 대니. 너무 맘에 들어."

에이미는 포장지를 찢고 작은 병을 들어올렸다.

"나도 너한테 줄 거 있어."

에이미는 눈을 반짝이며, 나를 잔디깎이 옆으로 밀며 키스를 했다. 경고도 없이 에이미의 혀가 내 입에 들어왔고, 에이미의 손이 내 스웨터 뒤를 쓰다듬었다. 에이미의 향수 냄새가 내 코에 가득 찼다. 마치 에이미가 내 몸을 가져간 것 같았다. 사전에 있는 모든 단어를 훑어본다 해도 지금 내 느낌을 표현할 단어를 찾지 못할 것이다. 어쩌면 프랑스어에는 있을지도 모르겠지만, 난 프랑스어를 잘 모르니 할 수 없다. 그저 영원히 키스하고 싶었다.

"에이미."

그때 에이미 엄마가 뒷문에서 불렀다.

"방울양배추 요리 좀 도와주렴."

에이미는 목을 문질렀다. 계속 숙이고 있어서 목이 뻣뻣할 것이다.

나는 온몸이 찌릿찌릿했다. 배리하고 걔네 아빠 맥주를 마셨을 때처럼 몽롱한 기분이었다.

"메리 크리스마스, 대니."

에이미가 말했다.

나는 자전거를 타고 집으로 돌아가면서 캘럼 아저씨보다도 훨씬 활짝 웃었다. 에이미네 창고에 온종일 있고 싶었지만, 그럴 수는 없었다. 티나 이모네 가서 크리스마스 점심을 먹기로 했기 때문이다.

티나 이모와 그렉 이모부는 공항 근처인 다라스 홀에 살았다. 축구 선수처럼 돈이 아주 많은 사람들이 사는 지역이었다. 어떤 집은 너무 넓어서 길에서 보이지도 않았다. 쓰레기 하나 없이 깨끗한 길에, 강아지가 똥을 싸면 주인이 바로 치우는 그런 곳이었다.

캘럼 아저씨가 운전했기 때문에 이모 집에 순식간에 도착했다.

이모네 집도 산타의 동굴에 들어간 듯 온통 크리스마스 분위기였다. 다른 지역에 사는 친척들까지 모두 와 있었다.

"메리 크리스마스, 대니!"

할머니가 나를 꽉 껴안아 주었다.

"할아버지, 안녕하세요?"

내가 할아버지 손을 잡고 말했지만, 할아버지는 아무 말도 안 했다. 크리스마스인 줄도 모르는 것 같았다.

마틴 외삼촌과 쉴라 외숙모도 나를 꼭 안아주었다. 그렉 이모부는 경기가 끝났을 때처럼 나와 악수를 했다. 친척들은 모두 처음 만난 캘럼 아저씨에 대해 수선을 떨었다. 아마도 캘럼 아저씨가 맘에 든 것 같았다. 캘럼 아저씨 역시 할머니처럼 수다를 많이 떨었다.

가족들은 서로 선물을 교환하고 포옹했다.

점심 식사 시간이 되었다. 테이블 끝자락, 사촌 타비사와 마르커스 옆이 내 자리였다. 그건 나에게 최악의 벌이었다.

"대니, 전화기 치워라."

엄마가 말했다.

"쓰지 못하면 전화기를 가지고 있는 게 무슨 소용이에요?"

"밥 먹는 중이잖니. 지금은 사람들과 이야기하는 시간이야."

"말할 게 없다니까야."

"대니, '없어요.'라고 해야지. '없다니까야.'가 아니고."

티나 이모가 말했다. 이모 집에서는 사투리를 쓰면 안 된다.

"네 사촌하고 축구 이야기하면 되겠네. 축구 이야기라면 몇 달이고 떠들 수 있잖아."

엄마가 말했다. 하지만 타비사는 너무 어리고, 마르커스는 테니스에 빠져 있다. 나는 부루퉁해졌다.

점심을 먹고 어른들이 한잔하는 동안, 나는 타비사와 마르커스와 할머니와 할아버지와 함께 소파에서 제임스 본드 영화를 봤다. 할머니가 보청기를 두고 온 바람에 볼륨을 최대로 키워야 했다. 소리가 너무 커서 창문이 깨질 것 같았다.

제임스 본드가 세상을 구하고 나서 나는 슬슬 돌아다녔다. 엄마와 캘럼 아저씨가 부엌에 있었다. 캘럼 아저씨의 상태가 별로 좋지 않았다. 아저씨를 볼 필요도 없이 엄마 얼굴만 봐도 바로 알 수 있었다.

"운전하면 안 돼."

엄마가 팔짱을 끼고 말했다.

"나 별로 많이 안 마셨어."

"여기 왔을 때부터 마셨잖아."

둘 다 내가 보고 있는 걸 알았다.

"네 엄마랑 나는 지금 약간의 의견 충돌이 있어. 장군, 네 엄마는 내가 운전자라는 걸 모르는 거 같아."

"당신이 술 마셨을 때는 아니지."

엄마가 말했다. 캘럼 아저씨는 기차에서 아무것도 잡지 않았을 때처럼 비틀거렸다.

"내 주량은 내가 알아, 꼬마 아가씨."

캘럼 아저씨는 뚱뚱한 손가락으로 엄마를 가리키며 말했다.

"음주 운전은 나빠요."

내 말에 캘럼 아저씨는 재채기를 멈춘 듯한 표정으로 인상을 쓰며 작은 두 눈을 내게로 돌렸다.

"이건 너랑 상관없어, 장군."

"하지만 나도 그 차에 타잖아요."

"대니, 그냥 가만있어. 제발."

엄마가 말했다.

"걱정 말아라, 장군. 내가 끝내주는 운전자인 거 알잖아."

캘럼 아저씨가 내 어깨에 팔을 두르고 또 말했다.

"술 몇 잔 마신 거 가지고 전혀 상관없어."

슈퍼 청력을 가졌든지 아니면 벽이 휴지만큼 얇은지 몰라도, 티나 이모가 바로 알아차리고 나타났다.

"캘럼, 차는 여기 두고 가도 돼요."

이모는 벽난로가 있는 데다 와인까지 마셔서 볼이 불그스레했다.

"고맙습니다만, 우리는 갑니다. 내가 운전하고. 얘기 끝났습니다."

"택시 불러 줄게요."

티나 이모가 말했다.

"얘기 끝났다는 게 무슨 말인지 모릅니까?"

캘럼 아저씨가 말했다.

"돈 몇 푼 때문에 내 동생이랑 대니를 위험하게 만들 수 없어요."

티나 이모가 말했다.

"크리스마스에 택시비가 얼마나 비싼지 알기나 합니까?"

캘럼 아저씨는 이모가 바보라는 듯 비웃으면서 말했다.

"상관없어요. 내가 낼게요."

"상관 마세요. 우리는 갈 테니까."

캘럼 아저씨가 투덜거렸다. 아저씨가 코트를 가지러 간 동안 엄마랑 이모는 세탁실로 가서 한참 동안 이야기를 나눴다. 캘럼 아저씨가 문으로 뛰어 들어왔다.

"집까지 걸어서 오려면 한참 걸릴 텐데."

캘럼 아저씨가 소리를 질렀다.

엄마가 화난 모습으로 나타났다. 이모는 나오지 않았다.

"다들 만나서 반가웠습니다."

캘럼 아저씨가 친척들이 모여 있는 거실에 머리를 내밀고 말했다.

나랑 엄마는 친척들과 짧게 포옹하고 뽀뽀를 나눈 뒤 캘럼 아저씨의 차에 올라탔다. 차가 출발하자 자갈이 튀었다.

라디오에서 '원더풀 크리스마스 타임'이라는 노래가 흘러나오고 있었다. 이 가수가 우리 차에 타고 있다면 노래를 부르지 못했을 것이다. 놀이터에서 싸움이 막 벌어지기 직전의 바로 그 분위기였다.

"천천히 좀 가."

엄마가 말했다. 하지만 항상 그렇듯 캘럼 아저씨는 엄마를 무시하고 미친 듯 빠르게 운전했다. 경찰은 아예 존재하지 않는다는 듯이. 캘럼 아저씨의 얼굴이 백미러에 보였다. 얼굴은 붉었고, 이도 붉은색이었다. 더 많은 피를 원하는 흡혈귀같이 보였다. 엄마는 손가락 관절이 새하얘지도록 그저 의자만 꽉 잡고 있었다.

집에 도착해서 텔레비전을 봐도 되냐고 물었더니, 캘럼 아저씨가 뒷마당에 나가 축구나 하라며 소리를 질렀다. 매섭게 추웠지만, 나는 부엌 불을 켜고 뒷마당에 놓은 새 골대에다가 페널티 킥 연습을 했다. 하지만 골키퍼 없이 연습하는 건 아무 의미도 없어서, 대신 창고에 대고 내가 할 수 있는 한 제일 세게 공을 찼다.

캘럼 아저씨가 엄마에게 소리 지르는 게 밖까지 들렸다. 몸이 떨리기 시작했다. 추워서 그런 게 아니었다. 엄마가 잘못한 건 아무것도 없었다.

40

그저 운전하기에 술을 너무 많이 마셨다고 말한 것뿐이었다. 우리가 위험하지 않도록.

이제 더는 크리스마스 같지 않았다. 쓰레기 같은 날이다. 너무 싫었다. 에이미 집에 다시 가고 싶었지만 걔네도 친척들이 모였을 테니 그럴 수 없었다. 나는 창고 뒤로 가서 공 위에 앉아 손으로 귀를 막았다.

시간이 지나 누군가 어깨를 두드렸다.

"여기서 뭐 하니?"

엄마가 말했다.

"공 위에 앉아 있는데."

"저녁 차려 줄게."

우리는 집 안으로 들어갔다. 캘럼 아저씨가 보이지 않았다. 텔레비전 소리도 들리지 않았다. 캘럼 아저씨는 술집에 갔다.

엄마는 가스 불을 켜는 동안 아무 말도 없었다.

"엄마, 괜찮아?"

엄마가 고개를 끄덕였다.

"아저씨는 왜 저렇게 화가 났어?"

엄마는 손으로 입을 막고 울음소리가 나는 걸 멈추려 했지만 어쩔 수 없이 새어 나왔다.

"나도 모르겠어, 아들. 나도 정말 모르겠어."

위기의 여름휴가

봄이 왔고, 나는 열네 살이 되었다. 내 생일 며칠 뒤에는 캘럼 아저씨의 생일이었다. 우리 둘이 같은 별자리라는 게 맘에 안 들었지만, 그건 어쩔 수 없었다.

캘럼 아저씨는 파티를 열었다. 아저씨의 형인 이안 아저씨는 부인과 세 아이와 함께 왔다. 캘럼 아저씨보다 뚱뚱했고, 별로 웃지 않았다. 여동생인 루이즈 아줌마는 마르고 다리에 물고기 문신이 있었다. 남편은 집에 두고, 어린아이만 데려왔다. 캘럼 아저씨의 엄마는 마라톤이라도 뛴 듯 내내 쌕쌕거리며 앉아 있었다. 다른 사람들도 있었는데 이름은 다 잊어버렸다. 아저씨네 가족은 이 지역 출신은 아니지만, 모두 친절했다.

"그러니까 콜센터에서 일하는군요, 킴."

이안 아저씨가 가슴 위에 아기를 안듯 맥주를 올려놓고 말을 이었다.

"이 지역 사투리는 멋져요. 하지만 나한테 해 보라고 하지는 말아요. 내가 하면 꼭 술 취한 독일 사람 같으니까."

모두 웃었다.

루이즈 아줌마가 엄마에게 가서 포옹했다.

"당신이 킴이군요? 이야기 많이 들었어요."

"좋은 이야기였기를 바라요."

엄마가 살짝 긴장한 듯 대답했다.

"그럼요. 캘럼 오빠는 다듬어지지 않은 다이아몬드를 발견했다고 기뻐했어요."

엄마는 빙그레 웃었다. 그렇게 불리는 게 맘에 드는 것 같았다.

"캘럼은 아주 통이 커요."

엄마가 말했다.

"맞아요. 오빠는 정말 관대한 사람이에요. 누구에게든, 무엇이든 해 줄 거예요."

루이즈 아줌마는 캘럼 아저씨가 고기가 담긴 접시를 자기 엄마에게 건네는 걸 보며 말했다. 모두 캘럼 아저씨를 좋아하는 것 같았다. 어쩌면 맥주가 그렇게 생각하게 만든 것일 수도 있다.

"캘럼 오빠가 너를 장군이라고 부르더라?"

루이즈 아줌마가 나를 보며 말했다.

"야."

"야? 야? 너를 야야 장군이라고 불러야겠는데?"

그다지 재미있는 농담도 아니었는데, 모두 웃었다. 어른들이 먹고 마시는 동안, 나는 이안 아저씨의 열 살 먹은 아들 스콧과 축구를 했다. 같이 공 차고 놀 사람이 있어서 좋았다. 스콧은 어린애치고는 제법 축구를 잘했다.

그날은 내내 좋았다.

이상한 점은 캘럼 아저씨가 아는 사람들만 생일 파티에 왔다는 거다.

엄마 친구도, 우리 친척도 한 명도 없었다. 모두 바빴던 걸까?

인생은 어떻게 보느냐에 따라 평범할 수도 있고, 평범하지 않을 수도 있다. 엄마는 여전히 캘럼 아저씨를 사랑했다. 내 생각에는 그렇다.

하지만 캘럼 아저씨를 처음 만났을 때와 뭔가 달라졌다. 그때만큼 많이 웃지 않고, 말도 별로 하지 않았다. 마치 할 말이 다 떨어진 것처럼 말이다. 외할머니에게 가서 말하기 교육을 받고 와야 할 것 같았다.

"엄마, 괜찮아?"

내가 이렇게 물으면 엄마는 대답했다.

"그래."

'물어봐 줘서 고마워, 대니. 난 괜찮아. 고맙다!'가 아니라 그냥 '그래.' 한마디였다.

또 엄마는 예전처럼 외출도 자주 하지 않았다. 예전에 엄마는 타인강 변의 키사이드 지역에서 친구를 만나거나, 외할머니와 시간을 보내거나, 이모를 만나 커피를 마시곤 했다. 하지만 요즘엔 캘럼 아저씨하고만 외출했다. 왜 그런지는 모르겠다. 내가 에이미하고 사귄다고 해서 다른 친구들을 모두 버리는 건 아니지 않은가?

캘럼 아저씨하고 사랑에 빠진 것 말고 엄마는 술과도 사랑에 빠졌다. 나랑 둘이 살 때는 엄마가 술 마시는 걸 거의 본 적이 없다. 이제 엄마가 푹 빠진 것은 초콜릿 비스킷뿐만이 아니었다. 엄마는 거의 매일 밤 술을 마셨다. 캘럼 아저씨는 퇴근해서 집에 오면 엄마에게 큰 잔에 와인을 따라 주었다. 가끔 엄마는 캘럼 아저씨가 집에 올 때까지 기다리지도 않았다. 벌컥벌컥 마셨다. 그날이 생일이거나 월급날이거나 그래서가 아니라, 그냥 화요일이니까 비가 그쳤으니까 마셨다.

엄마가 술을 마시고 있을 때도 캘럼 아저씨는 술집으로 나갔다. 항상 술집이었다. 나는 캘럼 아저씨가 집에 돌아올 때가 되면 긴장되었다. 캘럼 아저씨 입에서 어떤 말이 나올지 알 수 없었다. 아니, 무슨 짓을 할지도 알 수 없었다.

언젠가 내 방문이 열리는 소리가 들렸다. 캘럼 아저씨가 엄마와 함께 아래층에 있지 않고 이 층으로 올라와 나에게 온 것이다. 아저씨가 내 방에 들어오는 게 싫었다. 하지만 막을 수는 없었다. 아저씨네 집이니까.

"좋아, 장군."

캘럼 아저씨는 계단만 올라왔는데도 숨차 하며 말했다. 나는 침대에서 엄마 노트북을 보고 있었다.

"뭐 보냐?"

"유튜브요."

나는 캘럼 아저씨가 대답을 듣고 나가기를 바랐다. 하지만 아저씨는 안으로 들어와 옆에 앉았다. 침대가 푹 꺼지는 게 느껴졌다. 맥주 냄새와 땀 냄새가 났다.

"잠깐 이야기 좀 하자."

나는 엄마를 부르고 싶었다. 하지만 엄마가 뭘 할 수 있을까?

"내가 왜 네 엄마에게 소리 지르는지 물었다며?"

손에 식은땀이 났다. 캘럼 아저씨가 나에게도 소리를 지를까? 나를 때릴까?

"내가 그러는 건 네 엄마를 사랑해서야. 기억하지, 장군? 나는 네 엄마가 행복하기만을 바랄 뿐이야. 근데 네 엄마는 항상 나를 이해 못 하고, 내가 뭘 원하는지 모른단 말이야."

캘럼 아저씨는 혀 꼬부라진 소리로 말하며 더 가까이 다가왔다. 침대가 깊게 꺼져서 마치 보트가 뒤집힐 때 같았다. 심장이 총알같이 빠르게 뛰었다.

"우리는 좋은 팀이 될 거야, 장군. 난 네가 내 편이었으면 해. 네가 나의 최고 스트라이커가 되는 거지."

캘럼 아저씨의 얼굴이 나에게 가까이 다가왔다. 나에게 뽀뽀하려는 줄 알고 나는 눈을 감았다. 하지만 아저씨는 내 머리를 쓰다듬었다.

"난 네 엄마에게 많은 걸 줬어. 너에게도 아주 많이 줬지. 대가로 내가 바라는 건 간단해. 약간의 복종, 약간의 존경, 약간의 사랑. 그렇게 많이 바라는 건 아니잖아?"

"그런 거 같네요."

"만약 엄마가 말하면 안 되는 사람이랑 말을 하면 나한테 알려 줬으면 좋겠다. 가면 안 되는 곳에 갈 때도. 또 내 뒤에서 무슨 계획을 세울 때도."

"뭘 말해야 하는데요?"

"뭐든. 우리 사이를 위협하는 건 어떤 거라도, 장군. 왜냐하면 내가 이 모든 것을 너에게 줬으니까."

캘럼 아저씨는 옷이 정신없이 흩어져 있는 방이 아니라 궁궐이라도 되는 듯 둘러보며 말했다.

"이 모든 걸 다 박살 내고 싶진 않겠지? 안 그래?"

"아닌 거 같아요."

나는 다시 유튜브로 눈을 돌렸다.

"당연히 아니지. 혹시라도 엄마가 평소랑 다른 행동을 하는 걸 보거나 듣는다면, 나에게 제일 먼저 이야기해. 알았지?"

그러겠다고 대답할 수 없었다. 하지만 캘럼 아저씨는 내 머리를 손으로 잡고 고개를 끄덕이게 만들었다.

"훨씬 낫네. 잊지 마. 우리는 한 팀이다, 장군. 우리 남자들끼리 함께 뭉쳐야 하는 거야."

아저씨는 한 번 더 내 머리를 쓰다듬고 침대에서 일어나 나갔다.

지금 들은 것에 대해 어떻게 생각해야 할지 모르겠다. 캘럼 아저씨는 정말 내가 엄마를 감시하기를 원하는 걸까? 왜? 엄마는 국가 정보국에서 일하는 게 아니라 콜센터에서 일하는데.

이후 캘럼 아저씨는 가끔 자기가 없을 때 엄마가 누구한테 전화했는지, 혹은 누가 엄마한테 전화했는지, 아니면 엄마가 평소랑 다른 일을 했는지 나에게 묻곤 했다. 내 대답은 항상 똑같았다.

"난 방에 있어서 잘 모르겠어요."

난 절대 엄마를 밀고하지 않을 것이다.

여름이 되자 캘럼 아저씨는 스페인에 있는 별장을 예약했다. 휴가를 가는 건 정말 신났다. 엄마와 나는 여행을 간 적이 없었다. 집에서 가까운 관광지인 칼라일조차 안 가 봤다. 처음으로 학교의 다른 아이들처럼 함께 여행을 가고 함께 웃는, 제대로 된 가족처럼 느껴졌다. 그 동안 캘럼 아저씨를 너무 나쁘게만 생각했구나 반성도 되었다. 사랑하니까 함께 휴가를 가는 거 아닐까? 캘럼 아저씨의 아들도 아닌데 내 몫까지 돈을 내주다니, 얼마나 좋은 사람인가?

해외여행은 에이미랑 창고에 있을 때만큼이나 흥분되었다. 스페인 별장에는 수영장이 딸려 있었다. 내가 자는 방은 집에 있는 방보다 두 배나 컸고, 산이 내다보였다. 하지만 제일 좋은 것은 해변이었다. 우리 동네의 바닷가 휘틀리베이와는 완전히 달랐다. 우리 동네 바다가 차가운 수돗물로 가득 찬 것 같다면, 이곳은 뜨거운 물로 채운 것 같았다. 물속에 머리를 넣었다가 저체온증을 걱정하며 헉헉대고 나오지 않아도 되었다. 스페인 바다를 우리 동네 바다랑 바꾼다면 얼마나 좋을까?

축구팀 레알 마드리드와 바르셀로나 말고, 나는 스페인에 대해서 아는 게 없었다. 하지만 스페인 사람들도 우리랑 같은 음식을 먹는다는 걸 알게 되었다. 햄버거, 치킨, 스테이크, 파이, 칩을 팔았다. 미친 듯이 더운 것만 빼면 동네에 있는 것과 같았다. 엄마랑 캘럼 아저씨는 정말 행복해 보였다. 수영장 옆에 누워서 살을 태우고, 바에 가고, 한숨 자고, 먹으러 나갔다. 나는 수영을 하고, 영화를 보고, 에이미에게 문자를 보냈다.

캘럼 아저씨와 이렇게 오랜 시간을 보낸 건 처음이었는데, 엄마가 왜 아저씨를 사랑하는지 알 수 있었다. 캘럼 아저씨는 온종일 돈을 썼다.

마지막 날, 캘럼 아저씨는 우리에게 현지 음식을 사 주었다. 식탁보가 깔린 고급스러운 식당이었는데, 쓰레기통 뚜껑만한 크기의 사발에 쌀과 생선 요리가 나왔다. 모양은 맘에 안 들었지만 아주 맛있었다.

캘럼 아저씨와 엄마는 술을 너무 많이 마셔서 별장의 수영장 옆에서 잠이 들었다. 엄마가 먼저 일어나서 긴 의자에서 코를 골며 자고 있는 아저씨를 보았다. 술 때문에 장난기가 발동한 엄마가 수도의 호스를 풀었다.

"엄마, 괜찮아? 뭐 하게?"

내가 말했지만, 엄마는 취해서 정상적인 생각을 할 수 없었다. 엄마는 캘럼 아저씨의 반바지 아래에 호스를 넣고 물을 틀었다. 물이 차가웠는지 잠자던 캘럼 아저씨가 깨어나 펄쩍 뛰어올랐다.

나 혼자 바보같이 웃었다.

캘럼 아저씨가 수영장 주위로 엄마를 쫓으며 소리쳤다.

"이리 와."

엄마는 수영장 옆으로 미끄러지면서 큰 소리로 웃었다. 엄마는 취해서 제대로 뛰지 못했지만, 그건 캘럼 아저씨도 마찬가지였다. 엄마를 잡으려는 아저씨의 배가 이쪽저쪽으로 흔들렸다.

정말 오랜만에 웃기는 일이었다.

엄마가 젖은 부분을 밟고 미끄러지자 드디어 캘럼 아저씨가 엄마를 잡았다. 엄마는 여전히 미친 듯이 웃고 있었다.

그러다 웃음소리가 뚝 멈췄다.

캘럼 아저씨의 팔이 엄마의 목을 감았다.

단단히.

"놔줘."

엄마의 목소리가 쥐어짜듯 이상하게 나왔다. 하지만 아저씨는 놓지 않았다. 엄마를 위험하게 하고 있었다.

"엄마 놔 주세요."

내가 비명을 질렀다.

"조르디(주인공이 사는 영국 잉글랜드 북동부 지역의 사람들)들은 자기가 센 줄 알지."

캘럼 아저씨는 엄마의 목을 감은 팔을 더 세게 조였다. 나는 달려가 팔을 잡으려고 했지만, 캘럼 아저씨가 더 빨랐다. 나머지 한쪽 팔로 내 가슴을 떠밀어 수영장에 거꾸러뜨렸다.

미처 예상하지 못했다. 코와 입으로 물이 들어왔다. 나는 숨을 헐떡이며 물 위로 머리를 내밀었다. 바닥에 발이 닿지 않았다. 숨을 쉴 수가 없었다. 엄마와 나, 둘 다 숨이 막혔다.

캘럼 아저씨가 아직 엄마의 목을 조르고 있는 게 흐릿하게 보였다. 엄마는 무릎을 꿇고 있었다. 캘럼 아저씨가 내는 소리만 들렸다. 엄마의 목을 조르고 또 조르면서 아저씨 역시 거친 숨소리를 냈다.

숨이 돌아오자 나는 최대한 빨리 계단으로 헤엄쳤다. 어떻게 캘럼 아저씨를 멈추게 하지? 무기가 필요했다. 날카로운 건 아무것도 보이지 않았다. 그러다 긴 의자 옆의 와인병을 봤다. 그걸로 캘럼 아저씨의 머리를 치면 될 것이다.

하지만 내가 수영장 맨 위 계단에 다다르기 전에 아저씨가 팔을 풀었다. 엄마는 하얗게 질린 얼굴로 바닥에 쓰러져서 눈을 크게 뜨고 입으로 공기를 아주 깊게 빨아들이고 있었다. 너무 충격을 받아 울지도 못했다.

나는 토할 것 같았다. 마치 내 목이 졸린 것처럼.

캘럼 아저씨는 엄마 옆에 섰다. 마치 권투 선수처럼 주먹을 꽉 쥐고 있었다. 그리고 나를 봤다.

"사람들이 너한테 잘못했을 때 그냥 두면 안 된다. 절대로."

또 다른 문제

나는 원래 개학을 기다리지 않는다. 하지만 올해는 달랐다. 학교를 간다는 건, 집에서 벗어나 캘럼 아저씨와도 떨어진다는 것이니까. 개학이 좋은 또 다른 이유는 바로 에이미다. 모든 것을 잊게 해 주는 단 한 사람.

에이미 가족은 스코틀랜드 지역의 로몬드 호수로 휴가를 다녀왔다. 다락을 만들기 위해 돈을 모으는 중이라 해외여행을 갈 형편이 안 되었다고 한다.

"스코틀랜드는 어땠어?"

내가 물었다.

"을씨년스러웠어. 비가 많이 오고, 비 안 오면 깔따구(모기와 비슷한 곤충)가 난리였고. 사방에 다."

"운 좋은 깔따구."

에이미는 장난스럽게 나를 한 대 쳤다.

"이동식 주택에 2주 동안 갇혀 있었어. 감옥에 있는 거 같았다니까."

"그래도 가족이랑 있으니까 좋지 않아? 가족들 다 좋아하잖아."

"좋아하지. 그래도 짜증나는 건 어쩔 수 없어. 만약 내년에 아빠가 또 스코틀랜드에 가자고 하면 나는 집 나갈 거야."

에이미는 내 손을 잡고 물었다.

"너는 나랑 어디로 휴가 가고 싶어?"

"너희 집 창고에서 너랑 2주 동안 있으면 행복할 거 같은데."

에이미는 별로 장난스럽지 않게 한 대 쳤다.

"대니, 스페인은 어땠어?"

좋은 질문이다. 99프로는 좋았는데 1프로가 모든 걸 다 무너뜨렸다. 모든 걸 다 망쳤다.

"더웠어."

"네가 있던 수영장 멋져 보이더라."

에이미가 수영장 얘기를 꺼내자 속이 울렁거렸다.

"그치! 근데 바다가 더 좋아. 물이 따뜻해서 목욕탕에 뛰어드는 거 같았어. 옷을 벗지 않았다는 것만 빼면."

"물고기한테는 잔인한 일 같은데."

그런데 에이미의 행복한 얼굴이 갑자기 걱정스럽게 바뀌는가 싶더니 내 뒤에서 목소리가 들렸다.

"안녕, 예쁜이."

나는 돌아서서 꺽다리 데이브 반스를 봤다. 데이브는 8학년 말에 전학을 왔다. 어떤 아이들은 학기 초에는 조용해서 있는지도 모른다. 꺽다리 데이브는 그런 아이가 아니었다. 항상 막말을 하고 못되게 굴었다. 게다가 절반 이상의 선생님들보다 키가 더 컸다.

에이미는 얼굴을 돌려 꺽다리 데이브를 무시했다.

"너, 내 문자에 답 안 했지?"

꺽다리 데이브가 물었다.

"오자마자 삭제했으니까."

"내가 보낸 사진은 어때, 응?"

꺽다리 데이브가 능글맞게 웃으며 또 물었다.

"삭제."

잠시 집에 있을 때랑 똑같은 기분이 들었다. 내가 모르는 뭔가가 일어나고 있고, 그 사이에서 꼼짝할 수 없는 기분.

"무슨 일인데?"

내가 물었다.

"저리 꺼져, 크로프트."

꺽다리 데이브가 말했다. 나는 주먹을 꽉 쥐었다. 꺽다리 데이브의 얼굴을 한 대 치고 싶었지만, 내 주먹이 거기까지 닿을지 자신이 없었다.

"대니는 건드리지 마."

에이미가 말했다. 꺽다리 데이브가 나를 내려다보았다.

"얘는 있고 나는 없는 게 뭔데?"

"나."

에이미가 말했다. 웃었다.

꺽다리 데이브는 웃음거리가 된 게 맘에 안 드는 모양이었지만, 맞받아칠 말을 생각해 낼 만큼 영리하지 않았다.

"또 연락할게."

꺽다리 데이브가 에이미를 음흉하게 쳐다보고, 바닥에 침을 뱉으며 걸어갔다. 기가 막혀서 말이 안 나왔다.

"이게 다 무슨 일이야, 에이미?"

"아무 일도 아냐."

"이게 아무 일도 아니라면, 아무 일은 도대체 뭔데?"

"그냥 쟤가 나한테 뭘 보내는 거야."

"네 전화번호는 어떻게 알았는데?"

"클로이한테서. 클로이 전화기를 뺏어서 봤다고 하더라고."

"그런데도 너는 아무렇지도 않은 것 같네."

에이미는 어깨를 으쓱했다. 내가 아는 어떤 사람처럼.

"너한테 보낸 사진이 뭔데?"

"대니, 아무것도 아니야. 내가 알아서 할게. 만약 선을 넘으면 헤더링턴 선생님한테 말할 거야."

"내가 보기엔 벌써 선을 넘은 거 같은데."

"학교에 많은 애들이 문자랑 그런 거 보내."

"난 껑다리 데이브가 너한테 뭐든 보내는 거 싫어."

"진정해."

피가 끓고 있는데 어떻게 진정할 수 있을까. 에이미는 열 받은 내 얼굴에 살짝 뽀뽀해 주었다.

"너무 열 받지 마, 대니. 다 괜찮아질 거니까."

한밤중의 고함

이제 내가 걱정해야 할 사람이 둘이 되었다.

꺽다리 데이브에 대한 에이미의 행동을 이해할 수 없었다. 에이미는 그냥 그 애가 사라지거나, 에이미를 괴롭히는 데 싫증을 내거나, 갑자기 착한 애가 될 거라고 생각하는 걸까? 엄마가 아무 일도 하지 않자 어떤 일이 생겼는지 보라. 캘럼 아저씨는 엄마를 무시하며 함부로 대했다. 나는 엄마에게 일어난 일이 에이미에게도 일어나는 걸 원하지 않는다.

스페인에서 돌아온 뒤 아무것도 변하지 않았다. 캘럼 아저씨가 엄마를 거의 죽일 뻔했는데도 엄마는 마치 아무 일도 없었던 것처럼 행동했다. 꿈이었던 것처럼. 나는 일분일초까지 모두 내 머릿속에 문신처럼 새겼다. 내가 볼 수 있는 걸 엄마는 왜 못 볼까? 엄마는 잘 보이는 안경이 필요한 게 분명하다.

술집에 갔다 온 캘럼 아저씨는 상대하고 싶은 사람이 아니었다. 욕도 많이 하고, 소리도 벌컥 지르고, 사소한 일에도 불같이 화를 냈다. 하지만 엄마는 그저 미소를 지으며 아무 말 없이 캘럼 아저씨한테 저녁을 차려 주었다. 캘럼 아저씨가 텔레비전에서 나와 연기하고 있다는 듯이.

나는 점점 신경이 거슬리기 시작했다.

어느 날 밤에 나는 쿵, 부딪치는 소리와 고함 소리에 잠에서 깼다. 도둑이 들었다고 생각했다. 차라리 도둑이었으면 좋았을 뻔했다. 2주 전에 친구 칼의 집에 도둑이 들어서 텔레비전, 전자레인지, 소파를 훔쳐 갔다. 그 도둑들은 아마 승합차를 가지고 왔을 것이다.

아래층으로 조심조심 내려갔다. 거실에 불이 켜져 있는 것을 보았다. 조용히 우는 소리가 들렸다. 나는 에이미처럼 신을 믿지는 않지만, 마음속으로 기도했다. '하느님, 제발 우리 엄마가 괜찮게 해 주세요.'

거실문 손잡이를 돌렸다. 캘럼 아저씨가 봤는지 소리를 질렀다.

"대니, 이 층으로 다시 올라가!"

손잡이가 엄청 뜨거운 것처럼 바로 놓았다.

"그래, 대니. 그냥 올라가서 자."

엄마가 부드럽게 말했다. 엄마가 말할 수 있는 걸 보니 괜찮은 것 같았다. 스페인에서와 같은 상황은 아니었다.

나는 거실로 들어가고 싶었지만 캘럼 아저씨가 무슨 짓을 할지 두려웠다. 그래서 방으로 돌아와 이불 속으로 들어가서 소리에 귀를 기울였다. 두 사람이었지만, 실제로는 캘럼 아저씨의 소리뿐이었다. 가끔 조용한 목소리가 들렸는데 그건 엄마였다. 엄마의 소리는 5프로 정도였다. 그러다 캘럼 아저씨가 또 소리를 질렀다. 나는 토할 것 같았다. 이 상황이 너무 싫지만, 할 수 있는 일이 없었다. 캘럼 아저씨는 너무 강했다. 스페인의 수영장에서 아저씨는 나를 종이컵처럼 간단히 물속에 던져 버렸다.

나는 이불을 머리 위까지 뒤집어썼다. 그러다 잠이 들었다.

다음 날 아침 나는 교복을 입고 거실을 살짝 들여다보았다. 아무 일도 없었던 것처럼 평소와 똑같았다. 나는 부엌으로 갔다. 엄마가 싱크대 앞에 서서 창밖을 내다보고 있었다. 창밖에는 잔디 말고 아무것도 볼 게 없는데도.

"캘럼 아저씨는 어디 있어?"

"출근했어."

나는 묻고 싶은 게 정말 많았지만 제일 중요한 질문을 했다.

"어제 무슨 일이었는데?"

엄마는 천천히 고개를 돌려 나를 봤다.

"아무 일도 없었어."

"나 바보가 아냐. 나도 귀가 있단 말이야."

"대니, 나랑 캘럼 사이에 있었던 일은 우리 둘의 문제야."

"그럼 캘럼 아저씨가 엄마를 때려도 나는 그저 조용히 잠이나 자야 한다는 거야?"

"대니, 이건 너랑 상관없는 일이야."

"스페인에서의 일은? 이 모든 게 다 나랑 상관없는 일이라고?"

"그건 실수였어."

나는 웃었다. 웃음을 멈출 수가 없었다.

"엄마는 그저 반바지 밑에 호스를 넣어 장난을 쳤을 뿐이라고. 그게 목을 조를 일은 아니란 말이야."

"그 이야기는 더 이상 하고 싶지 않아."

"엄마 얼굴에 그 흉터가 뭐야?"

엄마는 고개를 돌리고 싱크대에 있는 접시를 씻기 시작했다. 엄마는 소매를 걷지 않은 채로 비눗물 속에 팔을 집어넣었다.

"캘럼 아저씨가 엄마 팔을 세게 잡았어?"

말이 없었다. 비누가 씻긴 접시에서 뽀득거리는 소리만 났다.

"엄마도 할머니처럼 귀가 안 들려?"

엄마는 말을 안 했다. 소매가 흠뻑 젖은 채로 설거지만 계속했다.

나도 참을 만큼 참았다. 나는 밖으로 나와 부엌문을 쾅 닫았다. 현관문
도 쾅 닫았다. 앞으로 이런 일이 계속될 거다. 내 인생 내내.

엄마는 왜?

서머 타임이 끝나 시계를 한 시간 뒤로 돌린 그 날 모든 게 바뀌었다.

나는 내 방으로 올라가서 유튜브를 보려 했지만 그럴 기분이 아니었다. 너무 많은 질문이 내 머릿속을 맴돌았다.

캘럼 아저씨는 왜 그러는 걸까?

엄마는 왜 캘럼 아저씨가 그러는 걸 막지 않는 걸까?

나는 앉아서 컴퓨터 스크린을 뚫어지게 보았다. 답답해서 미칠 것 같았다. 해답이 필요했다.

구글 창을 열었다. 네모 칸이 내 질문을 기다리고 있었다. 뭐라고 물어보지? 누군가 엄마를 구해 줄 수 있을까? 캘럼 아저씨를 고쳐 줄 사람이 있을까? 엄마가 내 말을 듣지 않을 때는 어떻게 해야 하지? 인터넷에는 모든 것에 대한 해답이 있다. 지금 우리 집에서 일어나고 있는 일에 대해서도 답이 있을 것이다.

나는 손가락으로 타이핑할 준비를 했다. '집에서 매 맞는 여자' 이렇게 썼다. 나는 내가 쓴 문장을 바라봤다. 더 나은 질문이 있을까? 아마도. 하지만 생각나지 않았다. 나는 어떤 답이 나올지 두려웠다. 하지만 부엌문을 열었을 때처럼 나는 알아야 했다. 떨리는 손으로 '검색'을 눌렀다.

구타, 강타, 난타, 주먹으로 치기, 발로 차기, 머리 때리기, 학대, 칼로 찌르기, 화상 입히기, 괴롭히기.

모두 들어본 적이 있는 말이다. 하지만 처음 들어본 말이 있었다.

가정 폭력

나는 매 맞는 여성에 대해 설명이 많이 있는 웹 사이트를 찾았다. 거기 이렇게 쓰여 있었다.

'젊은 여성이 가장 위험하다.' 우리 엄마. 엄마는 젊다.

'가정 폭력을 당한 여성 대부분은 경찰에 신고하지 않는다.' 우리 엄마.

'학대를 당한 여성은 자신이 당한 일을 숨기려 한다.' 우리 엄마.

'학대 여성들은 내성적으로 변하며 가족이나 친구와 이야기하지 않는다.' 우리 엄마.

모든 내용이 마치 우리 엄마를 지켜보고 쓴 것 같았다.

'가정 폭력은 점점 더 심해진다. 일주일에 두 명의 여성이 같이 사는 파트너에 의해 살해된다.'

나는 펜과 종이를 가져와서 계산해 보았다.

$2 \times 52 = 104$

세상에! 1년에 백네 명이다. 그 말은 1년 동안 우리 집 거리에 있는 모든 여자의 숫자만큼 살해당한다는 것이다.

끔찍한 이야기는 계속되었다.

'네 명 중 한 명의 여성이 사는 동안 가정 폭력을 경험한다. 가정 폭력은 다른 범죄에 비해 반복적으로 일어나는 경우가 훨씬 많다.'

계속된다는 말이다. 엄마가 이걸 읽어야 한다. 그러면 엄마는 캘럼 아저씨의 본모습을 깨닫고, 더 해를 입기 전에 헤어질 것이다.

나는 노트북을 내려놓고 잠시 방 안을 서성거렸다. 캘럼 아저씨가 로마인의 길에서 미친 듯 달렸던 날과 같은 기분이었다. 두려움과 흥분. 엄마에게 일어난 일이 다른 엄마들에게도 일어난다는 것에 대한 두려움. 늦기 전에 알게 되었다는 흥분.

나는 다시 노트북으로 가서 조금 더 읽었다. 학대하는 사람에 대해 검색했다.

'가해자는 술을 마실 때만 폭력적인 건 아니다.'

캘럼 아저씨가 이삿날 저녁 먹으러 나갔다가 길에서 젊은 여자의 차를 발로 찼던 때를 보라. 그때는 술을 한 모금도 마시지 않았다.

'자신의 말을 거역하는 걸 싫어한다.' 쓰레기 같은 크리스마스에 캘럼 아저씨가 그랬던 것처럼.

'가해자들은 종종 자신의 파트너를 가족이나 친구들로부터 떼어 놓는다.' 캘럼 아저씨도 그렇다. 엄마는 요즘 아무도 만나지 않는다.

'가해자들은 자신의 파트너도 같이 술이나 마약을 하도록 부추긴다.' 캘럼 아저씨도 항상 엄마에게 술을 권한다.

'질투한다.' 캘럼 아저씨도 엄마가 누구하고 전화하고 말하는지 알고 싶어 한다.

리스트는 길었다. 대부분 외출에서 돌아와 지금 아래층에서 텔레비전을 보고 있는 남자를 묘사하고 있었다.

이제 충분했다. 나는 노트북을 껐다. 엄마만 이런 일을 당하는 게 아니라서 다행이었다. 하지만 엄마가 다른 사람들과 같다는 건 속상했다.

엄마에게 이걸 읽으라고 말해야 하지만, 캘럼 아저씨가 저기 앉아 있을 때는 안 된다.

적당한 시기를 기다렸다. 다음 날 저녁에 캘럼 아저씨가 술집에 갔을 때 기회가 왔다. 엄마는 소파에 앉아서 초콜릿 비스킷을 먹으며 잡지 〈헬로우!〉를 읽고 있었다. 화장을 진하게 한 채였다. 아마도 자기가 당한 일을 직장 사람들에게 감추고 싶기 때문일 것이다. 웹 사이트에 올라온 것처럼.

"엄마?"

엄마가 올려다봤다.

"숙제하고 있니?"

엄마가 노트북을 보며 말했다.

"아니, 엄마에게 보여 줄 게 있어서."

엄마가 잡지를 내려놓자, 나는 엄마 무릎 위에 노트북을 올려놓았다. 엄마는 미소를 지었다. 하지만 화면을 보자마자 미소는 곧 사라졌다.

"읽어 봐."

내가 말했다. 엄마는 노트북을 덮고 다시 잡지를 들었다.

"엄마."

엄마는 계속 잡지를 넘기며, 한 번도 맞아 본 적 없게 생긴 연예인들의 완벽한 얼굴과 완벽한 삶을 들여다봤다.

"엄마, 제발. 이것 좀 읽어 보라고."

엄마는 고개를 저었다. 나는 속이 터져서 소파를 걷어찼다. 접시에 담겨 있던 비스킷들이 바닥에 떨어졌다.

"대니."

엄마가 신음 소리를 냈다.

"이제 나한테 집중 좀 해 줘."

엄마는 상점 창문에 있는 마네킹 같은 맹한 얼굴로 나를 보았다.

"이 사이트를 좀 읽어 봐. 캘럼 아저씨가 엄마한테 어떤 짓을 하는 건지 좀 보라고. 여기 있어, 아주 많이."

엄마는 왜 저기 있는지 궁금한 듯 바닥에 떨어진 비스킷을 응시했다.

"캘럼 아저씨가 엄마를 죽이면 좋겠어? 그게 엄마가 원하는 거야? 캘럼 아저씨는 진짜 미쳤어."

"난 읽을 필요 없어."

"왜? 엄마가 가정 폭력 전문가라도 돼? 어떤 일이 일어날 줄 알고?"

엄마는 마치 캘럼 아저씨가 엄마의 모든 생명을 가져가기라도 한 듯 그저 빤히 보고만 있었다.

"엄마, 나는 엄마가 걱정돼서 죽겠어. 웹 사이트에 사람들이 거짓말을 쓰진 않아. 그렇지? 이건 경찰이 쓴 거야. 경찰은 거짓말하면 안 되잖아. 난 엄마가 죽는 걸 원치 않아."

내 말이 엄마에게 먹혔다고 생각했다. 엄마는 분별력이 있으니까. 하지만 내 생각은 틀렸다.

"다 괜찮을 거야, 대니."

나는 비명을 질렀다.

"캘럼 아저씨가 엄마의 엉덩이에 대해 말한 게 맞을지도 모르겠네. 계속 비스킷이나 먹어!"

나는 밖으로 뛰어나와 문을 꽝 닫았다. 그리고 공을 집어 들고 부엌 불을 켜고 뒷마당으로 나갔다. 나는 창고에 대고 진짜 세게 공을 찼다. 다시 더 세게 찼다. 큰 구멍이 생겼지만 나는 눈곱만큼도 신경 쓰지 않았다. 캘럼 아저씨 거니까, 자기가 고치겠지.

'일주일에 두 명씩 죽는다.'

엄마들이. 나는 비명을 질렀다.

캘럼 아저씨한테 화가 난 게 아니었다. 엄마한테 화가 났다.

엄마는 왜 그 웹 사이트를 보지 않는 걸까?

왜 나를 믿지 않을까?

왜 아무것도 하지 않을까?

왜 캘럼 아저씨하고 헤어지지 않을까?

왜?

단 한 가지 방법

내 마음은 빙글빙글 돌아가는 놀이 기구처럼 돌고 돌았다.

엄마는 자신을 구하기 위해 아무것도 하지 않을 것 같았다. 마치 죽기를 바라는 것처럼. 내가 생각할 수 있는 방법은 캘럼 아저씨를 죽이는 것뿐이었다.

하지만 어떻게? 독을 먹일까? 내가 요리를 못 한다는 게 문제다. 괴상하게 만든 음식을 준다면, 캘럼 아저씨가 내 의도를 알아차릴 것이다. 달려오는 기차로 밀어 버릴까? 하지만 캘럼 아저씨는 자기 차로 출퇴근한다. 칼로 찔러? 아마 내가 그 뚱뚱한 배 앞에 가기도 전에 빠른 손놀림으로 칼을 빼앗을 것이다.

나는 어떻게 할지 도무지 알 수 없어서 친구 배리한테 물어봤다. 배리는 별별 것을 다 안다.

"너희 엄마랑 아빠랑 싸우니?"

"맨날 싸우지. 텔레비전 리모컨 가지고 항상 전쟁이야."

배리는 아빠와 엄마 목소리를 번갈아 흉내 내며 말했다. 낮은 목소리로. "난 축구 볼 거야." 높은 목소리로. "당신은 맨날 축구만 보잖아." 낮은 목소리로. "당신은 맨날 요리만 보잖아." 높은 목소리로. "그건 최소한 당신한테 좋잖아. 축구는 먹을 수도 없고." 다시 낮은 목소리로. "뭔 소리야? 당신이 만든 요크셔푸딩은 딱 가죽 맛이 나는데."

웃었다.

"근데 있잖아. 진짜 싸움. 때리고 싸울 때도 있어?"

나는 주먹을 흔들며 말했다. 배리는 고개를 저었다.

"그건 아냐. 지난여름에 싸우는 걸 봤는데, 아빠가 물총에 차가운 물을 채워 뒷마당에서 일광욕하고 있는 엄마한테 쏜 거야. 그래서 둘이 서로 물총을 가지겠다고 싸웠어. 결국 튜브풀장에서 끝났지만."

배리 이야기를 들으니 속이 울렁거렸다.

"너희 아빠, 술에 취할 때도 있어?"

"매주 금요일마다."

"취하면 뭐 해?"

"그냥 곯아떨어져."

배리는 돼지에게 마이크를 댄 것처럼 코 고는 소리를 냈다.

"소파에 뻗어서 잔다니깐. 이 층으로 옮기기에 너무 무거워서 우리는 그냥 놔둔다. 가끔 아침까지 거기서 잘 때도 있어."

다른 질문이 생각났다.

"누가 엄마를 때리면 어떻게 할 거니?"

배리는 수염이 막 자라기 시작한 턱을 긁적거렸다.

"아빠한테 말해야지. 그러면 아빠가 그놈을 혼내 주겠지."

배리가 이상하다는 표정으로 나를 봤다.

"근데 왜 이런 걸 물어보는 건데?"

"영어 숙제로 이야기를 하나 써야 하는데, 그런 짓 하는 남자에 대해 쓰려고."

나는 에이미에게 물어볼까 생각했지만, 에이미는 꼬치꼬치 캐물을 게 뻔했다. 그래서 다른 아이를 골랐다. 바로 앤드리아 왓슨. 앤드리아는 우리 학년에서 제일 똑똑하다. 그 애 옆에 있으면 우리 모두 멍청해 보인다. 나는 쉬는 시간에 용기를 내서 앤드리아한테 갔다.

"앤드리아?"

"왜?"

"이건 좀 뜬금없는 질문인데."

"가정해서 말한다는 거야?"

"그래 뭐 그렇다 치자."

나는 벌써 내 얼굴이 변하는 게 느껴졌다.

"만약 말이야, 아빠 말고 다른 사람이 엄마를 때리고 상처 입히면 어떡할 거야?"

앤드리아는 생각에 잠긴 표정을 지었다.

"경찰에 전화할 거야."

"경찰 말고는?"

"우리 엄마, 아빠는 별거 중이지만, 그래도 아빠한테 전화할 거 같아."

"아!"

"그런 걸 왜 물어? 너희 엄마한테 무슨 일 있어?"

앤드리아가 갑자기 진지해졌다.

"아니야. 괜찮아."

나는 앤드리아 곁에서 멀어졌다.

"너도 별일 없고?"

앤드리아가 소리쳤다.

"그럼. 암튼 고마워!"

나는 몇몇 애들에게 더 물어봤다.

"누가 엄마를 때리면 어떻게 할 거냐고? 아빠한테 전화해야지. 아빠가 그놈 얼굴을 후려치겠지."

칼은 머리를 긁적이며 말했다.

"누가 우리 엄마 때리면? 아빠한테 전화할 거야. 아빠가 탱크를 가져와서 날려 버릴걸. 그리고 화염 방사기로 죽인 뒤에 총으로 쏘겠지."

벤의 상상력은 완전 생생했다.

영국 특수 부대를 부르겠다는 개빈과 엄마가 돌아가셨다고 말한 토니를 제외하면 모두 같은 대답을 했다. '아빠.'

만약 내가 캘럼 아저씨를 없애려면 아빠한테 부탁해야 한다. 하지만 여기에는 문제가 하나 있다.

나는 아빠가 누구인지 모른다!

에이미에게도 비밀로……

"대니, 너 앤드리아랑 이야기했다며?"

에이미가 알게 되리라는 걸 미리 예상해야 했다. 여자애들은 이야기하는 걸 좋아한다. 넘버원 취미 활동이다.

"응."

"왜 나한테 안 물어보고?"

"그냥, 앤드리아가 옆에 있어서."

에이미는 살짝 웃었다.

"너희 엄마랑 캘럼 아저씨랑 무슨 문제 있어?"

"꼭 그런 건 아니야."

"무슨 대답이 그래?"

에이미가 팔짱을 끼며 말했다.

"그냥…… 가끔 소리 지르며 싸워."

사실 싸움도 아니다. 10 대 0으로 항상 캘럼 아저씨가 이기니까.

"그치만 소리 지르는 이야기가 아니었다던데. 엄마가 맞는 거에 대해 물어봤다고 하던데?"

왜 여자애들은 그런 것까지 다 이야기하는 걸까?

"그나저나 너랑 꺽다리 데이브는 어때?"

"말 돌리지 말고. 지금 너희 엄마에 대해 이야기하고 있잖아."

"다른 이야기 하면 안 돼? 내가 듣기로 뉴캐슬 유나이티드 팀에서 9번 선수를 새로 찾고 있다고 하던데."

"나 심각해. 전에는 엄마랑 캘럼 아저씨에 대해 이야기 많이 했잖아."

"요즘엔 이야기할 게 없어."

"집에 통 놀러 오라고 하지도 않고."

"너희 집에서 우리 집까지 한참 걸어와야 하니까."

마음 한편으로는 에이미에게 모든 걸 털어놓고 싶었다. 하지만 입에 빗장을 걸자고 하는 편이 이겼다. '대니, 털어놓는 건 좋은 생각이 아니야. 에이미는 널 도울 수 없어. 오히려 에이미가 두려워서 너를 떠날지도 몰라. 이건 네가 해결해야 하는 일이야.'

"우리가 사귈 때는 둘 사이에 비밀이 없어야 한다고 생각해."

"네가 나한테 꺽다리 데이브에 대해 말하지 않은 것처럼 말이지?"

에이미 표정에서 내가 제대로 한 방 먹였다는 걸 알 수 있었다.

"나는 걱정돼서 그런 것뿐이야. 무슨 일 있으면 나에게 꼭 말할 거지?"

나는 아주 살짝 끄덕였다.

"제대로 대답해 봐, 제발!"

"그래 알았어. 에이미 너한테 꼭 말할게."

아빠 추적

"엄마, 아빠에 대해서 좀 이야기해 줘."

"내가 백만 번은 말했잖니, 대니. 그 사람 이야기는 하지 않을 거야."

엄마는 과장해서 말했다.

"난 그냥 아빠가 누군지만 알고 싶을 뿐이야. 다른 아이들은 같이 살지 않아도 누가 아빠인지는 알잖아. 왜 나만 몰라야 해?"

아빠에 대한 질문은 항상 엄마가 의자에 축 늘어지거나, 긴 한숨을 내쉬거나, 창밖을 바라보는 걸로 끝났다. 가끔은 세 가지 모두일 때도 있었다. 이번이 바로 그랬다.

"대니, 어떤 것은 지나간 대로 그냥 두는 게 좋아."

"왜? 아빠가 나쁜 사람이야?"

나는 '캘럼 아저씨처럼'을 덧붙일 뻔했다. 그렇게 말할 걸 그랬나?

"응. 나름대로 나빴어."

"어떻게?"

"그 사람 방식대로."

"얼마나 나빴는데?"

"그냥 나빴어."

캘럼 아저씨를 막을 수 있는 '진짜 나쁜 아빠', 바로 내게 딱 필요한 존재였다.

"범죄자야?"

"대니, 말했잖아. 그 사람 이야기는 하고 싶지 않다고. 근데 왜 자꾸만 이야기하게 만드니?"

"어디 사는지 알아?"

"알아. 하지만 너에게 말해 주지 않을 거야."

나는 마지막으로 한 번 더 시도했다.

"나는 아빠가 있는데 왜 못 만나는 거야? 다른 아이들은 다 만나는데."

이건 엄마에게 먹혔다. 엄마는 소파에서 일어나 나를 안아 주었다.

"대니, 네 아빠랑 나는 네가 태어나기도 전에 각자의 길로 헤어졌어. 나름대로 이유가 있었는데, 그게 뭐였는지는 제발 묻지 마."

막 물어보려 했는데 엄마가 빨랐다.

"대니, 난 그냥 이대로가 제일 좋아."

"엄마랑 나랑 캘럼 아저씨랑?"

"그래, 너랑 나랑 캘럼이랑."

엄마는 미소를 지으려 애쓰며 말했다.

이렇게 사는 게 낫다는 걸 보니 아빠는 정말 나쁜 짓을 했나 보다. 엄마는 천만 년이 지나도 아빠에 대해 절대 이야기해 주지 않을 것이다.

하지만 엄마 말고도 아빠 이야기를 해 줄 사람이 있다.

"할머니, 안녕하세요?"

"아, 대니. 오랜만이구나."

할머니는 나를 위아래로 훑어보았다.

"컸다고 말해 주려 했는데 잘 모르겠네."

나는 할머니를 꼭 안았다.

"어떻게 왔니?"

"자전거로요."

"뭐라고?"

"자전거요."

나는 크게 소리쳤다.

"그렇구나!"

"할머니, 보청기 안 끼셨어요?"

나는 목청껏 크게 말했다.

"안 꼈어. 난 보청기가 싫어. 그거 하면 귀가 아파."

할머니는 귀가 아픈 것보다 잘 안 들리는 게 나은 것 같았다. 어쩌면 우리가 쓸데없는 말만 한다고 생각할지도 모르겠다.

"네 엄마는 어디 있니?"

"집에요."

"네 엄마 본 지 정말 오래됐구나."

할머니 이마에 주름이 더 생겼다.

"엄마는 괜찮니?"

"그런 것 같아요."

"캘럼은 어떻고?"

"똑같아요."

"이 수다쟁이야, 그만 안으로 들어가자."

나는 할머니 집으로 들어갔다. 내 기억대로 꽃집같이 향기가 났다. 계단을 보았다. 여기 살 때 나는 코트를 깔고 앉아 이 계단을 미끄럼 타며 내려오곤 했었다. 벽에 엄마와 내 사진이 걸려 있었다. 이 집에 오니 역시 좋았다. 나는 할머니를 따라 거실로 들어갔다.

"거기 앉아라. 그래야 내가 잘 들리지."

나는 할머니 옆 소파에 털썩 주저앉았다. 할머니 집은 정말 깨끗하고, 박물관처럼 유리 장식장 안에 많은 물건이 있었다. 할아버지는 구석에 앉아서 허공을 쳐다보고 있었다.

"할아버지, 안녕하세요?"

할아버지는 고개도 돌리지 않았다. 할머니는 '신경 쓰지 마라.'는 뜻으로 미소를 지었다.

"탄산음료 한 잔 줄까? 항상 탄산음료 좋아하잖아."

"좋지요!"

하마터면 '고맙습니다!'를 까먹을 뻔했다가 덧붙였다.

할머니가 레모네이드 한 잔을 가져다주었다. 맛있었다. 트림이 나오려는 걸 꾹 참았다. 커다란 트림 소리가 할머니 귀에도 들릴 것이다.

"어쩐 일로 우리 집에 왔니?"

"우리 아빠가 어디 있는지 알고 싶어서요."

원래 핏기가 별로 없던 할머니의 얼굴에 그나마 있던 핏기마저 사라졌다. 할머니는 캘럼 아저씨가 길에서 찾던 차의 운전자처럼 보였다. 물에 빠졌을 때처럼 숨을 빨리 들이마셨다. 할머니 볼에 핏기가 돌아왔다. 할머니는 검버섯이 난 손을 나에게 올려놓으며 걱정스러운 얼굴로 물었다.

"왜 그러는데?"

"그냥 아빠가 어디 있는지 알고 싶어서요."

"엄마한테 물어봤니?"

"물론이요. 하지만 엄마는 저에게 아무 말도 안 해 줘요."

할머니는 돋보기 위로 나를 보았다.

"네 엄마가 말을 안 한다면, 나도 할 수 없단다."

"왜요?"

"네 엄마가 말을 안 하는 데는 이유가 있을 테니까."

"무슨 이유인데요?"

할머니는 턱을 긁적거렸다. 할머니 턱에는 배리처럼 수염이 조금 있다.

"살다 보면 몰라도 되는 일들이 있어. 언젠가 네 아빠에 대해서 들을 날이 올 거야. 하지만 지금은 아니란다."

"5분 후는 어때요?"

"5분은 당연히 아니지. 아마 몇 년 후쯤?"

"저는 몇 년씩 기다리고 싶지 않아요."

"글쎄……. 기다려야 할 거야. 인내심을 가지렴."

할머니는 다시 나에게 손을 올려놓았다.

"네 엄마보고 나한테 전화하라고 해 줄래?"

"캘럼 아저씨가 허락하면요."

나는 중얼거렸다.

"뭐라고?"

"아니에요, 할머니. 아무것도 아니에요."

아빠의 주소

방과 후에 종종 에이미네 놀러 갔다. 나는 거기 가는 게 좋았다. 에이미네 집은 안전하게 느껴졌다. 금방이라도 무슨 일이 터질 것처럼 불안하지 않았다. 집 안 곳곳에 있는 십자가에서 예수님이 보고 있으니 뭔 짓을 하기에 좀 찔릴 것 같았다.

언젠가 에이미 엄마와 아빠가 언쟁하는 걸 본 적이 있었다.

"나 오늘 밤에 외출해. 한참 전부터 달력에 써 놨어."

에이미 엄마가 말했다.

"나도 오늘 밤 술집에 가서 경기 봐야 하는데……."

실망한 목소리로 에이미 아빠가 말했다.

"집에서 보면 되잖아."

"집에서 보는 거랑 다르다고."

"텔레비전에서 하잖아. 술집에서 다른 경기 보는 것도 아니면서."

"그게 분위기가 다르단 말이야."

어른들은 정말 별거 아닌 일 가지고 언쟁한다. 에이미와 나는 거실에 앉아서 두 어른이 주고받는 말을 듣고 있었다.

"에이미, 앞으로 어떻게 될 거 같아?"

"아빠가 집에서 축구를 보겠지, 뭐."

"아빠가 진단 말이야?"

에이미는 놀란 표정으로 나를 보았다.

"그 말은 너희 집에서는 캘럼 아저씨가 항상 이긴다는 거야?"

"음, 그건…… 캘럼 아저씨가 남자니까."

"너 지금 어느 시대에 사는 거니? 남녀평등도 못 들어 봤어?"

물론 나도 들어 봤다. 하지만 실제 본 적이 있는지는 모르겠다. 엄마 맘대로 하는 걸 본 적이 없다. 캘럼 아저씨의 말이 바로 법이었다.

"우리 집에서는 안 그래."

"안됐다!"

에이미는 내 손을 꼭 잡으며 말했다.

예상대로 에이미 아빠가 집에서 축구 경기를 보기로 했다. 조금 뒤 에이미 엄마와 아빠는 복도에서 포옹하고 있었다. 뒤끝이 남지 않았다.

에이미 집에서의 일은 아빠를 찾아야겠다는 결심을 더 굳게 만들었다. 내가 살고 싶은 집은 바로 이런 집이다. 작은 언쟁이 엄청나게 큰 싸움으로 번지지 않는 집. 아무도 때리지 않는 집.

나는 티나 이모를 만나러 가기로 마음먹었다. 이모랑 엄마는 자주 어울리곤 했다. 옷에 대한 이야기만 하지는 않았을 것이다. 가족 이야기도 나눴을 것이다. 이모는 분명 아빠에 대해 뭔가 알 것이다.

나는 엄마에게 에이미네 놀러 간다고 거짓말을 했다.

이모 집은 자전거로 가기엔 너무 멀어서 나는 버스를 타고—사실은 버스를 두 번 타고—갔다. 시간이 오래 걸렸다. 난폭 운전으로 순식간에 도착했던 크리스마스 때와는 달랐다. 이모 집까지 한참을 걸어가서 벨을 눌렀다. 문이 열렸다.

"어머, 대니. 세상에, 깜짝 놀랐네."

티나 이모가 말했다. 이모 집에 온 건 크리스마스 이후 처음이었다.

"이모, 안녕하세요?"

"엄마는 어디 있니?"

이모는 진입로를 보며 물었다.

"집에 있어요. 캘럼 아저씨랑."

'캘럼'이라는 이름만으로도 침을 뱉고 싶었다.

"무슨 일 있니?"

걱정스러운 얼굴로 이모가 물었다.

무슨 일이 있었는지 말하려면 하루 종일 걸릴 것이다. 하지만 난 말하지 않기로 했다. 내가 털어놓을 사람은 이모가 아니다. 나는 고개를 저었다. 이모는 눈을 가늘게 뜨고 나를 보았다.

"정말 다 괜찮니? 네 엄마랑 이야기할 때 보면 평소랑 다르던데. 우리 집에 놀러 온 지도 한참 되었고."

"이모도 우리 집에 온 지 한참 되었잖아요."

이모는 갑자기 찔리는 듯한 표정으로 손가락을 꼼지락거렸다.

"그래. 사실 캘럼이 지난번에 한 행동 때문에, 그렉이…… 너희 집에 가는 걸 싫어해서 그렇게 되었어. 네 엄마 만나서 커피 마시려고 했는데, 항상 바쁘다고 하더라."

"네, 바빠요."

엄마는 이모를 만나지 않으려고 바쁘다.

"모든 게 다 괜찮은 거 정말 확실하니?"

'아뇨, 이모. 하나도 괜찮지 않아요. 하지만 걱정 마세요. 내가 다 해결할 테니까요.' 하려다가…….

"야, 괜찮아요."

"대니, '네.'라고 해야지. '야.'가 아니라."

"네, 이모."

이모의 얼굴에서 걱정스러운 빛이 사라졌다.

"타비사랑 마르커스는 네 이모부랑 테니스 치러 갔는데."

"걔네 보러 온 거 아니에요. 이모 만나러 왔어요."

이모의 커다란 고동색 눈썹이 올라갔다.

"나?"

"네, 이모요."

"들어와라."

나는 문 앞에서 신발을 벗었다. 이모 집은 캘럼 아저씨나 할머니 집보다 더 깨끗했다. 이모 집은 실내에서 신발을 신으면 안 되었다. 우리는 거실로 들어갔다. 나는 겉옷을 벗어 의자에 걸쳐 놓았다.

"마실 거 좀 줄까?"

"네, 뭐 좀 주세요."

바보같이 대답했다. 긴장했을 때는 머리가 잘 안 돌아간다. 이모는 오렌지 주스 한 잔을 가지고 왔다. 맛이 좀 이상했다. 뭔가가 씹혔다.

"네가 나를 보러 왔다니 놀랄 일인데."

이모는 가죽 소파에 뽀드득 소리를 내면서 앉았다. 내가 말하는 걸 들으면 더 놀랄 텐데…….

"무슨 일로 여기까지 온 거니?"

나는 주스를 벌컥벌컥 마시다가 바보같이 오렌지 건더기에 사레들렸다. 이모는 기침이 멈출 때까지 등을 두드려 주었다.

"이모한테 물어볼 게 있어서요."

"듣고 있어."

이모는 앞으로 몸을 숙였다.

"아빠가 어디 있는지 알고 싶어요."

이모는 몸을 뒤로 기대고 팔짱을 꼈다. 더는 내가 반갑지 않아 보였다. 이모가 뭐라고 말해야 할지 고민하는 동안 긴 침묵이 흘렀다.

"어디서부터 시작된 거니?"

"저요."

"너라는 건 나도 알지."

이모는 한숨을 쉬었다.

"왜 알고 싶은지 물어보는 거란다."

"전 다음 3월이면 열다섯이 돼요. 아빠가 누군지 알 때가 되었어요."

"미안하지만 말해 줄 수 없구나."

이모는 목걸이를 만지작거리며 말했다.

"왜요?"

"그건 네 엄마가 말해 줘야 하는 거니까. 엄마한테 물어봤니?"

"엄청 많이 물어봤어요. 엄마는 절대 이야기 안 해 줄 거예요. 아빠는 어디 있어요?"

이모는 퀴즈쇼에 나온 사람이 정답을 감 잡지 못할 때와 같은 표정을 지었다. 상금을 진짜 받고 싶지만, 정답이 전혀 떠오르지 않을 때의 표정이었다.

"대니, 집에 아무 문제없는 거 확실하니?"

같은 질문을 하고 또 하는 게 꼭 경찰 드라마 같았다.

"네."

나는 너무 크게, 너무 빨리 대답했다.

"그게…… 지난번 여기서 일이 있은 이후에 걸려서……. 무슨 일 있으면 나한테 꼭 이야기해 줄 거지, 대니? 꼭 말할 거지?"

크리스마스 일을 상기시킬 필요는 없는데.

"그럼요. 하지만 저는 아빠를 찾고 싶어요."

이모는 가렵기라도 한 듯 몸을 이리저리 움직였다.

"지금 그 이야기를 하기에는 좀 복잡한 상황이란다."

"지금 그 이야기 안 하고 있잖아요."

이모는 일어나서 거실을 천천히 걷기 시작했다. 여전히 목걸이 구슬을 만지작거렸다.

"오, 대니, 대니, 대니."

이모가 갈등하는 게 느껴졌다. 나는 이모를 도와주기로 했다.

"조금만 말해 주세요."

이모가 끝내주게 하얀 이를 보이며 미소 지었다.

"조금만 말할 수는 없단다. 대니."

"그럼 다 말해 주세요."

이모가 고개를 흔들자 목걸이 구슬이 짤랑거렸다. 그 소리에 나는 짜증이 나기 시작했다. 어른들이 아이들에게 감추는 게 있다는 건 알지만, 이건 말도 안 된다. 내가 알고 싶은 건 단지 나의 친아빠가 어디 있냐는 거다. 대단한 걸 묻는 게 아니다. 안 그런가?

"죽었어요?"

"아니, 안 죽었어."

"그럼 감옥에 있어요?"

이모는 고개를 저었다.

"나빠요?"

"딱 한 번 그랬지."

이거면 되었다.

"그럼 왜 아빠를 만나면 안 돼요?"

이모는 빨간 손톱으로 뺨을 긁적였다.

"그냥, 대니. 네 엄마의 허락 없이는 너에게 말해 줄 수 없구나."

나는 일어났다. 바보 같은 소파와 선반에 놓여 있는 작은 장식품들을 모두 걷어차고 싶었다. 모든 게 완벽한 이 집에 화풀이하고 싶었다.

"난 아빠가 보고 싶어요."

나는 냅다 소리를 질렀다.

"진정해, 대니."

"이모는 이해 못 해요."

이모가 가까이 와서 내 손을 잡았다. 나는 손을 뺐다. 이건 내 손이다. 이모 것이 아니다.

"뭘 이해 못 한다는 거니, 대니? 그게 무슨 뜻이야? 왜 아빠를 찾으려고 하는 건데?"

방이 조용해졌다. 벽난로 위 선반에 있는 시계가 똑딱거리는 소리와 이모의 숨소리만 들렸다.

"그럼 아빠에게 편지는 써도 되나요?"

"뭐라고?"

"아빠한테 편지를 쓴다고요. 만날 필요 없어요. 편지만 쓰면 돼요."

"아니, 나는 말해 줄 수 없구나. 정말 못 해."

"알았어요. 이만 갈게요."

나는 겉옷을 집어 들고 문 쪽으로 걸어갔다.

"너 뭐 하니?"

이모는 떨리는 목소리로 말했다.

"집에 가요."

"있고 싶으면 더 있어도 돼. 내가 당근 케이크 만들어 줄게."

"난 아빠를 원해요. 당근 케이크가 아니라."

이모는 나랑 같은 느낌인 듯 보였다. 무력감.

이모는 현관까지 나를 따라 나와서 겉옷 입는 걸 도와주려 했다. 하지만 나는 이모를 뿌리치고 혼자 입었다.

"집까지 태워다 줄까?"

"아뇨."

"나도 이야기해 줄 수 있으면 좋겠어."

하세요, 티나 이모.

평소 같으면 이모와 포옹하겠지만, 오늘은 아니었다. 이모는 그럴 자격이 없다. 이모는 혼란스러운 얼굴로 나를 보더니 팔로 감쌌다. 나는 몸을 빼고 싶었지만 그러지 않았다. 그럴 수가 없었다. 내 몸의 근육이 모두 사라진 듯 힘이 없었다. 할머니의 포옹, 이제 이모의 포옹. 이런 게 그리울 줄은 몰랐다. 할머니, 할아버지와 함께 살던 때가 생각났다. 모두 함께 있고, 모두가 행복했다. 이모 품에 안기니까 안전하게 느껴졌다. 하지만 이 기분도 계속되지 못할 것이다. 바쁜 이모 품에 언제까지나 안겨 있을 수만은 없다.

나는 벽에 걸린 사진을 보았다. 이모와 이모부, 타비사와 마르커스가 바닷가에 서서 함께 미소를 짓고 있었다. 캘럼 아저씨네 집과는 달랐다. 우리가 임대 아파트에 살 때 엄마는 우리 사진을 걸어 두었다. 지금 우리가 사는 곳은 그렇지 않다. 레이싱 카 사진만 걸려 있었다. 마치 우리가 존재하지 않는 듯이.

사진과 이모의 따뜻한 포옹이 더 이상 참을 수 없게 만들었다. 나는 울기 시작했다. 나는 울보가 아니다. 절대 아니다. 하지만 그 순간 눈물을 멈출 수가 없었다. 계속 흘러나왔다.

"오, 대니."

이모가 꼭 안아 주자 눈물이 더 나왔다. 나는 바보같이 이모네 비싼 카펫 위에서 엉엉 울었다. 결국 이모는 티슈를 가지러 갔다. 거울에 내 얼굴이 비쳤다. 좀비같이 빨간 눈, 이모가 꽉 안는 바람에 엉클어진 머리와 슬픈 표정. 내 얼굴 같지 않았다.

이모는 티슈를 잔뜩 가지고 왔다. 나는 코를 풀고 현관문 손잡이로 손을 뻗쳤다. 내가 손잡이를 잡기 전에 이모가 내 손을 잡았다.

"기다려."

이모는 다른 방으로 달려갔다. 티슈를 더 가지러 간 줄 알았는데, 이모는 손에 종이 한 장을 가지고 왔다. 코를 풀기는 너무 작은데……. 이모는 잠시 서서 왜 이걸 가져왔는지 모르겠다는 표정으로 종이를 바라보았다. 그리고 그 종이를 내 손에 쥐여 주고, 두 손으로 감쌌다.

"아빠한테 편지 쓸 때, 누가 주소를 알려 줬는지 말하면 안 된다."

"네, 이모."

"그리고 엄마보고 나한테 전화하라고 해, 꼭."

"네, 이모."

"그리고 내가 이걸 너에게 줬다고 엄마한테 절대로 말하면 안 된다. 알겠니?"

나는 내 손을 덮고 있는 이모의 손을 보았다.

"알겠냐고?"

"네, 이모. 알겠어요."

엄마의 결혼 결정

나는 타인강만큼이나 크게 웃으면서 미드필더처럼 길을 달려갔다. 굳이 확인해 보지 않아도 이모가 준 게 뭔지 알 수 있었다. 아빠의 주소다.

버스 정거장에 도착해서야 달리는 걸 멈추었다. 크리스마스 선물이 내 손에 있을 때의 느낌이었다. 선물을 열고 싶은데…… 너무 열고 싶은데…… 한편으로는 열고 싶지 않은 기분. 그 설렘이 좋았다. 그게 바로 이 종잇조각에 대한 느낌이었다. 하지만 더는 참을 수 없었다. 내용을 확인해 봐야 했다. 나는 눈을 감고 열까지 센 후 종이를 펼쳤다.

스티브 리버스
레드우드 가든스가 9번지, 뉴윙톤구, 에든버러시

에든버러? 거기는 멀리 떨어진 스코틀랜드 지역인데. 나는 아빠가 이 근처나 조금 남쪽인 더럼 지역에 살 거라고 생각했다. 왜 아빠는 스코틀랜드까지 갔을까? 지금 여기서 아빠가 필요한데.

엘돈 스퀘어에서 버스를 내려 게이츠헤드행 버스로 갈아타고 집에 가는 내내 종이를 뚫어지게 보았다. 생각하고, 생각하고, 또 생각했다.

집에 이르러 뒷문으로 들어갔다.

"어디 갔었니?"

엄마가 싱크대에서 뭘 하고 있었다. 보통 엄마들처럼.

"에이미네 간다고 했잖아."

"너무 오래 있었는데."

"그래서?"

나는 겉옷을 바닥에 던졌다.

"옷걸이에."

겉옷을 옷걸이에 걸었다.

거실로 가자 캘럼 아저씨가 자기 의자에 앉아서 돌고 도는 자동차 경기를 보고 있었다. '캘럼'이라는 이름만 떠올려도 토할 것 같았다. 그래서 머릿속으로 '뚱뚱한 개자식' 줄여서 '뚱개'라고 부르기로 했다. 나는 뚱개를 보고 웃었다. 우리가 이 집에 살기 시작한 후 처음으로 힘을 느꼈다. 뚱개는 나보다 크고 돈도 많고 손가락도 빠를지 모르지만, 이제 나는 그 사람을 이길 수 있다. 내 주머니에 뚱개를 영원히 멈추게 할 수 있는 방법이 들어 있기 때문이다. 뚱개를 없애 줄 사람의 주소.

하지만 뚱개를 없애기 전에 해결해야 할 문제가 있었다. 어떻게 에든버러에 가지? 나는 노트북을 가지고 뚱개의 방으로 가서 뚜껑을 열고 두 손가락으로 검색창에 글자를 쳤다.

에딘브루는 어디 있나?

이것을 찾으시나요? 에든버러

맞아. 까다롭긴. 클릭했다. 엄청 많은 사이트가 나왔다. 에든버러는 옛날 스코틀랜드 왕국의 수도다. 그건 나도 안다. 내가 몰랐던 것도 있었다. 에든버러는 내가 사는 뉴캐슬에서 167킬로미터나 떨어져 있다. 어떻게 거기까지 가지? 엄마에게 당일치기로 놀러 가자고 할 수도 있지만, 아빠가 에든버러에 살고 있는 걸 이모가 아니까, 엄마도 당연히 알 것이다. 엄마는 눈을 가늘게 뜨고 물을 것이다.

"에든버러에서 뭐 하려고 하니, 대니?"

"치마 입은 남자를 좀 보려고."

엄마는 내가 거짓말하는 걸 단번에 눈치채고, 왜 에든버러 가고 싶은지 실토하게 만들 것이다. 그리고 나를 방에 가둘 테고. 그럼 아빠를 만나지도, 도움을 청하지도 못하게 될 것이다. 뚱개는 곤경에서 빠져나가고 내 힘은 사라지고 엄마는 계속 맞겠지. 죽을 때까지.

나는 인터넷 방문 기록에서 에든버러 사이트를 지웠다. 흔적을 남기면 안 된다. 실수하면 잡히는 거다. 나는 다시 거실에 와서 소파에 앉았다. 텔레비전에서 바보 같은 차들이 어디로 가지도 않고 계속 빙글빙글 도는 것처럼, 내 생각도 제자리를 맴돌았다.

이모에게 말한 것처럼 편지를 쓸까 생각해 보았다.

> 스티브 아저씨께
> 당신은 나를 모르겠지만 나는 당신의 아들, 대니입니다.
> 비록 우리가 한 번도 이야기를 나눈 적은 없지만 작은 부탁을 하나 해도 될까요? 엄마의 남자 친구 좀 죽여 주시겠어요?
> 제발요!
> 사랑을 가득 담아…….

이렇게 쓰면 어떨까? 아마 내가 제정신이 아니라고 생각하겠지. 직접 가서 만나 모든 이야기를 해야 한다.

포퓰러 원이 끝나자 뚱개는 술집으로 갔고, 엄마는 내게 저녁을 차려주었다. 나는 부엌 식탁에 앉아 에이미가 여름휴가 때 스코틀랜드에서 사다 준 소 그림의 냉장고 자석을 쳐다보고 있었다.

"무슨 일이니?"

엄마가 물었다. 엄마들은 탐정 같다. 보통 사람들은 모르는 걸 알아챈다. 나는 아무 말도 하지 않았지만, 엄마는 뭔가 있다는 걸 알아챘다.

"대니, 캘럼은 나쁜 사람이 아니야."

나는 웃지 않으려고 했지만, 피식 코웃음이 삐져나왔다.

"우리가 몇 번 싸운 건 사실이야. 하지만 사람마다 문제를 해결하는 방식이 다른 것뿐이란다."

그건 엄마 말이 맞다. 엄마랑 뚱개는 자기네들 방식으로 해결하고, 나는 내 방식으로 할 거니까.

그런데 내가 이 문제를 해결하기 전에 일이 생겼다. 말하고 싶지도 않은 불쾌한 일이지만, 일어나고 말았다.

며칠 뒤 엄마의 생일이었다. 엄마는 서른 살이 되었다. 나는 엄마에게 초콜릿 한 상자를 선물했다. 초콜릿이 엄마의 다이어트를 망칠 수 있지만, 그래도 엄마는 행복해 보였다. 엄마는 항상 몸무게에 신경을 썼다. 뚱개가 그렇게 하게 시켰다.

뚱개는 장미와 반짝이가 붙어 있는 큰 카드를 주었다. 나는 내용을 읽고 토할 뻔했다.

> 당신은 내가 만난 사람 중 가장 사랑스러운 여성이오.
> 당신이 없었다면 내 삶은 텅 비었을 거요.
>
> 내 모든 사랑을 다해서 캘럼.
> 서른 번의 키스를 보내오!

이게 다가 아니었다. 큰 핸드백, 꽃다발, 귀걸이 그리고 코트. 코트? 엄마는 벌써 코트가 세 벌이나 있는데, 왜 더 필요한 거지? 어쨌든 뚱개는 엄마에게 선물을 많이 주었고, 엄마는 완전 행복해했다. 나랑 에이미가 남들 몰래 하는 것처럼, 엄마는 캘럼 아저씨와 키스를 나눴다.

그날 저녁에 둘은 어딘가로 저녁 식사를 하러 나갔다. 뚱개는 넥타이를 매고 엄마는 발이 아플 게 뻔한 신발을 신은 걸 보니, 고급스러운 곳인 듯했다. 나는 에이미 집에 가고 싶었지만, 엄마는 평일 밤에는 안 된다고 했다. 하는 수 없이 나는 노트북으로 게임을 했다.

엄마 걱정에 집중이 안 되어서 최악의 점수가 나왔다.

'일주일에 두 명의 여성이 죽는다.'

엄마 같은 사람들이 왜 뚱개 같은 사람이 죽일 때까지 가만있는지 알고 싶었다. 나는 검색창에 '가정 폭력 당한 여성은 왜 도망치지 않을까?'라고 타이핑했다.

역시 미스터 구글에 그것도 설명이 되어 있었다. 많은 이유가 나왔다. 첫째, 그랬다가 가해자가 더 심하게 폭력을 행사할 거라고 생각해서. 둘째, 경제적으로 종속되어서, 셋째, 자존감이 더 이상 남아 있지 않아서 넷째, 이런 일이 일어난 것이 자신의 잘못이라 생각하고 창피해서. 다섯

째, 가해자가 바뀔 거라고 생각해서. 여섯째, 처음 관계가 시작되었을 때를 되돌아보며 그런 좋은 시간이 다시 올 거라고 기대해서. 어떤 게 엄마에게 해당하는지 잘 모르겠다. 이 중 몇 가지 이유일 수도 있고, 어쩌면 모두 다일 수도 있다.

사이트를 닫고 방문 기록을 지웠다. 침대에 누워 천장을 쳐다보았다. 엄마랑 뚱개는 지금 식당에 있을 것이다. 잘못된 건 하나도 없다는 듯 먹고 마시고 웃을 것이다. 하지만 나는 안다. 모든 게 잘못되었다. 엄마는 뚱개에게서 벗어나야 한다.

옷을 벗고 침대 속으로 들어갔다.

'엄마, 생일 축하해!'

엄마가 언제 집에 왔는지 모르겠다. 시계를 보는 걸 깜빡했다. 엄마가 내 방에 들어와서 나를 흔들어 깨웠다. 나는 엄마가 내 옆에 서 있는 걸 보고 깜짝 놀랐다. 뚱개가 엄마를 또 때렸다고 생각했다.

하지만 엄마는 맞은 게 아니고 행복해했다. 엄마에게서 뚱개가 술집에서 돌아왔을 때와 같은 냄새가 났다.

"왜, 엄마?"

엄마는 뚱개가 자랑스러워할 만큼 크게 웃었다.

"네게 소식 전해 주려고. 대니, 우리 결혼하기로 했어."

내가 저지른 폭력

어떻게 그럴 수 있지? 어떻게 뚱개 같은 남자랑 결혼을 할 수 있지? 엄마가 정말 미쳤나 보다.

눈을 감고 있어도 엄마가 환하게 웃으며 '우리 결혼하기로 했어.'라고 말하는 입과 붉은 이가 떠올랐다. 나는 무릎을 꿇고 내가 할 수 있는 만큼 세게 베개를 내려치고, 내려치고, 또 내려쳤다. 엄마는 자기를 때리는 남자와 결혼하기로 했다. 그 남자는 엄마를 죽일 것이다. 차라리 타인강에 뛰어내리는 게 낫다.

나는 침대에 누워 말다툼하거나 싸우지 않고 애들처럼 웃고 있는 둘의 소리를 들었다. 술병이 '펑!' 하고 '쉬이익!' 하는 소리가 들렸다. 벌써 술을 꽤 마셨고 내일 아침에 출근해야 하는데도, 둘은 아직도 술을 마시고 있다. 술은 사람을 자제력 없는 바보로 만든다.

뚱개는 엄마를 속이고 있다. 카드, 꽃다발, 귀걸이, 코트 그리고 핸드백으로. 엄마는 뚱개가 많은 걸 주었기 때문에 자신을 사랑한다고 생각한다. 뚱개가 엄마에게 준 다른 것—때린 자국, 눈 주변의 검은 멍, 주먹을 날린 입 주위 상처, 헤드록, 귀청이 떨어져 나갈 정도의 고함—은 벌써 잊은 것 같았다. 코트나 가방들이 더 중요하다는 듯이.

나는 너무 화가 나서 미친 사람처럼 소리를 질렀다. 하지만 음악을 틀어 놓고 파티를 하고 있어서 둘은 듣지 못했다. 나는 에든버러로 가는 걸 거의 포기했지만, 이제는 그럴 수 없게 되었다. 엄마가 뚱개랑 결혼하게 놔둘 수는 없다. 그건 뚱개가 우리 옆에 계속 있다는 거고, 그러는 한 엄마는 절대 벗어나지 못하기 때문이다. 나는 뚱개가 내 아빠가 되는 걸 원하지 않는다. 나는 나의 진짜 아빠를 원한다.

다음 날 학교에서 선생님한테 혼이 났다.

"대니, 머리는 어깨 사이에 있어야지. 책상 위가 아니고."

헤더링턴 선생님이 소리 질렀다. 여기저기서 웃음소리가 들렸다.

"수업 끝나고 나 좀 보자."

"네, 선생님."

수업이 끝나고 모두 밖으로 나갔다. 제프 루시는 손으로 목을 베는 흉내를 냈고, 마크 워터스는 장송곡을 흥얼거렸다. 껑다리 데이브는 "넌 죽었어." 겁을 줬다. 에이미는 옆을 지나가며 팔을 꼭 쥐고 "사랑해!" 입 모양으로 말했다. 에이미의 말 한마디로 마음이 말랑말랑해졌다.

헤더링턴 선생님은 주머니에 펜을 가득 꽂은 채로 팔짱을 끼고 책상 앞에 앉았다.

"대니, 요즘 별일 없니?"

"네, 없어요. 다 괜찮아요, 선생님."

선생님에게 내 상황을 말할 필요는 없다. 선생님과는 상관없는 일이다.

"잠은 충분히 자고?"

"그러려고 해요."

"그럼 조금만 더 노력해 봐라. 알았지?"

선생님은 미소 지었다. 나는 고개를 끄덕였다.

"가도 된다."

문으로 달려갔다.

"그리고 대니?"

멈췄다.

"무슨 일이 있으면 나한테 말할 거지?"

"네, 헤더링턴 선생님."

이게 그날 일어난 가장 나쁜 일이라고 생각했다. 하지만 아니었다. 이건 나쁜 일 근처에도 못 갔다. 나쁜 일의 금메달감 사건이 일어났다.

쉬는 시간에 꺽다리 데이브가 나에게 왔다.

"너 아직도 내 여자 친구 만나더라."

"에이미가 왜 네 여자 친구냐?"

나는 목소리를 계속 크게 내려 애쓰며 말했다. 꺽다리 데이브는 자신의 얼굴을 내 앞에 바짝 들이댔다.

"에이미는 나를 간절히 원하거든. 다른 여자애들처럼."

많은 여자아이가 꺽다리 데이브랑 어울렸다. 꺽다리 데이브가 에이미를 원하는 이유는 단지 에이미가 꺽다리 데이브와 어울리고 싶어 하지 않기 때문이다.

"에이미는 조만간 나한테 달려올 거야."

꺽다리 데이브는 말을 마치고 씩 웃으면서 걸어갔다.

나는 꺽다리 데이브의 말에 있는 대로 열을 받았다. 그리고 그 열은 쉬는 시간이 끝날 때 터졌다. 계단을 올라가는데 꺽다리 데이브가 앞질러 가면서 내 옆구리를 팔꿈치로 꾹 찔렀다. 나는 원래 확 돌아 폭발하는 성격은 아니다. 축구 시합에서 공을 몰고 가는 도중 상대방이 발을 걸어 넘어뜨릴 때조차 그렇다. 하지만 이번에는 확 돌았다. 나는 뛰어 올라가 꺽다리 데이브를 뒤로 잡아당겼다.

우리가 계단 꼭대기에 있지 않은 건 다행이었다. 꺽다리 데이브는 중심을 잃고 뒤로 자빠졌다. 마치 잘린 나무가 쓰러지듯이. 나는 밑에 있는 아이들이 잡을 줄 알았다. 하지만 아니었다. 아이들이 옆으로 비켜서는 바람에 꺽다리 데이브가 바닥으로 떨어졌다.

젠장.

꺽다리 데이브는 바닥에 머리를 부딪친 채 누워서 움직이지 않았다. 꺽다리 데이브의 굵고 굽실거리는 머리카락 사이로 피가 흘러나왔다. 아이들이 둘러서서 보고 있었다.

"야, 너 왜 그랬어?"

누군가 물었다.

"나도 모르겠어."

내가 대답했다.

선생님들이 슈퍼맨처럼 끝내주게 빨리 달려왔다. 선생님 둘이 꺽다리 데이브를 옮겼다. 그리고 체육과 토빈 선생님이 털이 북슬북슬한 팔로 팔짱을 낀 채 화난 얼굴로 서 있었다.

"무슨 일이냐?"

토빈 선생님이 소리를 질렀다. 아이들 사이에서 누가 말했다.

"크로프트가 반스를 계단 밑으로 밀었어요."

거짓말할 수도 있었지만, 내 얼굴은 이미 죄책감으로 가득 차 있었다.

"따라와라, 크로프트."

선생님은 나를 브라이턴 교장 선생님 방으로 데려갔다. 선생님들이 증거를 모으는 동안 나는 교장실 앞에서 무한정 기다렸다. 드디어 내가 불려 들어갔다. 교장실은 사무실이라기보다는 도서관 같았다. 모든 곳에 책이 있었다. 키가 작고 머리가 큰 아줌마인 브라이턴 교장 선생님이 책상 앞에 앉아서 안경 위로 나를 보았다.

"앉아라, 대니. 무슨 일이 있었는지 알고 싶구나."

선생님이 말했다. 나는 책상 앞에 있는 의자에 앉았다.

"데이브 반스가 저를 팔꿈치로 찔렀어요, 선생님."

"그래서 그 아이를 계단 밑으로 던져 버리기로 한 거니?"

"저는 데이브가 넘어질 거라고 생각하지 못했어요. 밑에까지 떨어질 줄 몰랐다고요."

교장 선생님은 자기 앞에 있는 메모를 보았다.

"넌, 2년 좀 넘게 우리 학교에 다니는 동안 한 번도 문제를 일으킨 적이 없구나."

어떤 아이들은 그렇지 않다. 10학년의 지미 아처는 과학실에 불을 내서 퇴학당했다.

"집에 무슨 일이 있니?"

교장 선생님이 헤더링턴 선생님과 이야기를 나눈 게 분명했다.

"아뇨, 선생님."

선생님은 팔꿈치를 책상 위에 올려놓고 기도할 때처럼 깍지를 꼈다.

"다시는 이런 일이 일어나지 않길 바란다, 알겠니?"

"네, 교장 선생님."

아니 '아뇨, 교장 선생님.'이라고 해야 하나?

"데이브는 집에 보냈다. 나는 폭력을 혐오해. 이런 일이 우리 학교에서 일어나는 걸 정말 원하지 않아. 알아듣겠니?"

"죄송합니다. 교장 선생님."

"그리고 데이브에게 네가 한 일에 대해 사과 편지를 쓰도록 해라."

"네, 교장 선생님."

내 소리가 앵무새같이 들렸다.

"이 일은 네 생활 기록부에 기록될 거다. 가도 된다, 대니."

교장 선생님은 문을 보았다.

"감사합니다, 교장 선생님."

나는 교실로 뛰어갔다.

어떤 아이들은 이 일이 대단하다고 생각하는지 무슨 상이라도 받은 양 등을 두드려 주었다. 반면 어떤 아이들은 실망했다는 표정으로 나를 흘깃거렸다. 나는 기회를 봐서 에이미에게 무슨 일이 있었는지 말해 주었다. 에이미는 내게 멋지다며 학교 끝나고 성당 뒤에서 키스해 주었다.

난 이걸로 다 끝인 줄 알았다. 하지만 이건 시작이었다.

"대니, 이야기 좀 하자."

내가 집에 가자마자 엄마가 거실에서 소리를 질렀다. 엄마는 노트북을 무릎 위에 놓고 소파에 앉아 있었다.

"도대체 이게 무슨 일이니?"

학교에서 엄마한테 이메일을 보냈나 보다.

"문제가 좀 있었어, 엄마."

"교장 선생님 말이, 네가 다른 아이를 계단 아래로 밀었다던데? 그 아이는 몇 바늘 꿰맸다고 하고?"

나는 굽도리널을 뒤꿈치로 찼다.

"하지 마라. 자국 생겨."

다시 찼다.

"걔가 에이미에 대해 나쁜 말을 했어. 그리고 계단에서 나를 팔꿈치로 밀었고."

"대니, 복수는 아무 것도 해결해 주지 않는단다."

"정말?"

"그래, 정말."

"엄마는 캘럼 아저씨가 스페인에서 한 말 기억 안 나?"

엄마는 몸을 앞으로 숙였다. 기억이 엄마를 파고든 듯 얼굴에 고통이 가득했다.

'사람들이 너한테 잘못했을 때 그냥 두면 안 된다. 절대로.'

수학여행

에든버러에 가는 문제를 거의 포기했을 때 에이미가 돌파구를 떠올리게 해 주었다.

"대니, 너 수학여행 갈 거지?"

방과 후에 같이 걸어가며 에이미가 물었다.

"무슨 여행?"

"너 이메일 안 읽었어? 꼬박 엿새 동안 떠나는 거잖아!"

에이미는 나를 보고 씩 웃으며 말을 이었다.

"그러니까 여섯 번의 밤이라는 뜻이지."

에이미와 함께 떠난다는 생각에 너무 들떠서 소름이 돋았다. 그 소름을 모은다면 산도 만들 정도였다. 우리는 어디를 제대로 가 본 적이 없었다. 에이미와 함께 있는 엿새는 정말 끝내줄 것이다. 하지만 내게는 꼭 해결해야 하는 문제가 있다. 에이미가 지금 막 해결책을 알려 주었다.

"엄마?"

"왜?"

엄마는 배 위에 차를 올려놓고 옆에는 초콜릿 비스킷을 쌓아 두고 소파에 기대어 있었다. 엄마의 다이어트는 완전히 물 건너갔다.

"학교에서 수학여행 간대."

"나도 알아. 이메일 봤어."

"나, 가도 돼?"

"아니."

"다른 애들은 다 가는데?"

"다른 애들 엄마는 나보다 돈이 많나 보지."

"재미있을 텐데."

"너 재미있으라고 그만한 돈을 내지는 않을 거야. 텔레비전에서 코미디 프로그램이나 봐."

내가 타이밍을 잘못 맞췄다. 엄마는 내가 꺽다리 데이브를 계단 밑으로 밀고, 뚱개 일로 시비를 걸었기 때문에 아직 화가 많이 나 있었다.

"엄마, 제발!"

엄마는 비스킷 한 개를 통째로 입에 넣었다. 이야기 끝이다.

하지만 엄마가 안 된다고 해도 보내 줄 만한 사람이 있다. 조금 뒤 엄마가 목욕하러 갔을 때 기회가 왔다.

"캘럼 아저씨!"

그 사람이 놀라서 맥주 캔을 내려놓았다. 나는 보통 그 사람과 이야기를 하지 않기 때문이다.

"무슨 일이니, 대니?"

"곧 수학여행을 가요."

"좋겠네."

"하지만 엄마가 저는 갈 수 없다고 하네요."

100

"왜?"

"비싸다고요."

"얼만데?"

"180파운드요."

그 사람의 뚱뚱한 얼굴에 미소가 퍼졌다.

"그 정도는 낼 수 있지, 장군. 내가 네 엄마랑 이야기해 보마."

멍청이!

엄마가 목욕하고 나오자 뚱개가 엄마하고 이야기하는 소리가 들렸다. 엄마는 얼굴을 일그러뜨리며 내 방으로 쳐들어왔다.

"대니, 너 지금 뭐 하는 거야?"

"뭐가?"

축구에서 상대방을 넘어뜨려 놓고 심판이 못 봤기를 바라면서 '심판님, 뭐요? 저요?' 같은 태도로 대답했다.

"무슨 말 하는지 알잖아. 캘럼한테 수학여행 보내 달라고 한 거."

엄마는 코를 찡그렸다.

"캘럼 아저씨는 돈이 많잖아."

"그게 중요한 게 아니야."

"새아빠도 될 거고. 안 그래?"

엄마는 나를 바라보며 마땅한 말을 떠올려 보았지만, 결국 실패했다.

됐다!

"엄마, 나 수학여행 가면 안 돼?"

시간이 좀 걸렸지만 결국 엄마는 내가 듣고 싶은 대답을 했다.

"그래, 대니. 가도 돼."

비밀 여행

내 계획대로 진행되었지만, 여전히 너무 걱정이 되었다.

일주일 동안 엄마를 뚱개 옆에 혼자 두고 가야 한다는 것. 사실 둘이 결혼하기로 한 다음에는 그 남자가 엄마를 때리지 않았지만, 그렇다고 해서 앞으로도 안 때린다는 보장은 없다. 내가 없는 동안 엄마에게 무슨 짓을 할지 누가 알겠는가.

나는 뚱개를 막기 위해 몇 가지 일을 했다. 맥주 캔을 차고에 있는 잔디 깎이 뒤에 숨겼다. 보드카는 싱크대에 다 쏟아 버리고 물로 채워 놨다. 이 방법이 먹힐지는 알 수 없다. 어쩌면 먹힐 수도 있다.

"여행 갈 생각하니까 흥분되지, 대니?"

엄마가 가방에 깨끗한 바지를 넣으며 말했다.

"어!"

거짓말. 흥분은커녕 너무 긴장되어서 콘플레이크 대여섯 조각도 겨우 삼킬 정도였다. 나는 뚱개한테 수학여행비를 현금으로 내야 한다고 거짓말을 했다. 때문에 내 재킷 주머니는 돈으로 불룩했다.

"버스 타고 가는 게 낫겠어."

나는 아무렇지 않게 말했다.

"아니다, 장군. 내가 데려다줄 거야."

뚱개가 말했다.

"나도 갈 거야."

"하지만 엄마……."

"말릴 생각 마. 우린 네가 출발하는 걸 꼭 볼 거니까. 그렇지, 캘럼?"

다른 계획이 필요했다. 빨리. 이 층에 올라가 내 침대에 앉아서 생각했다. 하지만 쓸 만한 생각이 전혀 떠오르지 않았다. 아빠는 북쪽의 스코틀랜드에 산다. 내가 수학여행 가는 곳과는 반대 방향이다.

하는 수 없이 나는 가방을 들고 뚱개의 차 뒷좌석에 올라타 안전띠를 맸다. 차가 출발했다. 나는 계속 머리를 쥐어짰다. '아이디어를 줘.' 하지만 학교에서처럼 아무 생각도 안 났다. 머리가 정말 망가졌나 보다.

뚱개는 학교 주차장으로 빠르게 운전했다. 평소처럼. 우리는 모두 차에서 내렸다. 내가 제일 늦게 내렸다. 계속 머리를 굴리면서. 그러다 갑자기 아이디어가 떠올랐다. 이게 먹혀야 할 텐데.

"엄마, 나는 엄마가 배웅하는 거 싫어."

"왜?"

엄마가 놀라서 물었다. 내가 거짓말하기 전에 뚱개가 나를 구했다.

"사춘기잖아. 엄마가 잘 다녀오라며 손 흔들면 싫지."

나는 엄마가 감히 뚱개에게 반대하지 않으리라는 걸 알았다.

"당신 말이 맞는 거 같네. 그게 네가 원하는 거라면 말이야, 대니."

웃었다. 그게 바로 내가 원하는 거다.

"그럼 엄마 한 번 안아 주렴."

엄마가 말했다. 나는 가방을 내려놓고 엄마를 꼭 안았다. 포옹을 풀고 싶지 않았다. 엄마 때문에도, 나 때문에도 두려웠다.

"엄마, 별일 없기를 바랄게."

엄마 귀에 대고 속삭였다.

"난 괜찮을 거야, 대니."

뚱개가 듣고 있는지 확인했다. 그 사람은 부드러운 양가죽으로 사이드 미러를 닦느라 바빴다.

"만약 캘럼 아저씨가 무슨 짓을 하려고 하면 집 밖으로 뛰쳐나가. 엄마를 해치게 두지 말고."

"다 괜찮을 거야, 대니."

"캘럼 아저씨가 미쳐 날뛰면 티나 이모한테 전화하고."

"난 괜찮다니까, 대니."

엄마는 나보다 더 심한 거짓말쟁이다.

"매일 밤 전화할게, 엄마."

"그럼 좋지."

난 드디어 엄마를 놓았다.

"보고 싶을 거야, 대니."

"나도 엄마가 보고 싶을 거야."

"사랑해."

"나도 사랑해."

뚱개는 양가죽을 내려놓고 걸어와서 항상 하듯 그 뚱뚱한 손으로 내 머리를 헝클어뜨렸다.

"재미있게 다녀와라, 장군. 호수에 빠지지 말고."

"아저씨, 고맙습니다!"

우리는 사진이라도 된 듯 가만히 서서 한참 동안 서로의 얼굴을 쳐다보았다. 내가 차를 봤다. 둘은 무슨 뜻인지 알아들었다. 엄마랑 뚱개는 손을 흔들고 차 쪽으로 걸어갔다. 가다가 엄마가 배리 엄마를 발견하고 잠깐 이야기하고 싶은 듯 멈췄지만, 뚱개가 엄마 팔을 잡고 차로 걸어갔다. 둘은 차에 올라탔다.

나는 둘이 안 보일 때까지 기다리기로 했다.

차에 앉은 엄마는 슬퍼 보였다. 뚱개는 시동을 걸고 쌩 출발하다가 음악과 다비 선생님을 칠 뻔했다.

두 사람이 떠났다.

나는 차가 작은 점이 될 때까지 기다렸다가 학교 앞에 주차되어 있는 버스 쪽으로 갔다. 헤더링턴 선생님이 참가자 명단에서 이름을 확인하고 있었다. 나는 너무 떨려서 제대로 숨을 쉴 수가 없었다. 엄마가 학교에다 수학여행 갈 거라고 말했기 때문에 선생님한테 다르게 말해야 했다. 줄을 섰다.

"네 등에 있는 건 뭐냐?"

헤더링턴 선생님이 자기만큼 큰 배낭을 멘 닐 토마스에게 말했다.

"우리는 컴브리아(아름다운 호수와 들판으로 유명한 영국 잉글랜드 북서부 지역의 관광지)에 가는 거야. 에베레스트산에 오르는 게 아니고. 가방을 짐칸에 넣고 차에 타라."

헤더링턴 선생님은 명단에서 닐의 이름에 줄을 그었다.

"네 짐은 합리적이네, 크로프트."

"네, 선생님. 근데 저는 못 가요."

잘 당황하지 않는 헤더링턴 선생님이지만, 지금은 당황했다.

"못 간다고? 왜?"

"할머니가 편찮으세요. 할머니를 뵈러 가야 해요."

나는 무척 빨리 말했다. 거짓말은 후다닥 말해야 사람들이 알아차리지 못한다.

"그럼, 짐은 왜 들고 온 거니?"

선생님은 내 가방을 보며 말했다.

"할머니 댁에서 며칠 있으려고요."

선생님은 이것저것 더 물어보려는 듯 보였다. 선생님들은 원래 그렇다. 하지만 뒷줄이 너무 길었고 버스의 출발이 이미 늦었다.

"할머니께서 편찮으시다니 유감이구나, 대니."

나는 겁난 게 아니라 슬퍼 보이려고 애썼다. 선생님이 이어 말했다.

"내년 수학여행은 같이 갈 수 있겠지? 스코틀랜드에 간단다."

그게 올해였으면 좋았을 텐데, 늘 이런 식이다. 나는 가방을 들고 재빨리 그곳을 빠져나갔다.

"대니, 너 어디 가?"

에이미였다. 나는 몸을 돌렸다.

"나 수학여행 못 가."

"왜?"

에이미의 얼굴이 구겨졌다. 할머니 때문이라고 말했다.

"어떡해, 대니? 우리가 처음으로 같이 여행 갈 기회인데."

"미안해!"

나는 엄마를 속상하게 했다. 에이미도 속상하게 했다. 이게 내가 잘하는 일일까? 사람들을 속상하게 하는 것.

"전화해."

내가 말했다.

"못 할걸. 수학여행 중에는 전화를 쓸 수 없대. 비상용으로 한 개만 빌릴 수 있대."

에이미와 떨어져 있는 일주일 동안 목소리도 못 듣다니, 괴로울 것 같았다. 보는 사람이 없는지 재빨리 둘러보고 에이미의 손을 꼭 잡았다.

"사랑해."

에이미가 입 모양으로 말했다.

"나도 사랑해."

나도 입 모양으로 말했다.

에이미는 버스로 갔다. 나는 뒤돌아서서 주차장을 가로질렀다.

"버스는 저쪽이야, 바보야."

머리에 붕대를 감은 꺽다리 데이브였다.

"나는 수학여행 안 가."

내가 말했다.

"이거 유감인데. 너를 절벽에서 밀어 버릴 작정이었는데."

꺽다리 데이브의 얼굴에 사악한 웃음이 떠올랐다.

"아, 다시 생각하니 완전 끝내주는 소식이네. 나랑 에이미 레이놀즈가 일주일 내내 함께 지낼 수 있으니 말이야. 짱인데."

꺽다리 데이브는 휘파람을 불며 버스 쪽으로 걸어갔다. 나는 주먹을 꽉 쥐었다.

드디어 만남

"에든버러행 주세요."

"편도?"

"예, 저 혼자예요."

매표원은 유리창 뒤에서 나를 쳐다봤다.

"편도는 가기만 한다는 거야. 왕복은 갔다가 오는 거고."

"예, 다시 올 거예요."

"언제?"

"다음 토요일에요."

"몇 살이니?"

"열일곱 살이요."

조금 높여 말했다. 매표원은 컴퓨터를 보고 나를 다시 보았다.

"스코틀랜드에 누구 만나러 가니?"

"우리 아빠요."

내 대답에 만족한 것 같았다. 나는 돈을 내고 표를 받았다. 매표원은 컴퓨터 스크린을 보았다.

"15분 후에 기차 있다."

수학여행에서 잘 빠져나왔는데도 심장이 내내 쿵쾅거렸다. 바보짓은 이제 충분하니 그만하라고 하는 것 같았다. 펜스 근처에 경찰이 보이자 심장이 더 빨리 뛰었다. 왜 그런지 모르겠다. 난 아무 짓도 안 했는데. 아직은.

2번 플랫폼을 찾았다. 휴가나 일 때문에 이동하는 사람들로 북적거렸다. 저 사람들 중에 나와 같은 계획으로 에든버러에 가는 사람은 없을 것이다. 생각만 해도 겁이 났다. 하지만 되돌아가기에는 너무 늦었다.

에든버러행 기차가 들어왔다. 기차에 올라타서 빈 좌석을 찾았지만 아무 데도 없었다. 이런 게 어디 있담. 정가를 주고 기차를 탔는데 자리가 없다니. 극장이나 맥도널드에서는 이런 일이 없는데. 화장실 근처에 공간이 좀 있어서 가방을 놓고 그 위에 앉았다. 학생으로 보이는 불량한 분위기의 남녀가 옆에 앉아 있었다. 남자는 염소수염을 길렀고, 여자는 엄청나게 긴 검은 머리에, 코에 피어싱을 몇 개나 달았다. 둘은 손을 잡고 키스하며 서로를 더듬었다. 여자의 피부는 수영장 타일처럼 하얗고 매끈했다. 남자한테 맞은 적이 없을 것 같았다.

아침을 안 먹었는데도 속이 계속 안 좋았다. 나는 167킬로미터를 가서 한 번도 본 적이 없는 사람을 만나 그 사람이 한 번도 만난 적 없는 사람을 죽여 달라고 부탁할 계획이다. 누구라도 토할 것 같은 기분일 것이다. 생각은 에이미에게로 흘러갔다. 에이미가 꺽다리 데이브와 멀리 떨어져 앉았을까? 다음으로 엄마를 생각했다. 똥개는 엄마가 배리 엄마랑 이야기하지 못하게 했다. 혹시 또 분노를 느낀 걸까? 엄마를 때릴 만큼일까?

제복을 입은 승무원이 "뉴캐슬에서 탄 승객?" 하고 소리치는 바람에 나쁜 생각이 흩어졌다. 나는 다시 긴장했다. 승무원이 내가 뭘 하려는지 알면 기차를 돌릴 것 같았다. 아마 맘먹으면 할 수 있을 것이다. 승무원은 선생님이 숙제를 돌려줄 때 짓는 무표정한 얼굴로 나를 내려다보았다. 나는 승무원에게 기차표를 건넸다. 승무원은 표에 찰칵, 구멍을 뚫고 나에게 돌려주었다. 승무원은 아무 말 없이 계속 걸어갔다. 나는 숨을 내쉬었다. 이 여행은 생각했던 것보다도 훨씬 겁이 났다.

나는 일어서서 푸른 들판이 획획 지나가는 걸 보았다. 그러다 바다가 보였다. 바다를 보자 기뻤다. 이유는 모르겠다. 그냥 기뻤다. 나는 바다가 좋다.

하지만 에든버러에 가까워지자 창자가 꽉 조이는 것 같았다. 나쁜 생각들이 내 머릿속을 벌레처럼 기어 다녔다. '아빠가 그 주소지에 없으면 어떡하지? 아빠가 내 얼굴 앞에서 문을 쾅 닫으면 어떡하지? 만약 경찰을 불러 나를 되돌려 보내면 어떡하지?'

차라리 계속 생각하지 말걸. 바보 같은 나 때문에 걱정이 고개를 들려고 할 때 여자 목소리가 들렸다.

"우리는 지금 에든버러 웨이벌리 역에 들어가고 있습니다. 이번 역은 에든버러 웨이벌리입니다."

다 왔다.

기차는 빠르게 움직이다가 속도를 줄였다. 그리고 멈췄다. 마치 '자 어서 오게, 젊은이.' 하듯이. 나는 키스하던 불량스런 남녀를 따라 기차에서 내려 플랫폼에 섰다. 사람들은 어디로 가야 하는지 아는 듯 잰걸음으로 움직였다. 나는 어디로 가야 할지 전혀 알 수가 없었다. 역에는 많은 계단과 육교와 에스컬레이터가 있었다. 나는 무턱대고 사람들이 가는 방향으로 따라갔다.

에스컬레이터를 타고 올라가자 상점들이 늘어선 거리가 나왔다. 나는 여기가 정말 스코틀랜드인지 궁금했다. 치마 입은 남자는 한 명도 안 보였다. 그러다 호텔 앞에서 한 명을 발견했다. 그 남자는 치마와 타탄체크 블레이저를 입었다. 완전 스코틀랜드 사람 같았다.

에든버러는 아프리카나 뭐 그런 곳처럼 내가 사는 곳과 많이 달라 보이지는 않았다. 하지만 내가 겁에 질릴 만큼은 달랐다. 여기가 어디인지, 여기서 아빠가 사는 곳까지 얼마나 먼지 알 수 없었다. 전화기로 거리를 확인해 보았다. 걸어가기에는 너무 멀었다. 버스가 여러 대 지나갔지만 모두 앞에 이상한 이름이 쓰여 있었다.

나는 택시를 타기로 했다. 여태껏 나는 두어 번밖에 택시를 안 타 봤다. 택시비가 얼마나 나올지 감을 잡을 수가 없었다. 하지만 뚱개 덕에 돈이 있다. 나는 택시에 올라탔다.

"어디로 가드래요?"

택시 기사가 심한 스코틀랜드 사투리로 물었다. 나는 주머니에서 종이를 꺼냈다.

"스티브 리버스. 레드우드 가든스가 9번지, 뉴윙턴구, 에든버러시요."

택시 기사는 씩 웃으며 출발했다. 아저씨가 뚱개처럼 미친 듯 운전할 수도 있으니 안전띠를 꽉 맸다.

"조르디에서 왔드래요?"

택시 기사가 물었다.

"예."

"스코틀랜드에는 뭐 때문에 왔드래요?"

"아빠 만나러 왔어요."

"아버지가 여기서 일하드래요?"

"그런 거 같아요."

아저씨는 내 대답이 좀 이상했는지 더 물어보지 않았다. 나는 택시 창문으로 밖을 바라보았다. 언덕 위에 큰 성이 보였다. 내가 사는 뉴캐슬(Newcastle)에는 정작 성(castle)이 없는데, 이곳에는 성이 있다니 웃겼다. 에든버러는 사방에 언덕이 있는 것 같았다. 호수도 있기를 바랐다. 그러면 사진을 찍어서 수학여행 장소인 컴브리아의 레이크 디스트릭트인 것처럼 엄마에게 보낼 수 있을 것이다.

택시는 조금 달리다가 큰 석조 주택으로 가득 찬 작은 길로 꺾어 들어갔다. '레드우드 가든스'라는 표지판이 보였다. 여기다.

나는 재킷에서 봉투를 꺼내 아저씨에게 돈을 냈다. 아저씨가 스코틀랜드 사투리로 뭐라고 했는데 알아들을 수가 없었다. 나는 아저씨가 욕할지 몰라서 돈을 조금 더 냈다.

가방을 들고 택시에서 내려 9번지를 찾았다. 길 건너편에 있는 엄청나게 큰 석조 건물이었다. 씩 웃었다. 아빠는 이런 집에 살 만큼 좋은 직장에 다니나 보다. 나는 긴 통로를 걸어가서 붉은색 정문에 도착했다. 정문에 있는 금속판에 많은 이름이 적혀 있었다. 이런 멍청이! 아빠가 이런 건물을 가지고 있을 리가 없지. 석조 건물은 아파트였고, 아빠는 아파트에 사는 것이다. 이모가 종이에 몇 호인지 쓰는 걸 까먹은 것 같다.

나는 'S 리버스'라고 이름이 쓰여 있는 명판을 발견했다. 아빠를 찾았다! 나는 휘틀리베이에 있는 부두에서 뛰어내릴 때처럼 크게 숨을 들이마셨다. 그리고 벨을 눌렀다.

아무 소리도 없었다.

다시 눌렀다.

아무 소리도 없었다.

20초 간 기다렸다. 세 번째는 운이 좋으려나?

아니.

일요일이니 아빠는 일하지 않을 것이다. 아닌가? 어쩌면 일할 수도 있다. 나는 신음 소리를 냈다. 만약 아빠가 배를 타거나 석유 굴착 일을 하거나 군인이면 어떡하지? 그러면 몇 달 동안 집에 오지 않을 것이다. 나에게는 엿새밖에 없는데. 이웃집 벨을 눌러서 아빠가 어디 갔는지 물어볼까 생각도 해 봤다. 그러나 사람들이 나보고 꺼지라고 하거나 경찰에 신고할 수도 있다. 그냥 기다려야 할 것 같았다.

나는 정문으로 누가 오는지 볼 수 있게 길 건너 담장 위에 걸터앉았다. 텔레비전에서 형사들이 하는 것처럼. 완전 지루했다. 나는 시계를 안 보고 얼마 동안 있을 수 있는지 시험해 보았다. 제일 긴 시간이 18분이었다. 제일 짧은 시간은 20초였다. 나는 절대 형사가 될 수 없을 것이다.

큰 비닐봉지 세 개를 든 뚱뚱한 아줌마가 오후 1시 48분에 왔다. 목에 문신이 있는 소녀는 오후 2시 16분에 왔고, 맨유 티셔츠를 입은 아이 둘이 오후 3시 15분에 왔다. 스코틀랜드에 맨유 팬이라고? 맨유 팬은 어디에나 있다. 등이 굽고 안짱다리인 나이 많은 아저씨가 오후 3시 27분에 왔다. 설마 아빠는 아니겠지? 엄마가 노인과의 사이에서 날 낳았다는 상상은 해 본 적이 없다.

슬슬 배가 고파졌다. 엄마한테 먹을 것 좀 싸 달라고 할걸. 아빠를 놓칠까 봐 가게에 갈 수도 없었다. 나는 그냥 앉아서 계속 건물만 보았다. 기다리고, 기다리고, 또 기다렸다. 예전에 엄마랑 빙고를 한 적이 있었다. 나는 14번이 나오기를 기다렸는데 끝까지 나오지 않았다. 아빠를 기다리는 게 그거랑 비슷했다.

얼마 지나지 않아 어두워졌다. 점점 이 곳이 싫어지기 시작했다.

저녁 6시 36분에서 7시 45분 사이에 네 명이 왔다. 자전거를 타고 신문 배달하는 소년 둘과 다리를 저는 작은 아줌마와 지팡이를 든 아저씨였다. 아빠처럼 보이는 사람은 없었다.

저녁 7시 49분. 비닐봉지를 들고 거리를 걸어 내려오는 남자를 발견했다. 어두워서 어떻게 생겼는지는 잘 안 보였지만, 남자인 건 확실했다. 나는 손을 모으고 행운을 빌었다.

"9번지로 가라. 9번지로 가라."

나는 중얼거렸다. 손을 모은 효과가 있었다.

그 남자는 통로로 들어가 건물 앞으로 갔다. 나는 담장에서 내려와 가방을 들고 뛰어갔다. 남자에게 거의 이르렀지만, 어두워서 얼굴이 보이지 않았다. 그 남자는 주머니에서 열쇠를 꺼내 자물쇠 구멍에 넣었다. 제발!

"스티브?"

남자가 뒤돌아봤다. 불빛에 얼굴이 보였다. 어려 보였다.

"예."

"스티브 리버스?"

"그런데요, 누구?"

남자는 혼란스러워 보였다. 나는 마른침을 삼켰다.

"나는 대니예요. 당신 아들."

기대와 다른 환영 인사

"너, 여기서 뭐 하는 거드래?"

아빠는 스코틀랜드 사투리로 소리를 질렀다. 이건 내가 기대했던 환영
인사는 아니었다.

"당신을 만나려고 왔어요."

"왜?"

"그냥요."

"아이고 세상에!"

아빠만 충격받은 게 아니었다. 나도 그랬다. 아빠는 내가 상상했던 모
습과 완전히 달랐다. 나는 아빠가 학교 친구들 아빠들처럼 클 줄 알았다.
머리도, 팔도, 몸도, 모두 다. 하지만 아빠는 작고 마른 데다 심지어 맥주
배도 없었다. 나는 아빠가 나이가 들었을 거라고 생각했다. 어쩌면 대머
리에다 턱수염이 있을지도 모른다고 상상했다. 하지만 아빠는 동안이었
다. 나보다 그다지 나이 들어 보이지 않았다.

아빠는 나를 한참 동안 바라보았다. 내가 사라지기를 바라겠지만, 나는
사라지지 않았다. 그저 그 자리에 서서 아빠를 같이 바라보았다. 아빠는

공황 상태에 빠진 모습으로 길을 재빨리 훑어보았다.

"들어가는 게 낫겠다."

나는 아빠를 따라 안으로 들어갔다. 복도는 바깥처럼 추웠다. 오래되어 녹슨 자전거 두 대가 벽에 기대어 서 있고, 벽의 페인트는 떨어지고 바닥은 광고 우편물로 뒤덮여 있었다. 아빠가 불을 켜고 계단 위로 계속 올라갔다. C호 사인이 보였다. 리버스. 여기가 아빠가 사는 곳이다.

아빠는 주머니에서 열쇠를 꺼내 문을 열었다. 건설업자가 현관 만드는 걸 잊어버렸는지 바깥에서 안으로 들어서자 바로 거실이었다. 나랑 엄마가 살던 곳보다도 작은 아파트였다. 쓱 살펴보았지만 볼 게 별로 없었다. 아주 작은 소파, 의자, 텔레비전, 식탁. 그게 다였다. 아빠는 돈이 별로 없어 보였다.

"앉아."

아빠는 내게 강아지에게 하듯 말했다. 아빠는 뚱개가 자기 입술에 침을 바를 때처럼 화가 나 보였다. 나를 때리지 않기를.

"그녀가 보냈니?"

아빠가 비닐봉지를 바닥에 내려놓으며 물었다. '그녀'는 엄마를 말하는 것이라고 추측했다.

"아니에요."

아빠는 더욱더 어리둥절해 보였다.

"여기까지 혼자 왔단 말이야?"

고개를 끄덕였다. 나를 자랑스러워하리라 생각했지만 아니었다.

"맙소사! 여기로 이사 온 건 아니겠지?"

"아니에요. 아직도 게이츠헤드에 살아요."

"엄마가 네가 어디 갔는지 아니?"

"몰라요."

아빠는 걱정스러운 얼굴로 시계를 보았다.

"지금 8시가 다 되었어. 엄마가 걱정돼서 경찰에 전화할 거야."

"아니에요. 엄마는 내가 수학여행 간 줄 알아요."

"무슨 수학여행?"

"레이크 디스트릭트 국립공원으로 수학여행 중이에요."

"선생님이 네가 빠진 거 알지 않아?"

"선생님은 제가 할머니 집에 간 줄 알아요."

"정말 미치겠네!"

아빠는 내 옆에 털썩 주저앉아 화가 나서 말했다.

"누가 나 여기 있다고 말해 줬냐? 누구야?"

말하지 말라고 했지만, 말해야 할 것 같았다.

"티나 이모요."

"도대체 그게 누구야?"

"엄마의 언니에요."

아빠는 이제 생각났다는 듯 작은 턱을 문질렀다.

"아, 티나 크로프트. 우리 누나 친구였지. 아직도 둘이 연락하는지 몰랐어. 역시 누구도 믿을 수 없다니까."

아빠는 손톱을 질근질근 씹었다.

나는 엄마가 이모에게 아빠 사는 데를 말해 주었다고 생각했다. 하지만 어쩌면 엄마 역시 아빠가 어디 사는지 모를 수도 있다. 아빠가 내 쪽으로 몸을 돌렸다.

"그럼, 넌 도대체 여기 왜 온 거야?"

말하고 싶지 않았다. 사실을 털어놓기에는 너무 이르다.

"그냥 아빠를 보고 싶었어요."

"자, 이제 봤으니 게이츠헤드로 돌아가면 되겠구나."

내가 상상했던 건 이런 게 아니었다. 나는 이렇게 상상했다. 에든버러에 도착해서 아빠—덩치가 큰 아빠를 찾는다. 아빠는 나를 꼭 안아 주고, 지금까지 아빠가 어떻게 살았는지 이야기해 주고, 나에게 저녁을 차려 주고, 같이 텔레비전을 본다. 그러고 나서 내가 왜 아빠를 만나러 왔는지 이야기하고, 아빠는 "그래, 아들아, 알았어."라고 대답한다.

지금과 같은 상황은 꿈에서도 상상하지 못했다. 나는 작고, 마르고, 화가 난 아빠를 보고 싶지 않아서 그냥 바닥만 내려다봤다.

우는 건 정말 창피한 일이다. 화장실로 가기 전에 토한 거랑 마찬가지다. 하지만 가끔은 아무리 노력해도 어쩔 수 없을 때가 있다. 나는 아빠를 찾으러 스코틀랜드로 오기 위해 엄마를 속이고, 뚱개를 속이고, 선생님을 속이고, 에이미를 속였다. 그런데 이게 뭐람? 아빠는 나를 만나고 싶지 않았던 거다. 나는 무섭고 피곤하고 화가 났다. 이게 울 일이 아니라면 뭐가 울 일이란 말인가.

"아이고 맙소사."

아빠가 말했다. 고개를 들자 눈물 사이로 아빠가 셋으로 보였다.

"나는 그냥 아빠가 보고 싶었단 말이에요. 그게 다예요."

"자 들어 봐."

아빠는 시계를 흘낏 보며 말했다.

"지금 집에 가기는 너무 늦었으니까 오늘 밤은 소파에서 자도 된다. 하지만 내일은 돌아가야 해. 알았니?"

"수학여행은 일주일이에요."

"난 네 수학여행에는 손톱만큼도 관심이 없어. 넌 내일 무조건 돌아가는 거야."

아빠는 삐쩍 마른 사람치고 목소리가 컸다.

"세상에, 메건한테 뭐라고 말하지?"

"메건이 누군데요?"

"내 약혼자. 나에게 아들이 있다는 걸 전혀 모르는 약혼자."

이 생각을 했어야 했는데……. 모든 걸 망쳤다. 아빠에게 여자 친구가 있고, 그 여자 친구가 나에 대해 들어 본 적이 없을 거라는 생각을 전혀 하지 못했다.

"왜 말 안 했는데요?"

나는 소매로 콧물을 닦으며 물었다.

"왜냐고? 난 에든버러로 와서 새 인생을 시작했으니까. 나는 과거에서 벗어나 여기 정착했거든."

나는 그 과거가 '나'를 의미한다고 생각했다.

"왜요?"

"왜 자꾸 물어보는데? 그냥 그랬어, 알았니? 내가 그러고 싶어 그랬던 게 아니야. 암튼 넌 내일 집으로 돌아가는 거다."

"조금만 더 있으면 안 돼요? 제발?"

"안 돼."

아빠는 소리를 질렀다. 일이 점점 최악으로 흘러갔다. 내일 나는 집으로 보내질 것이다. 엄마한테 뭐라고 하지? 내가 생각도 하기 전에 현관문이 열리고 한 아줌마가 걸어 들어왔다. 아줌마는 엄마와 비슷한 나이로 보였다. 키가 작고 짧은 금발 머리에 무거운 쇼핑백 두 개를 들고 있었다. 아줌마의 얼굴에 묘한 표정이 나타났다.

"무슨 일이야, 스티비?"

아줌마가 말했다. 아빠보다 더 심한 스코틀랜드 억양이었다.

"메건, 어 저기, 얘는 내 사촌 동생 대니야. 잠깐 들리러 왔어."

메건 아줌마는 내가 별로 반갑지 않아 보였다.

"얼마나 잠깐?"

"엿새요."

내가 끼어들었다. 내가 가만히 있어야 한다는 걸 알았지만 내 계획대로 하려면 이 방법밖에는 없었다.

"엿새라고?"

아줌마의 얼굴이 일그러졌다. 곁눈으로 아빠가 주먹을 꽉 쥐는 게 보였다. 진짜 화가 나서 나를 때리고 싶은 것처럼 보였다.

"복도에서 고함이 들리던데?"

메건 아줌마가 말했다.

"아, 그냥 장난친 거였어. 그렇지, 대니?"

"예. 장난친 거예요."

나는 가짜 미소를 지으며 말했다.

"쟤는 어디서 자?"

"소파에서요."

내가 말했다. 가장 충격받은 얼굴 뽑기 대회가 있다면 이 둘이 막상막하일 것이다. 메건 아줌마는 나를 쳐다보다가 아빠를 보았다.

"스티비, 왜 나한테 이야기 안 했어?"

"잊어버렸어."

"잊었다고?"

메건 아줌마는 나를 보며 말했다.

"얜 아직 어리잖아."

"나는 열네 살이에요."

"아, 말한다는 걸 깜빡했어."

아빠가 말했다.

"당신 사촌이 우리랑 일주일 내내 같이 지내는 걸 깜빡했다고?"

아빠는 마치 맨발로 자갈 위를 걷듯 안절부절못했다.

"놀래 주려고."

"그런 건 안 해도 돼."

메건 아줌마는 화를 내며 쇼핑백을 가지고 부엌으로 갔다. 아빠는 화가 나서 씩씩거렸다. 입에서 나오는 뜨거운 열기가 느껴질 정도로 가까이 오더니 내 귀에 대고 속삭였다.

"너, 이 개자식."

그리고 부엌으로 가서 문을 쾅 닫았다.

스코틀랜드의 첫날밤

아빠와 메건 아줌마는 크게 다투었다. 그건 우리 집에 있는 것과 비슷했다. 단 이번에는 큰 목소리가 메건 아줌마고, 작은 목소리가 아빠라는 게 달랐다. 나는 엿들으려 했지만, 나무 문에 가로막혀 안 들렸다. 들렸다고 해도 스코틀랜드 사투리가 너무 심해서 무슨 말인지 못 알아들었을 것이다. 스코틀랜드 사투리 사전이 필요할 정도였다.

그러다 조금씩 소리가 들렸다.

"여유가 없는……." 큰 목소리.

"며칠……." 작은 목소리.

"호텔이 아니……." 큰 목소리.

"아직 앤데……." 작은 목소리.

"나한테 말 안……." 큰 목소리.

나는 가방을 들고 다시 집으로 갈까 생각했다. 하지만 엄마한테 뭐라고 하지? 레이크 디스트릭트가 너무 추워서 집으로 왔다고 할까? 하지만 엄마는 아직 수학여행 중이라는 걸 알게 될 테고, 그러면 지금보다 더 똥 같은 상황이 될 것이다.

부엌이 좀 조용해지더니 부엌문이 열리고 메건 아줌마가 음식이 담긴 쟁반을 들고 나왔다.

"피자 좋아하니, 대니?"

"예."

뭐든 먹을 수 있을 만큼 배고팠다. 메건 아줌마는 쟁반을 내 무릎 위에 올려놓았다.

"고맙습니다!"

메건 아줌마는 텔레비전을 켰다. 아빠는 부엌에서 나오지 않았다. 쉭, 맥주 캔 따는 소리가 들렸다. 뚱개가 화났을 때 엄마가 당하는 것처럼, 아빠도 자기 잘못이 아닌 일 때문에 큰소리를 들었다. 아빠에게 좀 미안했다. 그렇더라도 아빠는 메건 아줌마에게 나에 대해 털어놓았어야 했다. 내 존재를 숨겨서는 안 되었다.

내가 다 먹자 메건 아줌마가 쟁반을 들었다.

"고맙습니다!"

나는 다시 말했다.

"천만에."

아줌마는 부엌으로 가서 언쟁을 계속했다.

시계를 보았다. 밤 9시 14분. 아이코, 이런! 엄마한테 전화를 안 했다. 엄마가 선생님에게 전화할지도 모른다. 선생님은 '대니 여기 없는데요.' 라고 말하겠지. 할머니가 편찮으시다고 거짓말한 것까지 들통날지도 모른다.

나는 가방에서 전화기를 꺼내 문을 열고 나가 계단에 앉았다. 나는 뚱개처럼 엄청나게 빨리 전화기 버튼을 눌렀다. 엄마는 신호음이 한 번 울

리자마자 받았다.

"여보세요."

겁에 질린 목소리였다.

"엄마."

"무슨 일이니, 대니? 너무 걱정했잖아."

"바빴어. 짐 풀고 하느라고."

엄마 목소리가 약간 정상으로 돌아왔다.

"그래 버스 여행은 어땠니?"

"괜찮았어."

"날씨는 어떻고?"

"축축해."

추측이다. 호수 지방이니 별로 틀리지 않을 것이다.

"방은 어때?"

"네모야."

엄마는 살짝 웃었다.

"방은 같이 쓰니?"

"어."

"여자애들이랑은 다른 방 썼으면 좋겠는데."

"어."

거짓말 메달감이다.

"저녁은 먹었어?"

"어."

"다른 말은 몰라? '어' 말고."

"어."

엄마는 한숨을 쉬었다. 주제를 바꿔야 한다.

"캘럼 아저씨는 어디 있어?"

"대니, 내일은 뭐 할 거니?"

캘럼 아저씨가 옆에서 듣고 있다.

"엄마가 안전했으면 좋겠어."

"대니, 산에 올라갈 때는 꼭 부츠를 신어."

"엄마, 내가 한 말 들었어?"

"바보 같은 짓 하지 말고."

"캘럼 아저씨가 무슨 짓 하면 화장실이나 방에 들어가서 문을 잠가."

"돌 밟지 않게 조심해. 미끄러울 거야."

"캘럼 아저씨가 무슨 짓 하면 집 밖으로 뛰어나가거나 티나 이모한테 전화하겠다고 약속해."

"따뜻하게 입고."

"엄마, 다른 방으로 가서 받아. 엄마가 괜찮은지 알고 싶어."

"이제 끊어야겠다, 대니. 잘 자라. 사랑해."

"나도 엄마 사랑해."

'도대체 내 맥주 다 어디 갔어?' 전화기를 타고 뚱개의 목소리가 들렸다. 엄마 목소리가 떨렸다.

"끊어야겠다."

딸깍. 끊어졌다.

전화기에서 들린 말 때문에 속이 안 좋았다. 바보같이 맥주를 왜 숨겼을까? 뚱개는 엄마가 그랬다고 생각하고, 엄마를 때릴 것이다. 맥주를 사랑하니까.

나는 엄마한테 다시 전화해서 사실대로 말할까 생각했다. 하지만 뚱개는 그런 버릇없는 아들을 가졌다고 엄마를 또 때릴 것이다. 내가 한 모든 일이 잘못되었다.

아파트로 다시 돌아갔다. 아빠와 메건 아줌마는 아직도 부엌에서 말다툼 중이었다. 어른들은 다 저런 걸까? 소파에 누워서 엄마 걱정을 했다. 뚱개는 반바지에 물을 뿌리거나 음주 운전을 말리거나 별거 아닌 일에도 불같이 화를 냈다. 맥주가 없어진 걸 알면 엄마한테 무슨 짓을 할까?

'일주일에 두 명의 여성이 죽는다.'

나는 텔레비전을 켜고 축구 채널을 찾았다. 스코틀랜드 축구였지만 그냥 봤다. 큰 소리 내기도 지쳤는지 부엌에서 들려오는 소리가 점차 잠잠해졌다. 문이 열렸다. 아빠가 내 옆에 와서 속삭였다. 맥주 냄새가 났다.

"이게 다 너 때문이야."

아니라고 할 수 없었다. 우리는 가만히 앉아서 축구 경기를 보았다.

하프 타임 후에 메건 아줌마가 작은 그릇에 파스타를 담아서 쟁반에 들고 나왔다. 조금 먹는 걸 보니, 엄마처럼 다이어트 중인 것 같았다. 아줌마도 우리와 같이 소파에 앉았다. 셋이 꽉 끼어 앉아서 한참 동안 아무 말이 없었다. 드디어 메건 아줌마가 말했다.

"대니, 스코틀랜드는 처음이니?"

"예."

이번이 마지막이길! 매건 아줌마가 윗옷에 묻은 파스타 소스를 닦으며 물었다.

"일주일 동안 둘이 뭐 할 거야?"

"모르겠어."

아빠가 말했다.

"날씨가 좀 따뜻하면 로몬드 호수에 가 봐. 대니가 좋아할 거야."

다시 침묵이 흘렀다. 나는 처음 만난, 화난 스코틀랜드 두 사람 사이에 끼어 앉아 머더웰과 파틱 시슬의 축구 경기를 봤다. 스코틀랜드의 첫날 밤이 이렇게 흘러갔다.

아빠의 과거

아빠 집에서의 첫날밤은 제대로 자지 못했다. 잠자리도 이상하고, 장소도 이상하고, 상황도 이상했다. 게다가 엄마 걱정을 멈출 수가 없었다.

아빠하고 메건 아줌마가 지쳐서 그만 싸우겠거니 생각했지만, 아침에 일어나 보니 아직 그런 상태였다. 아마 말다툼 오래 하기 세계 신기록을 세우려나 보다. 단, 이 집에서는 여자가 소리를 질렀다.

나는 에이미가 선생님에게 전화기를 돌려받았길 기대하며 메시지를 확인해 보았다. 그런 행운은 없었다. 아무 문자도 없었다. 나는 메건 아줌마가 나올 수도 있으니 재빨리 옷부터 갈아입었다. 그리고는 이제 뭐 할까 고민하며 소파에 앉았다. 잠시 후 메건 아줌마가 나왔다. 어제와 달라 보였다. 긴 치마에 패딩 재킷을 입고, 검은 신발을 신고, 화장을 했다.

"아침 먹었니, 대니?"

나는 고개를 저었다.

"네가 꺼내 먹으렴. 가스레인지 옆 선반에 시리얼이 있어."

메건 아줌마는 착해 보였다. 아빠와는 다르게. 메건 아줌마는 고리에서 가방을 내려서 들고 문 쪽으로 걸어갔다.

"이따 보자."

"예."

쾅!

나는 부엌에 가서 콘플레이크를 찾았다. 그리고 소파로 가지고 와서 첫 숟가락을 떠먹으려고 할 때 방문이 열리고 아빠가 나왔다. 아빠는 티셔츠와 사각팬티를 입고 있었다. 어젯밤보다 더 말라 보여서 아빠라기보다 애 같았다. 문신은 보이지 않았다. 문신을 새기려면 아프다던데. 배리의 아빠는 온몸이 문신으로 뒤덮여 있었다. 나는 아빠가 어제보다 좀 기분이 나아졌다고 생각했다. 하지만 예상은 또 틀렸다.

"너의 사악함이 하늘을 찌르는구나."

아빠가 말했다. 모르는 사람이 그런 식으로 말했다면 싫었을 것이다. 하지만 아빠는 달랐다. 아마 친아빠라 그런 것 같았다.

"미안해요, 스티브 아저씨!"

"지금 내 이름은 스티비야."

왜 이름을 그렇게 부르라고 하는지 모르겠다. 별로 다르지도 않은데.

아빠는 의자를 무시하고 바닥에 앉아서 손으로 얼굴을 비볐다. 그러고 나서 나를 노려보았다.

"내가 도대체 너랑 뭘 해야 하냐?"

나는 시리얼을 먹으려 했지만, 아빠가 저런 표정으로 보고 있으니 도저히 먹을 수가 없었다.

"왜 이렇게 나한테 화가 많이 났어요?"

아빠가 어이없다는 듯 웃었다.

"내 입장 좀 생각해 봐, 대니. 한 번도 만나 본 적 없는 어떤 사람이, 초

대도 안 했는데 갑자기 나타나서 일주일을 같이 지내겠다고 하는 걸."

"난 그냥 어떤 사람이 아닌데요."

아빠는 내 말이 맞다고 생각한 것 같았다. 그때 질문이 하나 떠올랐다.

"왜 우리 엄마를 떠났어요?"

아빠는 남은 게 별로 없는 손톱을 깨물며 허공을 응시했다.

"내 말은……."

"네가 말한 거 들었어."

아빠가 쏘아붙였다.

"내가 원해서 떠난 게 아니었어. 떠나야만 했던 거지."

"네?"

아빠는 숨을 크게 들이마셨다.

"그때 네 엄마는 겨우 열다섯이었어. 나는 열여섯이고."

아, 그래서 아빠가 이렇게 어려 보인 거구나!

"우린 애들이었어. 사귀는 사이도 아니었고. 파티에 갔다가 술에 취했고, 어쩌다 네 엄마가 임신을 한 거야. 그다음을 상상해 봐."

"영화 〈타이타닉〉처럼요?"

"바로 그거야."

"그럼 엄마랑 아빠랑 잤기 때문에 떠나야 했던 거예요?"

"우린 그냥 잔 게 아니야. 임신했다고. 아이를 가졌다고."

"그래서 스코틀랜드에 살러 왔고요?"

"아니, 살러 온 게 아니라 여기서 살라고 보내진 거지."

"나 때문에요?"

"아니, 다른 일도 있었어, 대니. 아주 많이. 너, '못된 송아지 엉덩이에

뿔 난다.'는 말 들어 봤니?"

고개를 끄덕였다.

"흠, 그게 바로 나야. 엉덩이에 뿔난 못된 송아지. 엇나가는 짓만 하는 아주 못된 송아지. 우리 엄마는 경찰한테도 집 열쇠를 하나 줘야 한다고 말하곤 했어. 그 정도로 경찰이 자주 왔거든."

"무슨 짓을 했는데요?"

아빠는 별로 말하고 싶지 않은 것 같았지만, 말하기 시작했다.

"차를 훔치고, 불을 지르고, 가게에서 도둑질하고……."

나는 아빠를 보며 씩 웃었다. 이렇게 작고 마른 아빠가 그런 짓을 하다니 믿을 수가 없었다.

"자랑스러운 일이 아니야, 대니."

"경찰에 안 잡혔어요?"

"사소한 일로 딱 한 번. 운이 좋았어. 하지만 감옥 들어가기 일보 직전이었지."

아빠는 주저하며 말했다.

"네 엄마의 임신이 마지막 결정타였어. 우리 부모님은 나한테 질려서 코너 삼촌과 피오나 숙모와 함께 살라며 나를 에든버러로 보냈어."

그때의 기억들이 아빠의 머릿속을 어지럽히는 듯 보였다.

"결국 난 정신을 차렸어."

"부모님이 여기 온 적 있어요?"

아빠는 고개를 저었다.

"우리 부모님은 갈라섰어. 엄마는 1년에 딱 한 번 내 생일에 전화해. 누나는 두어 번 하고. 아빠는 아무것도 나랑 엮이고 싶어 하지 않아."

"우리 엄마가 같이 있자고 하지 않았어요?"

"아니, 나랑은 아무것도 하고 싶지 않다고 했어."

"하지만 엄마가 아빠를 좋아했을 거 아녜요?"

아빠는 다시 웃었다.

"술은 사람들이 웃긴 짓을 하게 만들지."

잘 알고 있다. 취한 뒤의 일은 전혀 웃기지 않다는 것도.

뚱개가 맥주 캔을 찾았는지 궁금했다. 엄마가 잔뜩 멍이 든 건 아닌지 걱정되었다. 내가 왜 그렇게 바보 같은 짓을 했는지 모르겠다.

"킴은 한 번도 나를 좋아한 적이 없어. 임신한 다음에는 더 싫어했지."

"혹시 내가 보고 싶지는 않았어요?"

아빠는 거의 남지 않은 손톱을 물어뜯었다.

"그건 선택할 수 있는 게 아니었어. 나는 돌아가면 안 되었으니까."

"내 생일에도요?"

"그래, 네 생일에도."

슬슬 모든 것이 이해되기 시작했다.

"부모님이 스코틀랜드로 보내서 엄청 화가 났겠네요?"

"처음에는 그랬어. 나는 게이츠헤드에 친구가 많았거든. 하지만 그 친구들은 나쁜 무리였어. 내가 계속 거기 살았다면 빠져나오지 못했을 거야. 나는 여기로 와서 새롭게 시작했어. 지난 14년 동안 나는 거기서 있었던 모든 일을 잊으려고 노력했지."

아빠는 나를 뚫어지게 보았다.

"하지만 결국 과거가 나를 따라잡고야 말았네."

동물원

아빠는 무표정한 얼굴로 직장에 전화해서 나쁜 바이러스에 감염됐다고 했다. 좋은 바이러스에 감염될 수도 있나? 아빠는 목소리를 이상하게 내며 며칠간 일하러 못 갈 것 같다고 말했다. 내가 거짓말을 잘하는 건 아빠한테 물려받은 건가 보다.

아빠는 전화기를 내려놓고 벽에 기대섰다.

"무슨 일 하세요?"

경비원이나 소방관 혹은 군인이면 좋을 텐데.

"나는 샌드위치 가게에서 일해."

아빠는 내 얼굴에서 실망한 빛을 알아차렸다.

"네 아빠가 이런 일 할 거라고는 생각 안 했지, 응?"

"직업에 대해서는 생각해 보지 않았어요."

이번 주에 한 육백만 번째 거짓말.

"내가 너를 위해서 한 일에 대해 진짜로 고마워하길 바란다."

아직 아무것도 안 해 놓고. 하지만 아빠가 또 화내지 않길 바랐다.

"고맙습니다!"

내가 말하자, 아빠가 벽의 고리에서 가죽점퍼를 내렸다.

"나만 쳐다보는 째깐한 녀석과 온종일 여기 앉아 있고 싶지 않아. 우리, 동물원이나 가자."

나는 축구를 하는 게 더 좋았지만, 아무 말 하지 않았다. 코트를 집어 들고 같이 계단을 내려갔다. 버스를 타고 갈 줄 알았는데, 아빠는 몇 발자국 걸어가더니 길에 주차된 파란색 미니 옆에 서서 잠금 장치를 풀었다.

"뭘 보고만 있어?"

아빠가 말했다. 내가 올라타자 차는 출발했다. 아빠는 뚱개보다 훨씬 천천히 운전했다. 직업이 샌드위치 빵을 자르는 일이니까, 누군가 긴급 샌드위치가 필요한 경우가 아니라면 빨리 운전할 필요가 없겠지. 질문이 하나 떠올랐다.

"포뮬러 원 좋아해요?"

"싫어해."

역시.

나는 항상 경찰이 방문하고, 게이츠헤드에서 쫓겨나고, 엄마랑 결혼하기에는 너무 불량했던 '다른 스티비'에 대해 더 알고 싶었다. 만약 아빠가 그렇게 나쁘다면, 뚱개 문제는 금방 해결할 수 있을 것이다.

"누구 때려 본 적 있어요?"

"그 콩알만 한 입 좀 다물래? 그건 다 옛날 일이야. 알아들어? 난 그때 이야기를 하고 싶지 않아."

알아들었다.

아빠는 운전하면서 별로 말하지 않았다. 나는 좀 더 다정하게 굴어야겠다고 생각했다.

134

"스코틀랜드에 사는 거 좋아요?"

"괜찮아. 어디나 그렇듯 좋은 점도 있고, 나쁜 점도 있어."

"근데 스코틀랜드 사투리를 쓰네요? 조르디 사투리를 안 쓰고?"

"여기 산 지 오래됐으니까. 새로운 나의 모습인 거지. 좀 더 나아진 나."

"메건 아줌마랑 사귄 지는 얼마나 되었어요?"

"3년."

아빠는 이 말을 하면서 아줌마 생각을 하는지 미소를 지었다.

"메건은 최고의 여자야. 나한테는 세상 전부지."

"나도 여자 친구 있어요."

아빠는 이 말에 놀란 모양이다.

"그래?"

"예, 에이미 레이놀즈라고. 완전 끝내줘요."

"흠, 나 같은 실수는 절대 하지 마라."

자동차는 조금 달린 뒤 에든버러 동물원에 이르렀다. 우리는 같이 매표소로 갔고, 아빠가 내 입장권까지 샀다. 나는 고맙다고 했다. 엄마는 항상 나에게 고맙다는 말을 잘하라고 했다. 항상 까먹을 뻔하지만.

아빠는 동물원의 지도를 펼쳤다.

"어디부터 가고 싶니?"

답은 딱 하나다.

"사자요."

"사자라……."

사자는 동물원 제일 꼭대기에 있었다. 우리는 사자 우리를 찾을 때까지 꾸불꾸불한 길을 많이 걸어 올라갔다. 이 동물원에 있는 건 아시아 사자였다. 아프리카 사자는 없었다. 어쩌면 펭귄 같은 데 돈을 쓰느라 아프리카 사자를 데리고 있을 여유가 없는지도 모르겠다.

야생 사자는 엄청 빨리 뛰어서 사슴을 덮쳐 잡아먹는다. 스코틀랜드에 있는 사자들은 어슬렁 돌아다닐 뿐 좀 지루해 보였다. 하지만 사자는 순식간에 달려들어 사람의 머리를 찢어 버릴 수 있다. 엄마가 사자를 한 마리 데리고 있으면 좋을 텐데. 나는 어젯밤 전화에서 들은 걸 생각하면서 뚱개가 엄마에게 무슨 짓을 한 건 아닌지 걱정했다.

우리는 한 20분 정도 사자를 보았다. 사자를 제일 마지막에 보는 게 나을 뻔했다. 원숭이, 얼룩말, 코알라, 새, 어떤 것도 사자와 비교가 되지 않았다. 우리는 언덕을 내려가서 펭귄 여러 마리가 뒤뚱뒤뚱 돌아다니며 수영하는 큰 물웅덩이 두 곳을 봤다. 유니폼을 입은 소녀가 펭귄에게 물고기를 던져 주었다. 펭귄은 세계적인 골키퍼라도 되는 듯 입으로 물고기를 잡아 씹지도 않고 통째로 삼켰다. 펭귄은 배탈도 안 나나?

"네 엄마, 남자 친구 있니?"

"예."

"뭐 하는 사람이야?"

엄마 때리는 사람.

"컴퓨터 일 하는 사람이에요."

아빠는 좋은 직업이라는 듯 끄덕였다. 샌드위치 만드는 것보다는 나을 것이다.

"엄마가…… 내 이야기 한 적 있니?"

"전혀요."

아빠가 대답을 듣고 화났는지 살펴보았다. 아니었다. 아빠는 그저 펭귄만 보고 있었다. 이제 아빠에게 중요한 질문을 할 시간이다.

"게이츠헤드에 돌아올 거예요?"

"난 거기에 아무것도 없어."

"내가 있잖아요."

이렇게 말해도 되는지 잘 모르지만, 돌이키기엔 이미 늦었다. 말은 불다가 날아간 풍선과 같아서 한 번 놓치면 다시는 잡을 수 없다. 아빠는 잠시 아무 말도 없었다. 내가 말한 것에 대해 생각하는 듯했다.

"판다 보러 갈래?"

아빠가 말했다.

"왜요?"

"왜냐하면 네모난 알처럼 아주 드문 동물이니까."

아빠가 가고 싶어 하는 것 같아서 함께 판다 우리로 갔다. 수컷 판다는 나뭇잎 더미 아래서 자고, 암컷 판다는 튀어나온 바위에 누워 있었다.

"판다는 정말 놀랍지 않니?"

뭐가 놀라운지 모르겠다. 그냥 누워만 있을 뿐 공 돌리기를 하거나 자전거를 타는 것도 아닌데.

"다른 판다들은 어디 있어요?"

내가 주변을 둘러보며 말했다.

"두 마리뿐이야. 스위티와 선샤인. 둘이 새끼 낳기를 바라고 있어."

"새끼 낳기를 바라면서 왜 따로 두었어요?"

"판다는 1년에 딱 이틀만 임신할 수 있거든."

"판다는 참 이상하네요. 하지만 판다의 색깔은 맘에 들어요."

아빠는 매점을 발견했다. 나는 소시지, 감자튀김, 콩, 비스킷을 먹고, 콜

라를 마셨다. 아빠는 커피만 마셨다. 이렇게 삐쩍 마른 게 이해가 되었다. 아빠는 내가 먹는 동안 거의 말을 하지 않았다. 나는 아빠를 내 편으로 만들어야 했다. 그래서 축구 이야기를 꺼냈다.

"어느 축구팀 응원해요?"

"힙스."

"무슨 팀 이름이 그래요?"

"멋진 이름이야. 아일랜드 사람들이 만든 팀인데, 로마식 이름으로 아일랜드가 '하이버니안'이거든. 힙스는 그 하이버니안의 별명이야."

"스코틀랜드 축구팀 이름이 아일랜드라니. 말이 안 되는데요."

"너는 뉴캐슬 유나이티드를 응원하겠구나."

나는 씩 웃었다. 뉴캐슬 유나이티드를 생각만 해도 기분이 좋아졌다.

동물원에서 나와 아파트로 돌아갔다. 나는 아빠가 얼마나 강한지 알고 싶었다.

"팔 굽혀 펴기 몇 개나 할 수 있어요?"

"팔 굽혀 펴기? 내가 어떻게 알아? 한 스무 개 하려나? 아니면 그보다 좀 못할 수도 있고."

"지금 한 번 해 보세요."

"뭐라고? 이 엉뚱한 녀석."

"하나도 못 하니까 그러죠?"

"당연히 할 수 있지."

아빠는 소매를 걷어 올리고 소파를 밀어 자리를 만들었다. 그리고 바닥으로 내려가 팔 굽혀 펴기를 시작했다. 나는 숫자를 셌다.

"하나, 둘, 셋, 넷, 다섯, 여섯, 일곱, 여덟, 아홉……."

아빠는 팔을 곧게 펴고 멈췄다. 뜨거운 차 안에 있는 개처럼 헉헉댔다.

"내가 못 할 거라고 했죠?"

"내가 보여 줄 거야."

아빠는 끙, 다시 시작했다.

"열, 열하나, 열둘, 열셋, 열넷, 열다섯……."

아빠가 해내겠다고 생각한 바로 그때, 아빠의 팔이 꺾이면서 카펫 위에 얼굴을 박았다. 뚱개랑 싸워서 이길 수 있을지는 모르겠다. 하지만 여기 온 후 처음으로 아빠가 웃는 것을 보았다. 텔레비전에서 사람이 넘어지는 장면에서 터지는 그런 진짜 웃음.

현관문이 열리고 메건 아줌마가 우산을 흔들면서 들어왔다. 아줌마는 바닥에 쓰러져 있는 아빠를 내려다보았다.

"지금 뭐 하는 중이야?"

"팔 굽혀 펴기 하는 중."

아빠가 말했다.

"바보 같기는, 스티비 리버스."

내가 아빠랑 텔레비전을 보는 동안 메건 아줌마는 부엌으로 갔다. 음식 냄새로 식사 준비가 다 된 걸 알 수 있었다. 아빠가 가서 쟁반에 음식을 가져왔다. 우리는 무릎 위에 놓고 먹었다. 빵가루를 묻힌 치킨과 감자튀김이었다.

"오늘 하루 어땠어?"

메건 아줌마가 물었다.

"좋았어요."

"어디 갔었는데?"

"동물원."

아빠가 말했다.

"불쌍한 동물들. 그렇게 갇혀 있으면 안 되는데."

메건 아줌마가 말했다. 특히 스코틀랜드에서는 안 된다고 했다.

"하지만 그 덕에 살아 있는 거잖아."

아빠가 말했다.

"그래도 우리 안에 갇혀 있잖아."

"종신형이 사형보다 나은 거야."

메건 아줌마는 인정할 수 없다는 듯 고개를 저었다. 아줌마는 판다를 보러 가지는 않을 것 같았다.

"그래서 내일은 뭐 할 거야?"

메건 아줌마가 물었다.

"뭐 하고 싶어, 대니?"

아빠가 물었다.

"글쎄요, 아빠."

'젠장!' 곱하기 백만. 망했다!

들통

'아빠.'

이 두 글자가 이렇게 큰 문제를 일으킬 줄이야.

메건 아줌마는 아파트가 떠나가라 비명을 질렀다. 그리고 음식을 바닥에 던졌다.

"스티비, 이게 무슨 일인지 설명해. 지금 당장."

나는 아빠가 '대니가 농담한 거야.'라고 말할 거라고 생각했다. 하지만 아빠는 그렇게 약삭빠르지 못했다. 미리 준비하고 있을 때는 거짓말이 쉽다. 하지만 예상치 못한 순간에 딱 걸렸을 때는 거짓말이 잘 안 나온다. 바로 지금 아빠가 그렇다. 아빠는 접시만큼이나 하얗게 질려 세상에서 제일 끔찍한 것이라도 되는 듯 나를 쳐다보았다.

"나도 무슨 일인지 모르겠어."

아빠는 천천히 말했다. 메건 아줌마는 아빠를 째려보았다. 목의 핏줄이 텔레비전 뒤의 전선처럼 튀어나왔다.

"대니가 거짓말한 거 아니지? 사실이지? 대니…… 당신 아들이지?"

메건 아줌마가 아빠에게 물었다. 시간이 한참 흘렀다. 아빠는 드디어 고개를 끄덕였다.

"사촌이라는 게 말이 안 된다는 걸 진작 알아차렸어야 했어."

메건 아줌마는 눈을 어디에 두어야 할지 모르는 듯 천장을 보고, 문을 보고, 나와 텔레비전을 보았다. 아빠나 나, 아무라도 한 대 치고 싶은 듯 화가 많이 난 얼굴이었다.

"누가 이 악몽에서 나를 좀 깨워 줘."

메건 아줌마가 계속 말했다.

"왜 애를 여기 데려온 거야? 지금? 우리 결혼을 할 수도 있잖아."

아빠는 '할 수도 있잖아.'라는 말이 맘에 안 드는 듯 보였다. 그건 안 할 수도 있다는 뜻이니까. 아빠는 고개를 흔들었다. 완전히 비참해 보였다.

"메건, 이야기가 길어."

"오늘 밤 내내 시간이 있으니 다행이야. 그렇지?"

메건 아줌마는 마치 황소가 덤벼들기 전처럼 콧구멍을 벌렁거렸다.

"스티비, 우리가 얼마 동안 사귀었지?"

"3년."

"맞아, 3년. 우리는 그동안 날씨, 연예인, 정치, 음악, 스포츠 등 많은 이야기를 했어. 그 시간 동안 당신한테 아들이 있다는 중요한 일을 이야기할 몇 초가 없었다는 게 참 웃기네."

나는 아빠가 예전에 나쁜 놈이었다는 이야기는 했는지 궁금했다. 하지만 상황을 보니, 지금은 아무 말도 안 하는 게 나을 것 같았다. 메건 아줌마가 아빠를 가만두지 않을 것이다.

"내가 열여섯 살에 게이츠헤드에 살 때 여자애랑 한 번 잤어. 그 애가 임신을 했고, 가족들 모두 분노했지."

"왜 그랬는지 알 만하네. 그래서 여자애는 몇 살이었는데?"

"열다섯."

"오. 이야기가 갈수록 맘에 드네."

"부모님이 더 이상 참을 수 없어서 나를 에든버러로 보내 코너 삼촌과 피오나 숙모랑 살게 한 거야. 난 그 여자애를 한 번도 다시 본 적이 없어. 지금까지. 아이도 본 적이 없고. 그게 끝이야."

"아니, 끝이 아니고 시작이지, 스티비. 당신이 잘 모르나 본데 당신의 과거가 돌아왔어. 당신의 피와 살이 우리 소파에서 잤다고."

"내가 오라고 한 게 아니야."

"아하! 그러면 다 괜찮아지는 거야? 그래? 쟤는 초대받지 않은 아들이 니까. 그러면 다 괜찮은 거냐고?"

메건 아줌마의 눈에 눈물이 맺혔다. 떨쳐 버리려 해도 계속 눈물이 나 왔다. 아줌마는 고개를 돌려 붉게 충혈된 눈으로 나를 보았다.

"스티비가 널 부르지 않았다면, 너는 여기 왜 온 거야?"

메건 아줌마에게는 이유를 말하지 않는 게 좋다고 생각했다.

"그냥…… 아빠를 보고 싶어서요."

"아니, 넌 돈 때문에 온 거야."

아줌마는 내가 괴물이라도 되는 듯 쩨려보며 말했다.

"자녀 양육비, 그것 때문이지? 네 엄마가 너를 여기로 보냈겠지?"

메건 아줌마는 아파트를 둘러보며 웃었다.

"도대체 여기 돈이 어디 있니?"

"엄마가 날 보낸 게 아니에요. 나 혼자 왔어요."

"나보고 그걸 믿으라고?"

"그게 사실이에요."

"하지만 네가 여기 있는 걸 알잖아. 그렇지?"

나는 고개를 저었다.

"세상에, 맙소사! 애 가출했잖아. 경찰이 찾으러 올 거야."

"아니에요. 엄마는 지금 내가 수학여행 간 줄 알아요."

메건 아줌마의 입이 복화술사 인형 입처럼 떡 벌어졌다.

"사실이야, 메건."

아빠가 말했다.

"3년 동안 거짓말한 아빠랑 딱 닮았네."

메건 아줌마는 나를 다시 보았다.

"엄마가 보낸 게 아니면, 스티비가 어디 사는지 누가 알려 줬어?"

"티나 이모요. 아무도 말해 주려고 하지 않았어요. 이모는 내가 아빠에게 편지를 쓰려는 줄 알고 알려 줬어요."

방이 조용해졌다. 텔레비전에서 푸딩 만드는 법을 이야기하는 남자 소리만 들렸다. 아빠가 침묵을 깼다.

"미안해, 메건!"

"나는 스티비 당신을 믿을 수 있다고 생각했어. 이 모든 이야기를 도대체 언제 하려고 한 거야? 결혼식에서? 혼인 신고할 때? 신혼여행에서?"

아빠는 숨을 크게 내쉬었다.

"진실을 원한다면, 메건, 난 사실 이야기하지 않으려고 했어. 이건 정말 오래전에 일어난 일이야. 모든 게 다 실수였어. 아주 큰 실수."

내가 실수라고 불리는 게 싫었다. 아빠는 말을 이어 갔다.

"난 이 모든 걸 다 묻을 수 있다고 생각했어. 당신은 과거에 한 일 중에 말하고 싶지 않은 거 없어?"

"아니, 이런 건 없어. 아이는 없다고. 세상에, 아이라니."

메건 아줌마는 훌쩍였다.

"이거 말고 또 말 안 한 건 없어?"

"없어, 메건. 이게 다야."

아빠가 손을 뻗쳐 메건 아줌마의 손을 잡으려 했지만, 아줌마는 아빠 손을 찰싹 때리며 뺐다.

"우리 둘이서만 이야기하게 잠깐 나가자."

아빠가 말했다. 메건 아줌마는 바닥에 떨어진 음식들을 보았다. 소스가 카펫에 스며들어 청소하려면 한참 걸릴 것 같았다. 아줌마는 몸을 돌려 나를 보았다.

"대니는 어떡하고?"

"혼자서 스코틀랜드까지 왔어. 몇 시간 혼자 있어도 괜찮아."

메건 아줌마가 고개를 끄덕였다. 아빠는 고리에서 코트를 내리고, 죽이 고 싶은 듯 무시무시한 얼굴로 나를 보았다.

쾅!

두 사람이 나갔다.

나는 보통 혼자 있을 때 텔레비전을 보지만, 오늘 밤은 아니었다. 텔레 비전을 껐다. 아주 조용했다. 내 코에서 나오는 숨소리만 들렸다. 좀 전에 일어난 일이 믿어지질 않았다. 내가 말한 건 딱 한 단어였을 뿐인데. '아 빠.' 이 말이 뭐가 잘못일까? 아빠 맞잖아.

엄마에게 전화할 시간이었다.

삐 삐 삐.

링 링 링.

"여보세요."

"엄마."

나는 평소랑 똑같은 목소리를 내려고 애썼다.

"오, 대니야."

엄마가 콜 센터에서 일할 때 내는 좋은 목소리로 말했다.

"오늘은 어땠니, 우리 강아지?"

뚱개가 옆에 없나 보다.

"괜찮았어."

엄마 목소리가 변했다.

"대니, 네가 캘럼 맥주를 차고에 숨겼니?"

아무렴, 맥주 캔에 날개가 달려서 거기에 갔을까?

"응, 엄마."

"캘럼이 정말 정말 화가 났었단다."

그게 무슨 뜻인지 알고 싶지 않았다.

"그래서 혹시?"

"아니야. 내가 캘럼한테 냉장고에 자리가 없어서 그랬다고 했어. 요즘은 차고도 충분히 시원하잖아."

다행이다! 엄마도 나만큼이나 약삭빠르다.

"나한테 미리 말하지 그랬니?"

"엄마 미안해. 나는 그냥……."

"네가 왜 그랬는지 알아."

침묵.

엄마는 더 이상 이야기하지 않았다. 그 주제에 대해선 한 번도 말한 적이 없다.

"그래서 오늘은 뭐 했니?"

엄마가 물었다.

"나갔지."

"물론 나갔겠지. 레이크 디스트릭트잖아. 실내에 내내 있을 곳이 아니지. 날씨는 어때?"

나는 소파에 있는 신문을 들고 레이크 디스트릭트 날씨를 찾았다.

"8도로 시원합니다. 맑지만 소나기가 잠깐 내리고, 서쪽에서 약한 바람이 불어옵니다."

"너 꼭 기상 캐스터 같다."

엄마가 확인해 보지 않아서 다행이었다. 어제 날짜 신문이었는데.

"아이들이 코 많이 골겠구나."

"어."

"다른 소리도."

"어."

"학교에서 영어 시간에 '어.' 말고 다른 단어 쓰라고 배우지 않았니?"

"어."

엄마가 웃었다. 1초 동안.

엄마는 안다. 엄마들은 항상 다 안다.

"집이 조금은 그립지?"

"어."

"내일 밤에도 전화할 거지?"

"어."

"사랑한다, 대니!"

"나도 엄마 사랑해!"

하지만 엄마는 아직 끊지 않았다.

"대니, 다음에 바보 같은 짓을 하려거든 꼭 먼저 나한테 말해 줄래?"

폭발한 아빠

나는 화들짝 놀라 잠에서 깨었다.

잠시 여기가 어딘지 어리둥절했다. 스코틀랜드 사투리로 중얼거리는 소리를 듣고서야 모든 것—기차, 에든버러, 아파트, 스티비 아저씨, 메건 아줌마, 아빠—이 떠올랐다. 아빠와 메건 아줌마는 아직도 말다툼 중이었다.

나는 주변을 둘러보았다. 텔레비전도, 불도 꺼져 있었다. 바닥에 떨어진 음식은 다 치워졌고, 내 위에는 두꺼운 타탄체크 담요가 덮여 있었다. 나는 일어나서 옷을 입고 소파에 앉았다. 에이미와 꺽다리 데이브를 생각하고 있을 때 방문이 열렸다. 메건 아줌마였다. 원피스에 재킷을 입고 있었지만, 어제처럼 예뻐 보이지 않았다. 뺨은 창백했고, 머리는 헝클어져 있었다. 아줌마는 긴 손잡이가 달린 작은 트렁크를 끌고 있었다.

"잘 잤니, 대니?"

미소를 머금은 목소리가 아니었다. '이건 네 탓이야.' 하는 목소리였다.

"멀리 가세요?"

내가 물었다.

"응."

"어디 좋은 데예요?"

"카우덴비스. 그리 좋은 곳은 아니야."

아빠와 메건 아줌마가 나만 두고 카우덴비스로 간다고 생각하자 끔찍했다. 나 혼자 스코틀랜드 텔레비전을 보면서 일주일 내내 처박혀 있고 싶지 않았다.

"아빠도 가요?"

메건 아줌마는 고개를 저었다.

"언제 돌아와요?"

"모르겠다, 대니. 나도 정말 모르겠어."

메건 아줌마가 트렁크를 끌고 나가자마자 문이 쾅 닫혔다.

조용했다.

나는 소파에 누워 천장을 봤다. 거미가 보였다. 거미도 스코틀랜드 사투리를 할 수 있을까? 그렇다면 재미있을 텐데.

다시 방문이 열렸다. 이번에는 아빠였다. 아빠는 빨간 사각팬티를 입고 있었다. 충혈된 눈과 어울렸다. 아빠는 소파 옆으로 와서 음식이 떨어졌던 바닥에 앉았다. 제대로 치웠겠지? 아빠는 멍하니 허공을 바라봤다. 좀비처럼 보였다.

"메건 아줌마는 카우덴비스에 갔어요."

나는 혹시 아빠가 모를까 봐 말했다. 아빠는 내가 마치 외국어라도 한 듯 쳐다보더니 천천히 대답했다.

"메건은 자기 엄마 집에 간 거야."

"휴가 아니고요?"

"아니야, 대니. 휴가 간 거 아니야. 나를 떠난 거야."

나도 여자 친구가 있으니, 아빠의 기분을 이해할 수 있었다. 이건 거의 내 탓이다. 내가 입만 다물었다면, 메건 아줌마는 여기 있었을 것이다. 하지만 아빠의 탓도 조금은 있다. 진작 메건 아줌마에게 말했어야 했다.

"왜 나에 대해 말 안 했어요?"

아빠는 폭발했다.

"내가 내 여자 친구에게 말하든 말든, 네가 상관할 바가 아니야."

아빠 눈에 눈물이 맺혔지만, 손가락으로 찍어서 없앴다. 아빠의 얼굴은 벌에 쏘이기라도 한 듯 붉었다. 더 이상 어려 보이지 않았다. 이제야 어른, 화난 남자로 보였다.

아빠는 일어서서 방을 걸어 다녔다. 그러다 다시 앉았다. 이번에는 눈물을 닦지 않았다. 눈물이 얼룩진 얼굴을 지나 배까지 흘러내렸다.

"대니, 나는 메건이 떠나는 걸 원치 않아. 메건이 돌아왔으면 좋겠어."

메건 아줌마가 나간 지 겨우 10분밖에 안 되었는데.

아빠는 〈데일리 레코드〉 잡지 아래서 화장지를 찾았다. 그리고 배리가 축구를 끝내고 하듯 엄청나게 크게 코를 풀었다.

"우리는 내년 여름에 결혼하려고 했어. 너는 왜 그렇게 말한 거야?"

"나도 모르게 나온 거예요."

"계속 속에 두었어야지."

아빠의 목소리가 떨렸다.

"메건은 나에게 거짓말쟁이라고 했어. 하지만 거짓말이 아니야, 대니. 그냥 말을 하지 않은 것뿐이야. 거짓말한 게 아니라고."

"난 아빠가 메건 아줌마한테 이야기했어야 한다고 생각해요."

"대니, 살다 보면 누구에게도 말하고 싶지 않은 일을 저지를 때가 있어. 잘 기억해 둬라. 그런 일이 생기면 너도 이해할 거야."

아빠는 재미있는 프로그램이라도 나오는 듯 꺼져 있는 텔레비전을 바라봤다. 나는 뭘 해야 할지 알 수 없었다. 학교에서는 이런 걸 가르쳐주지 않는다. 프랑스어나 역사처럼 완전히 쓸데없는 것만 가르친다.

나는 부엌에 가서 콘플레이크를 좀 먹었다. 내 계획은 완전히 깨졌다. 아빠는 진흙처럼 유약했고, 내가 말한 '아빠' 한마디 때문에 여자 친구가 떠났고, 지금은 화가 나서 꺼진 텔레비전만 보고 있었다.

나는 부엌에 2시간 29분 동안 있었다. 계속 시계를 보고 있었기 때문에 안다. 너무 지루했다. 산책을 나갈까 생각했지만 어딘지도 모르는 데다가 집 열쇠도 없었다. 하지만 뭔가 해야 했다. 부엌문을 열었다. 아빠는 텅 빈 얼굴로 그 자리에 그대로 앉아 있었다. 나는 그레이스 모뉴먼트(영국 뉴캐슬 지역의 중심에 있는, 찰스 그레이 수상을 기념하여 세운 탑)에서 그런 사람을 본 적 있었다. 동상처럼 옷을 입고, 움직이지 않고 가만히 서 있는 사람. 사람들은 그 사람의 모자에 동전을 넣었다. 나 참, 동상이라니! 정말 이상한 직업도 다 있다.

"오늘 뭐 할 거예요?"

아빠는 아무 말도 하지 않았다.

"오늘 뭐 할 거냐고요?"

"너, 나를 망가뜨리러 온 거지?"

"예에?"

"영화에서처럼 나를 완전히 망가뜨리러 온 거냐고?"

겁이 나기 시작했다. 아빠는 일어나서 가슴을 내밀었다.

"대니, 너 게이츠헤드로 돌아가."

"안 돼요. 엄마가 나를 죽일 거예요."

"네 엄마가 안 죽이면 내가 죽일 거다. 집으로 돌아가."

"안 간다니까요!"

"아니 갈 거야. 내가 기차역으로 데려갈 거니까."

아빠는 내 팔을 잡았다. 그리고 얼굴이 흐리게 보일 정도로 가까이 다가왔다.

"너는 충분히 오래 있었어. 가라고. 지금 당장."

나는 소파에 앉았지만 아빠는 팔로 내 허리를 휘감아 일으켜 세웠다. 삐쩍 마른 것치고는 힘이 무척 셌다. 하지만 나는 순순히 쫓겨나지 않을 것이다. 어떻게 여길 왔는데. 나는 팔 다리를 미친 듯이 흔들며 버둥거렸다. 내 발이 아빠의 무릎을 세게 차는 바람에 아빠는 나를 소파 위로 떨어뜨렸다. 몸을 돌렸다. 나는 그렇게 화난 얼굴을 처음 보았다. 아빠는 입술에 침을 마르고, 주먹을 꽉 쥐었다. 아빠가 꼭 캘럼 아저씨처럼 보였다.

아빠는 나를 때리려고 손을 들어 올렸다.

아빠와 함께한 축구

금방 주먹이 날아올 줄 알고 눈을 감았다. 하지만 아니었다. 아빠는 팔을 옆으로 내린 채 내 앞에 서 있었다. 더 이상 주먹을 쥐고 있지 않았다.

"아빠가 날 때리려는 줄 알았어요."

"그러려고 했지. 그러려고 했어."

아빠가 말했다.

"나는 게이츠헤드로 안 돌아갈 거예요."

"네가 계속 그렇게 우기니, 여기 있어야겠지."

아빠는 코로 숨을 크게 두 번 내쉬었다. 나는 백만 년이 지나도 아빠가 마음을 바꾸지 않으리라 생각했다. 하지만 가끔 생각지도 않았던 일이 일어난다. 나는 아빠가 마음을 바꾼 걸 믿을 수가 없었다.

"진짜로요?"

"진짜로."

이건 공식적으로 기적이라고 할 만하다.

"잘 들어, 대니. 나는 네가 왜 여기 왔는지 몰라. 어쨌든 나흘 뒤에 돌아가면 다시는 나에게 연락하지 마라. 절대로. 알았니?"

고개를 끄덕였다.

"내가 한 일 사과할게."

"아무것도 안 했는데요."

아빠는 시선을 돌렸다.

"하지만 할 뻔했잖니. 나는 아이를 때리지 않아."

그럼 어른은 때린다는 뜻일까?

"난 절대 너를 다치게 하지 않을 거야. 그 선은 넘지 않을 거야."

아빠는 너무 슬퍼 보였다.

"난 정말 멍청이였어. 메건에게 말을 했어야 했어. 우리가 결혼한 다음에라도 네가 언제든 나타날 수 있는데 말이야. 단지 네가 오기 전에 나에게 말해 줬더라면 좋았을 거라고 생각해."

아빠는 내 눈을 똑바로 바라보았다.

"우리가 함께할 시간이 며칠 안 남았으니 서로 열 받지 않게 잘 지내자. 좋지?"

"좋아요!"

아빠는 작은 손을 내밀어 악수를 청했다. 나는 그 손을 잡고 흔들었다. 마른 사람치고는 힘 있는 악수였다.

상황이 갈수록 나아졌다. 어쩌면 내가 온 목적을 달성할 기회가 올지도 모르겠다.

"오늘 뭐 하고 싶니?"

"축구공 있어요?"

"아니. 하지만 하나 사면 되지, 뭐."

우리는 코트를 챙겨 아빠의 차를 타고 스포츠용품점에 갔다. 아빠는 상점에 들어가서 공을 하나 사 가지고 왔다. 차 문을 열고 나에게 공을 던졌다. 하얀 가죽 공. 완벽하다!

"고맙습니다!"

나는 씩 웃으며 말했다.

아빠는 공원으로 운전했다. 우리는 축구장을 가로질러 걸었다. 학기중이라 축구장에는 아무도 없었다. 아빠는 공을 잡더니 거의 백만 킬로미터 위로 차올렸다. 나는 달려가서 발로 공을 잡았다. 경기 시작. 나는 아빠를 돌아보았다. 아빠는 벤치에 앉아 있었다. 경기 끝.

나는 공을 드리블하며 아빠에게 갔다.

"같이 안 해요?"

"안 해."

아빠는 어떻게 하면 나를 괴롭힐 수 있는지 알았다. 공을 사 주고 같이 축구하지 않는 것. 나는 골대로 가서 페널티 킥을 연습했다. 골키퍼도 없이 혼자 하니까 좀 바보 같았다. 더군다나 골대에 네트까지 없어서 한 번 차면 공을 다시 가져오는 데 한참 걸렸다. 골키퍼가 없는데도 실수를 두어 번 했다. 에잇, 이게 뭐야. 코너킥을 연습하기로 했다. 패스해 줄 사람이 없이 혼자 하니 이것도 바보 같았다. 생전 처음으로 축구가 지루해지기 시작했다.

"그거 감아 차기 슈팅이니?"

아빠였다. 나는 아빠한테 공을 찼다. 아빠는 공을 발끝으로 차올리더니 볼 리프팅을 끝도 없이 했다. 오십 개는 족히 넘었다. 내 최고 기록인 스물여섯 개는 완전 한심하게 느껴졌다. 아빠는 마음먹으면 하루 종일이라도 할 수 있을 것 같았다. 뚱개와 달리 끝내주게 잘했다.

아빠는 발에 공이 붙은 듯이 달렸다. 내가 뒤따라갔지만 따라잡는 데 10분은 걸렸다. 그것도 사실 내가 따라잡을 수 있게 봐준 거였다. 아빠는 넛메그(상대방의 다리 사이로 공을 통과시켜 돌파하는 기술), 백힐링(발뒤꿈치로 공을 차는 기술), 스텝오버(양쪽 다리로 공을 차는 것처럼 움직여서 상대를 속이는 기술), 플릭 업(발로 공을 띄우는 기술) 같은 기술도 자유자재로 했다. 아빠에게 공을 뺏는 건 마법사에게 뺏는 것처럼 어려웠다.

"자, 페널티 킥을 좀 해 볼까?"

바닥이 진흙투성이였지만 신경 쓰지 않았다. 우리는 각각 페널티 킥을 오십 개씩 하기로 했다. 내가 먼저 골을 넣었다. 다 차고 났을 때 아빠는 서른일곱 개를 성공했다. 더 많이 할 수 있었는데, 끝에 가서 묘기를 부리며 슛을 차거나 발뒤꿈치로 차서 넣으려 하다가 망친 거였다. 나는 열아홉 개를 성공했는데, 사실 몇 번은 아빠가 봐주었다. 내가 공을 찬 뒤 한참 있다가 공을 잡으러 몸을 던졌으니까.

"우리 뭐 좀 먹자."

우리는 매점에서 샌드위치를 산 뒤 아파트로 갔다. 내가 샌드위치를 막 먹으려던 차에 정문에서 벨이 울렸다. 메건 아줌마일까? 아빠는 샌드위치를 내려놓고 인터폰으로 가서 버튼을 눌렀다.

"누구세요?"

"코너 삼촌이다."

아빠의 얼굴을 보니 원치 않는 방문객인 것 같았다.

"스티비, 너 괜찮냐?"

"아, 네."

아빠가 웅얼거렸다.

"옮는 병이 아니라면 내가 올라가도 되겠니?"

"네. 물론이에요."

아빠는 문 열림 버튼을 눌렀다. 그리고 내 쪽으로 몸을 돌려 말했다.

"대니, 침실로 들어가서 숨어. 아무 소리도 내지 말고."

무슨 일인지 알 수 없지만, 아빠의 목소리가 심각하게 들렸다. 나는 침실로 달려가서 문을 닫았다. 몇 초 후 현관문 열리는 소리가 들렸다. 문에 귀를 가까이 댔다.

"그 동안 잘 있었니?"

덩치가 큰 사람에게서 나는 목소리가 들렸다.

"안녕하세요, 코너 삼촌."

아빠가 불량 청소년일 때 같이 살도록 보내졌던 그 삼촌이다.

"웬일이세요?"

"샌드위치 집에 갔더니 네가 아프다고 하길래 보러 왔지."

"그냥 바이러스 때문이에요. 점점 나아지고 있어요."

"입맛이 돌아왔나 보구나. 샌드위치를 두 개나 먹고 있는 걸 보니."

아차! 내 치즈 토마토 샌드위치를 소파 위에 놓고 왔다.

"네, 배가 좀 고파서요. 다음 주면 다 나을 거 같아요."

"게으름뱅이가 된 건 아니겠지?"

아빠는 어색하게 웃었다.

"아니요. 저 부지런해요, 삼촌. 저 아시잖아요."

"그럼 알지. 아주 잘 알지, 스티비."

한참 동안 침묵이 흘렀다. 어른들은 이런 걸 좋아한다.

"스티비, 너 좀 긴장돼 보인다."

"아뇨, 괜찮아요."

"메건이랑은 잘 지내니?"

아빠는 이 질문에 분명 뱀처럼 꿈틀거렸을 것이다.

"네. 메건은 며칠 자기 엄마를 만나러 갔어요."

"무슨 일 있으면 나한테 말할 거지?"

"물론이에요. 삼촌이 여기 있는 제 유일한 가족인걸요."

거짓말. 아들이 방에 있는데.

"약국에서 약 좀 사다 줄까?"

"아뇨, 괜찮아요."

아빠의 불량 청소년 시절에 대해 이야기하기를 바라면서 손을 모았지만 효과가 없었다.

"너 다시 축구하니?"

코너 삼촌이 물었다. 바닥에 있는 축구공을 본 모양이었다.

"가끔 차요."

"신발을 보니 오늘 아침에 찬 것 같은데. 아프다면 그러지 말아야 하는 거 아니냐?"

코너 삼촌은 우리 엄마처럼 예리한 눈을 가진 게 틀림없다.

"머리 좀 식히려고 공원에 갔었어요."

한숨 소리가 들렸다. 누가 낸 소리인지 알 수 없었다.

"필요한 게 있으면 어디로 연락하면 되는지 알지?"

"네."

"기운 좀 내라. 꼭 유죄 선고 받은 사람 같구나."

여행 목적

현관문이 닫히고 침실문이 열렸다. 아빠는 걱정스러운 모습이었다.

"뭐가 잘못됐어요?"

"잘못된 건 너야. 삼촌은 나한테 아들이 있다는 걸 알아. 그리고 그 애가 지금 열네 살이라는 건 아인슈타인이 아니어도 알 수 있고. 딱 네 나이잖아. 삼촌은 내가 아들과 스코틀랜드에서 뭘 하는지 알고 싶어 할 거야. 내가 너를 유괴했다고 생각해서 신고할지도 몰라. 삼촌은 내가 다시 잘못을 저지르면 호되게 혼내 주겠다고 항상 얘기했거든. 삼촌한테 잘못 걸리면 안 돼. 앞으로 조심하자."

"왜요?"

"너, 까마귀 고기를 먹었니? 5분 전에 나는 약혼자가 있는 남자였어. 지금은 십 대 소년이랑 에든버러를 돌아다니고 있고. 만약 누가 본다면, 지난주에는 아들이 없었는데 지금은 있으니 이상하다고 생각하겠지."

아빠가 밖에 나가는 걸 너무 겁내는 바람에 우리는 집에서 영화를 보았다. 미국에 있는 살인 청부업자가 경찰에게 쫓기는 영화였다. 살인 청부업자는 결국 잡혀서 전기의자로 보내졌다. 기분 좋은 영화는 아니었다.

영화가 끝나자 아빠는 피시앤칩스를 먹겠냐고 물었다.

"좋아요. 나도 같이 사러 가도 되죠?"

"안 돼!"

"그럼 이번 주 내내 집 안에 있어야 해요?"

나는 투덜댔다. 아빠는 잠시 생각했다.

"좋아. 가도 돼. 하지만 차 안에 있어야 해. 고개는 숙이고."

아빠는 테이크아웃 전문점이 많이 있는 길에 주차하고, 피시앤칩스를 사러 갔다. 나는 차에서 스파이같이 모자를 푹 내려쓰고 대시 보드 위로 살짝살짝 밖을 훔쳐보았다.

아빠가 음식점에서 꾸러미 두 개를 양손에 들고 나오는데, 뚱개처럼 술 취한 사람 둘이 비틀거리며 걸어왔다. 아빠 옆을 지나갈 때 뚱뚱한 한 명이 음식 꾸러미 한 개를 잡았다. 아빠가 고함치는 소리가 들렸다. 하지만 그 남자는 꾸러미가 흔들거리는 아빠 손을 자기 쪽으로 잡아당겼다.

아빠는 그놈을 칠 게 아무것도 없었다. 피시앤칩스 꾸러미를 든 반대쪽 손밖에 없었다. 아빠는 그쪽 음식 꾸러미를 길가에 서 있는 차 지붕 위에 놓고, 교통콘을 들어 뚱뚱한 남자를 향해 휘둘렀다. 그저 교통콘이었지만, 그 남자는 무너지듯 쓰러졌다.

아빠는 교통콘을 바닥에 내려놓고 음식 꾸러미 두 개를 챙겨 조용히 차로 왔다. 다른 한 남자는 너무 취해서 뭘 해야 할지 모르는 채 멍하니 서 있었다. 지금 본 걸 믿을 수가 없었다. 그저 교통콘으로 술 취한 놈의 코를 납작하게 만들다니. 아빠가 차에 탔다.

"끝내주네요."

"멍청한 놈들이야."

아빠가 우리의 피시앤칩스를 지킨 게 뿌듯했다. 하지만 더 중요한 건 아빠가 뭔가 할 수 있다는 것이다. 아빠는 뚱개를 혼내 줄 수 있다는 걸 보여 줬다.

저녁을 먹은 뒤 나는 생선 냄새를 없애려고 손을 씻고 아빠 옆에 앉았다. 아빠는 밥을 다 먹고 맥주를 마시고 있었다. 내가 왜 여기 왔는지 말할 완벽한 타이밍이었다. 너무 긴장해서 지금 막 닦은 손이 축축해졌다.

"아빠?"

아빠가 나를 보았다.

"그냥 이름을 불러! 아빠라는 말을 들으면 소름 끼쳐."

시작이 좋지 않다.

"스티비 아저씨."

"왜?"

"할 말이 있어요. 엄마에 대해서."

아빠는 텔레비전 리모컨을 잡았다. 심슨 가족이 나오고 있었지만, 껐다. 뭔가 좋지 않은 이야기가 나올 거라고 예상하는 것 같았다.

"아프니?"

"아뇨."

"그럼 뭐야?"

말할 시간이다.

"사실 이건 엄마가 아니고 엄마의 남자 친구에 대한 거예요."

"남자 친구? 엄마 남자 친구가 왜?"

"엄마를 때려요."

"때린다고?"

"예."

"언제?"

"항상은 아니지만 가끔요. 화가 났거나, 자기가 싫어하는 일을 했거나, 술을 마셨을 때요. 사실 어떤 것이든 이유가 돼요."

아빠는 볼에 팡팡하게 공기를 채웠다가 내보냈다.

"그래서 네 엄마는 어떻게 하니?"

"그게 문제예요. 아무것도 안 해요."

"그 남자는 어디 사는데?"

"내 옆방에요. 엄마랑 같이."

"네 엄마는 왜 안 헤어지니?"

"사랑한대요. 결혼할 거라고 하던데요."

"때리는 남자랑 결혼한다고?"

고개를 끄덕였다.

"유감이구나, 대니. 정말 유감이야. 많이 힘들겠다."

진짜 그렇다.

"그 사람이 엄마를 죽일 거예요."

아빠는 코웃음을 쳤다.

"아냐, 안 그럴 거야."

아빠는 왜 내 말을 심각하게 받아들이지 않을까?

"일주일에 두 명의 여자가 살해당한대요. 웹 사이트에 나와 있어요. 한 번 읽어 보세요. 매 맞는 엄마들은 오랫동안 아무것도 하지 않아요. 앞으로 나아질 거라고 생각하지만 절대 그렇지 않대요. 그러다 죽는 거예요."

"엄마한테 보여 줘."

"보여 줘도 안 읽어요."

아빠는 그래서 어쩌라고 하는 뜻으로 어깨를 으쓱했다.

"그놈이 스페인에서 엄마 목을 졸랐어요. 아, 그 모습을 봤어야 하는데……."

"대니, 유감이야. 하지만 왜 나한테 이런 이야기를 하는 거니?"

제대로 말할 수 있도록 잠깐 멈췄다.

"왜냐하면 이걸 해결해 줬으면 해서요."

"내가?"

지금이다.

"그놈을 죽여 줬으면 좋겠어요."

아빠의 눈이 터질 듯이 툭 튀어나왔다.

"네 엄마의 남자 친구를 죽여 달라고?"

고개를 끄덕였다.

아빠는 웃었다. 그리고 화를 냈다.

"이게 네가 여기 온 진짜 이유란 말이야?"

아빠는 소파에서 벌떡 일어나면서 고함을 쳤다.

"예."

"너 정말 뻔뻔하구나. 난 네가 아빠가 보고 싶어서 여기 온 줄 알았어. 잃어버린 시간을 보충하고 좀 가까워지려고. 근데 너의 더러운 일을 대신해 달라고 온 거구나."

"난 아직 어리니까요."

"나는 킹콩이고? 난 68킬로밖에 안 나가."

아빠는 이두박근을 보여 주었지만 근육은 보이지 않았다.

"난 카페에서 일해. 샌드위치를 만들고, 차를 따르고, 토마토를 썰어. 난 살인 청부업자가 아니야."

"하지만 나쁜 짓을 했잖아요."

"그건 정말 오래전 일이야. 그리고 나는 사람을 죽인 적은 없어."

아빠는 '죽인'이라는 단어를 강조하면서 말했다.

"겁을 줘서 쫓아낼 수는 없어요?"

"내가 무시무시한 귀신이라도 되냐?"

아빠는 화가 나서 동물원의 사자처럼 방 안을 왔다 갔다 했다.

"그 남자는 교활한 놈이에요."

"그걸 의심하는 건 아니야. 하지만 난 네 엄마를 오랫동안 본 적이 없어. 나랑 네 엄마는 정말 아무 사이도 아니었어. 미안하지만, 네 엄마는 나랑 아무 상관없어, 대니."

아빠는 손가락으로 머리카락을 훑었다.

"난 네 엄마에게 빚진 게 하나도 없다고."

"나는요?"

"네가 뭐?"

"난 아무 상관이 없지 않잖아요. 아들이니까요."

아빠는 서랍에서 담배를 꺼냈다.

"끊으려 했는데……."

아빠는 성냥에 불을 붙이며 말했다. 성냥에 불이 붙자 아빠는 담배에 불을 붙이고 연기를 뿜었다. 연기가 날아와 내가 기침을 했지만, 아빠는 신경 쓰지 않았다. 계속 담배를 빨고 더 많은 연기를 뿜었다. 끝까지 다 피자 컵 받침에 눌러 끄고, 충분하지 않은 듯 몇 번 더 눌렀다.

"난 거기에 모든 걸 다 두고 왔어. 돌아가지 않을 거야. 대니, 너를 위한다고 해도."

좋은 생각이 났다. 나는 일어나서 내 코트로 갔다. 봉투를 꺼내 아빠에게 주었다.

"이게 뭐냐?"

"내가 안 간 수학여행비예요."

아빠가 봉투 안을 들여다보았다.

"엄마가 줬니?"

"아뇨. 엄마 남자 친구가 줬어요."

"넌 엄마 남자 친구가 준 돈으로 그 사람을 죽여 달라고 하는 거야?"

고개를 끄덕였다.

"대니, 너 정말 미친 거 아니니?"

아빠는 봉투를 소파 위에 던졌다. 나는 봉투를 집어 들고 아빠에게 주었지만, 내 손을 찰싹 때렸다. 봉투가 날아가 돈이 온 바닥에 흩어졌다.

아빠의 대답은 '어쩌면'이나 '혹시' 또는 '생각해 보자.'가 아니었다. '절대 안 된다.'였다. 기껏 이 말을 들으려고 여기까지 온 것이다. 에이미와의 여행도 포기하고. 눈에 눈물이 차오르는 게 느껴졌다.

"난 도와줄 거라고 생각했어요."

나는 울면서 돈을 주웠다.

"아빠들은 항상 도와준다고 생각했어요."

돈을 다시 봉투에 집어넣었다.

"학교 친구들이 엄마에게 무슨 일이 있으면 아빠가 해결해 준다고 했거든요. 그래서 아빠도 그럴 거라고 생각했어요."

"네 엄마는 괜찮을 거다."

"나만큼 엄마를 모르잖아요. 그놈도 모르고, 가정 폭력도 모르고, 아무것도 모르잖아요. 그저 샌드위치만 만드느라……."

아빠는 한 대 맞은 듯 보였다. 내게 와서 가는 팔로 나를 안았다.

"대니, 네 부탁은 말이 안 되는 거야. 내가 할 수 없어."

아빠가 담배 냄새를 풍기며 말했다.

"누가 메건 아줌마를 다치게 한다면 밤에 잘 수 있겠어요?"

"더 이상 이야기하고 싶지 않구나, 대니. 이제 그만하자."

"하지만……."

"내가 이제 그만이라고 했지."

아빠에게는 그만하는 게 쉬울 것이다. 집에 가야 하는 것도 아니고, 엄마가 맞아 죽는 걸 기다리는 것도 아니니까. 그냥 여자 친구가 돌아오기만 기다리면 되니까.

"난 자러 갈게."

아빠가 말했다.

울고 싶었지만 잊어버린 일이 떠올랐다. 엄마. 가방에서 전화기를 꺼내 복도로 갔다. 엄마 번호로 걸었다. 하지만 엄마가 아닌 뚱개가 받았다.

"여보세요."

바로 끊었다.

어쩌면 내가 너무 늦었을지도 모른다.

엄마는 벌써 죽었을지도 모른다.

괜찮을까?

엄마는 항상 전화기를 가지고 있다. 언제나. 엄마는 전화기를 사랑한다. 엄마가 전화를 안 받는다면, 뚱개가 엄마를 죽인 거다. 어떻게 해야할지 생각도 하기 전에 전화벨이 울렸다. 엄마였다.

"엄마?"

"캘럼이야."

그 사람의 목소리는 나를 얼어붙게 했다.

"전화 왜 끊었니, 대니?"

혀가 풀린 목소리였다.

"엄마랑 통화하고 싶어서요."

"그럼 나랑은 말하고 싶지 않다, 이거냐?"

"물론 말하고 싶어요. 전 그냥……"

그냥 뭐? 생각해. 대니, 생각해.

"……아저씨가 포뮬러 원 보는 데 방해될 거라 생각했어요."

그 남자가 웃었다.

"주중에는 경기가 없어."

끊고 싶었다. 하지만 그럴 수가 없었다. 진실을 알기 전에는.

"엄마는 어디 있어요?"

"내가 왜 엄마 전화기를 가지고 있는지 궁금하구나, 그렇지?"

주먹을 꽉 쥐었다.

"안 그래?"

뚱개는 점점 화를 내며 말했다.

"예, 궁금해요."

"네 엄마가 전화할 사람이 하나도 없다고 나한테 줬어."

"엄마는 어디 있는데요?"

"네 엄마가 날 너무 사랑한다며 전화기 가지라고 했어."

"아저씨, 엄마 어디 있어요? 예?"

"전화벨 소리 때문에 편두통이 생긴다잖니."

뚱개가 다시 웃었다.

"제발, 엄마 어디 있는지 말해 주세요."

"불안하니, 장군? 시골에 있으면 마음이 편안해지는 줄 알았는데."

"엄마 어디 있냐고요?"

침묵.

'일주일에 두 명의 여자가 살해당한다.'

뚱개가 엄마한테 무슨 짓을 한 걸까? 스페인의 수영장에서처럼 숨을 쉴 수가 없었다. 내 속이 틀린 답지처럼 엉망이 되었다.

나는 한자리에 서서 내 심장이 뛰는 소리를 들으며 저기 게이츠헤드에서 엄마 심장도 아직 뛰고 있기를 기도했다. 두근두근! 제발, 엄마가 무사하기를. 두근두근! 하느님 제발 엄마가 괜찮게 해 주세요.

"여보세요?"

"엄마?"

"그래, 무슨 일이니, 대니?"

"캘럼 아저씨가 엄마 때렸어?"

"아니, 난 괜찮아."

속이 조금 진정되었다.

"캘럼 아저씨는 어디 있어?"

"부엌에. 맥주 더 가지러."

"왜 아저씨가 엄마 전화기를 가지고 있는데?"

"내가 여기 두었나 보네."

"아, 엄마."

"너 캘럼에게 뭐라고 했니?"

이제 엄마 목소리가 겁에 질렸다.

"암말도 안 했어. 그냥 엄마가 어디 있는지 알고 싶다고 했어."

"난 다림질하고 있었어."

"캘럼 아저씨는 그렇게 말 안 하던데?"

"장난일 거야."

"캘럼 아저씨가 장난이라고? 아주 끔찍한 장난이겠네."

"제발 우리 딴 이야기하자. 대니, 새로운 거 많이 배웠니?"

네. 내가 아들인 걸 모르는 아빠의 여자 친구 앞에서 아빠라고 부르면 안 된다는 걸 배웠죠. 아빠가 여자 친구랑 헤어지게 생겨서 화가 났을 때는 엄마의 남자 친구를 죽여 달라고 부탁하면 안 된다는 것도 배웠고요. 다시는 스코틀랜드 근처에도 오면 안 된다는 것도 알았어요. 뚱개가 엄마 전화기로 전화를 받았을 때 그냥 끊어 버리면 안 된다는 것도 배웠죠. 이게 내가 배운 거예요. 나는 이렇게 말하고 싶었지만, 꿍 참았다.

"그냥, 이것저것."

"이런 경험들이 너에게 도움이 될 거다."

글쎄요. 전혀 그럴 거 같지 않은데요.

"난 다림질 마저 해야겠다. 내일 밤에 또 전화할 거지?"

"그럼. 사랑해, 엄마."

"나도 사랑한다, 대니."

나는 전화를 끊고 아파트로 들어가 전화기를 치웠다. 텔레비전을 보고 싶지 않아서 불을 끄고 소파에 웅크리고 누웠다. 산더미 같은 문제들이 점점 쌓여 갔다.

다음 날 아침에, 아빠가 토스트 한 조각을 들고 내 옆에 서 있었다.

"에든버러 성에 갈래?"

"나랑 같이 있는 걸 누가 보는 게 싫다고 했잖아요."

나는 눈을 비비며 말했다.

"맞아. 하지만 에든버러 사람들은 거기 안 가거든. 외지인이나 가지."

"네?"

"관광객들이나 간다고. 가서 스코틀랜드 역사 좀 보여 줄게."

엄마가 아직 살아 있다는 기쁨 때문에 어디든 가도 좋았다.

아빠가 에든버러 성으로 운전해 가는 동안 나는 몸을 낮게 숙였다. 주차하고 우리는 벽돌로 만들어진 긴 길을 걸어 올라갔다.

"여기가 로열마일(Royal Mile)이야."

"와, 왕족을 뜻하는 로열이요?"

"응, 많은 왕이랑 여왕이 이 길로 올라갔기 때문이지. 몇 명이나 다시 무사히 내려왔는지는 모르겠지만."

머리에 털이 북슬북슬한 큰 검은 모자를 쓰고 타탄체크 치마와 제복을 입고 백파이프를 연주하는 남자가 보였다. 가장 스코틀랜드다운 풍경이었다. 백파이프 소리는 내가 지금까지 들어 본 소리 중에 가장 이상했는데, 사람들은 그 소리가 맘에 드는지 상자에 계속 돈을 넣었다.

"저 사람 백파이프 연주할 줄 아는 거 맞아요?"

내가 물었다.

"당연하지. 프로 연주자인걸."

"고양이를 쥐어짜는 것 같은 소리가 나는데요."

"넌 영 들을 줄 모르는구나."

아빠가 말했다. 그러고 나서 연주자가 내는 소리가 맘에 들었다는 걸 보여 주듯 상자에 동전을 몇 개 던졌다.

성으로 들어가자 아빠는 티켓을 샀다. 아빠 말이 맞았다. 관광객 중에 스코틀랜드 사람들은 없어 보였다. 이해할 수 없는 낯선 말들이 웅얼거리며 들렸다.

두꺼운 벽으로 된, 엄청나게 거대한 성에는 오래된 물건들로 가득 찬 방이 많았다. 전쟁 박물관이 제일 좋았다. 스코틀랜드 사람들은 미국, 스웨덴, 독일, 아프리카, 인도 등 온갖 곳에서 많은 전투를 치른 것 같았다. 아빠는 스코틀랜드 사람이 되었는데, 왜 싸우는 걸 싫어할까? 내가 전쟁에 나가라고 한 것도 아닌데 말이다. 그저 딱 한 사람만 혼내 달라고 부탁한 것뿐인데.

죽은 병사들의 사진을 보는 아빠의 얼굴이 슬퍼 보였다. 자기도 뚱개와 싸우다 죽어서 메건 아줌마하고 결혼을 못 하거나 샌드위치 가게 주인이 못 될까 봐 걱정하는 걸까?

탕! 우리가 밖에 나왔을 때 총소리가 들렸다. 나는 깜짝 놀라서 하늘로 펄쩍 뛰었다.

"1시의 대포야."

아빠가 웃으며 말했다.

"그게 뭔데요?"

"예전에 이렇게 배에 시간을 알려 주곤 했어."

"시계가 없었어요?"

"옛날에는 없었지."

"1시라는 걸 알려 주려고 배에다 대포를 쐈단 말이죠?"

"바보 같기는. 포탄 없이 쐈지."

"배가 어디 있는데요?"

나는 에든버러 너머 바다를 둘러보며 물었다.

"이제는 없어."

이제는 없는 배를 향해 포탄이 없는 대포를 쏘다니. 스코틀랜드는 정말 이상한 곳이 확실했다.

아빠는 왕관의 보석, 육군 연대, 대포 등 성안의 모든 것에 대해 무척 흥미를 보였다. 자랑스러워하는 것 같았다. 내가 사는 게이츠헤드에도 자랑스러운 게 있나? 세이지 게이츠헤드는 꽤 멋진 공연장이고, 발틱 현대 미술관도 괜찮고, '북방의 천사' 조각상도 나쁘지 않다. 하지만 이것 빼고는 쇼핑센터뿐이었다. 쇼핑센터는 자랑거리라고 할 수가 없다.

성벽 옆에 서 있을 때 전화가 울렸다. 전화가 오리라고는 생각도 못 했기 때문에 집에 뭔가 나쁜 일이 생겼을까 봐 덜컥 겁이 났다. 하지만 엄마가 아니었다. 에이미였다.

"대니, 안녕?"

목소리만 들어도 이렇게 기쁠 줄은 몰랐다.

"에이미, 어떻게 지내?"

"좋아. 할머니는 좀 어떠시니?

"할머니, 뭐? 아, 할머니. 나아지고 계신 거 같아."

"다행이다!"

"비상 상황 아니면 전화기 못 쓰는 거 아니었어?"

"이게 비상 상황이지. 너랑 말하고 싶었거든."

씩 웃었다.

"선생님한테 뭐라고 했는데?"

"헤더링턴 선생님한테 엄마가 편찮으셔서 전화해야 한다고 했어."

에이미도 나처럼 약게 굴 수 있구나.

"꺽다리 데이브는 얌전하니?"

침묵이 뭔가 있다는 걸 말해 줬다.

"무슨 짓…… 했어?"

"평소랑 똑같지, 뭐."

나는 나쁜 말을 내뱉는 데이브의 얼굴을 상상할 수 있었다. 내 팔 길이가 300킬로미터가 넘어 꺽다리 데이브의 입을 한 대 칠 수 있다면 얼마나 좋을까. 내가 쓸모없게 느껴졌다.

"그냥 걔한테 가라고 하고, 혹시 무슨 짓을 하면 선생님한테 말해."

"난 괜찮아, 대니. 진짜 괜찮아."

에이미가 우리 엄마같이 되었다.

"돌아가면 해결할 거야."

내가 말했다.

"돌아온다고? 너 어딘데?"

"내 말은 에이미 네가 돌아오면."

"난 더 이상 문제가 안 생겼으면 해. 한 번만 더 데이브를 계단에서 밀면 너 퇴학당할 거야."

"내가 알아서 할게."

"제발 바보짓하지 마. 대니, 난 괜찮아. 어쨌든 나 지금 가야 해. 보트 탈 거야. 사랑해."

"나도 사랑해, 에이미."

침묵.

"너 먼저 끊어."

"아니, 너 먼저."

"그럼, 우리 동시에 끊자. 셋 세고 나서. 하나 둘 셋."

침묵.

"너 아직 거기 있지, 에이미?"

"응."

우리 둘 다 웃었다.

"나 진짜 간다."

딸깍. 이번에는 에이미가 정말 갔다.

또 다른 바람

에이미랑 나눈 얘기는 아빠에게 말하지 않기로 했다. 뭐라고 할지 뻔하다. 스스로 해결하라고 할 것이다.

에든버러 성을 나온 뒤 우리는 해안 쪽으로 가서 주차장이 있는 바닷가를 찾았다. 바람이 잔잔해서 바다가 팬케이크처럼 평평했다. 아빠와 나는 자갈을 몇 개 주워 물수제비를 했다. 내가 이겼다. 16 대 10.

"던지는 힘이 좋구나."

아빠가 말했다.

칭찬을 들으니 좋았다. 그럼, 칭찬은 고래도 춤추게 한다.

물수제비를 한 뒤 우리는 바닷가를 거닐다 미니 골프장을 발견했다.

"한번 해 볼래?"

"좋아요."

우리는 골프채 두 개와 점수표 그리고 개가 물어뜯은 듯한 공 두 개를 받았다. 나는 골프를 그다지 좋아하지 않지만, 정말 재미있었다.

4번 홀에서 아빠는 공을 너무 세게 쳐서 주차장까지 날아갔다. 나도 아빠와 마찬가지로 실력이 별로였다. 9번 홀에서 구멍에 공을 넣는 데 무려

여덟 번이나 쳐야 했다. 무슨 구멍이 바보같이 언덕 꼭대기에 있담? 하지만 12번 홀에서는 내가 아빠를 이겼다. 아빠는 풍차 안에 공을 넣느라 수백 번을 쳐야 했다. 한 번은 아빠가 너무 세게 쳐서 공이 바닷가로 날아가기도 했다. 나는 아빠한테 거기서부터 공을 치며 와야 한다고 주장했다.

"모래용 골프채가 필요해."

아빠는 바닷가를 가로지르며 공을 쳤다. 나는 그 모습을 보며 웃음을 멈출 수가 없었다.

맨 마지막 홀은 드래건 캐슬이었는데 진짜 까다로웠다. 공을 터널로 떨어뜨린 뒤 도개교(큰 배가 지나갈 수 있도록 열리는 다리)를 넘어야 했다. 수십 번을 시도해서 겨우 해냈다.

시합이 끝나고 아빠가 사무실에 채와 공을 반납했다. 아빠가 점수를 계산하는 동안 가랑비가 내리기 시작해서 처마 아래서 비를 피했다.

"월드 미니 골프 대결 결과는…… 스티비 97점, 대니 83점."

"좋겠네요."

나는 툴툴거렸다.

"어라, '좋겠네요.'가 뭐야? 이 째깐한 바보야, 네가 이긴 거야. 골프에서는 점수가 낮을수록 좋은 거라고."

"우아, 이겼다!"

나는 텔레비전에서 골프 선수들이 하듯 춤을 췄다.

나는 아빠와 즐거운 하루를 보냈다. 엄마에 대한 부탁 말고 바라는 게 또 생겼다. 아빠가 가까운 데 살아서 내가 보고 싶을 때 언제든지 볼 수 있는 것. 그러면 '스티비 아저씨' 말고 '아빠'라고 부를 텐데. 진짜 내 아빠. 그렇게 되었으면 좋겠다.

집으로 돌아갈 때 나는 아빠한테 물었다.

"엄마랑 합칠 생각은 없어요?"

"포프 팬이 레인저스를 응원하는 게 더 가능성이 있을걸."

무슨 뜻인지는 모르지만, 생각이 없다는 것 같았다.

"어쨌든 나에게는 메건이 있어. 네 엄마도 약혼자가 있고."

"엄마를 때리는 놈이에요."

"그만 좀 할래? 난 아무것도 안 할 거다. 다른 사람에게 이야기해."

아빠는 모른다. 엄마는 나에게조차도 말하려 하지 않는데.

더 이상 그것에 대해 이야기하지 않기로 했다. 아빠의 아파트에 돌아온 뒤 나는 엄마에게 전화를 걸었다. 엄마가 바로 받았다. 그건 좋았다. 하지만 엄마는 취해 있었다. 그건 나빴다.

"우리 멋진 대니 보이, 오늘은 어땠어?"

"좋았어, 엄마!"

"사랑해. 꼭 안아주고 싶다."

"여기 날씨가 어떤지 알고 싶어?"

나는 오늘 날짜 신문에서 일기예보 페이지를 폈다.

"아니. 날씨는 축구보다 더 지루해."

엄마가 딸꾹질을 시작했다.

"대니, 씻었니?"

"엄마, 종이봉투에 대고 숨 쉬어 봐."

"말도 안 되는 소리를 하는구나, 대니. 너 한잔했니?"

엄마가 이러는 건 싫었다. 뚱개가 옆에 있다는 걸 알아서 더 싫었다. 뚱개는 아마 더 취했을 것이다.

딸꾹.

"엄마, 숨 참아 봐."

"나 목욕하는 거 아니야. 난 수영 싫어해."

"엄마, 딸꾹질하잖아."

딸꾹.

"아, 그래. 나 딸꾹질하네."

그때 나는 온몸을 떨게 하는 소리를 들었다.

찰싹!

"엄마, 괜찮아?"

내가 소리쳤다.

"엄마, 무슨 일이야?"

소리가 이상해졌다. 엄마가 전화기를 떨어뜨린 것 같았다.

"엄마!"

엄마의 목소리가 들렸다. "왜 그랬어?" 뚱개의 목소리도 들렸지만, 뭐라고 하는지 알 수 없었다. 엄마가 다시 전화기를 들었다.

"아직 안 끊었니, 대니?"

"엄마, 괜찮아? 캘럼 아저씨가 엄마 때린 거야?"

"응. 그냥 내 딸꾹질을 멈추게 하려고 그런 거야."

하지만 전화기 너머로 엄마가 흐느낌을 참으며 말하는 소리가 들렸다.

"그렇게 나를 세게 때릴 필요는 없잖아."

아빠의 진심

목요일.

어젯밤 엄마랑 통화한 뒤 나는 정말 무서웠다. 더 나쁜 것은 이틀 뒤면 엄마가 살해당할 그 집으로 돌아가야 한다는 것이다. 아빠가 해결해 준다면 좋을 텐데. 하지만 이번 여행은 완전한 재앙이었다. 모든 것이 잘못되었다. 나는 아빠의 여자 친구를 쫓아 버렸지만, 아빠는 엄마의 남자 친구를 쫓아내 주지 않을 것이다. 아이러니하지 않은가? 게다가 껑다리 데이브를 어떻게 해야 할지도 아직 생각하지 못했다. 나는 정말 쓸모없는 놈이다.

자리에서 일어났다. 그래야만 했다. 소파가 불편해서 짜증이 나기 시작했다. 짧은 샤워를 하고 아침을 먹었다. 마지막 한 숟가락을 먹고 있을 때 아빠가 나타났다. 아빠는 부드러운 목소리로 전화하고 있었다.

"곧 이야기해, 자기야. 사랑해."

아빠는 전화를 끊고 토스트에 버터를 바르면서 휘파람을 불었다.

"메건 아줌마가 돌아온대요?"

"아마도. 폭풍이 지나간 것 같아."

아빠는 다시 휘파람을 불었다. 한 사람이라도 행복하니 다행이다.

"오늘은 뭐 하고 싶니, 얘야?"

"아무거나 상관없어요. 여기는 아빠 동네잖아요."

아빠는 내가 기분이 좋지 않다는 걸 눈치챘다.

"무슨 일이니?"

"아저씨가 엄마를 때렸어요."

"어젯밤에?"

"예, 엄마가 딸꾹질을 했거든요."

"등을 살짝 친 건 별거 아니야. 딸꾹질 멈추라고 다들 그렇게 해. 다치게 하려고 그런 건 아닐 거야."

"맞아요. 아빠가 메건 아줌마 등을 때릴 때도 아줌마가 목이 터져라 울겠네요. 걱정할 거 하나도 없고요."

아빠는 내 말이 머릿속에 들어가 '네 엄마는 나랑 아무 상관없어, 대니.'라는 말을 물리칠까 봐 겁이 나는 듯 시선을 돌렸다. 그러고 나서 쾌활한 표정을 지었다.

"난 내일이 되어야 월급을 받아. 그러니까 오늘은 산에 갈까?"

난 어깨를 으쓱했다. 산도 좋을 것이다. 그러면 엄마에게 어딘가에 걸어 올라갔다고 말할 수 있겠지. 내가 하기로 되어 있던 것처럼.

나는 에든버러를 벗어나는 동안 거의 말을 하지 않았지만, 아빠는 내 부탁을 안 들어주는 것에 대한 미안함을 털어내듯 쉬지 않고 말했다.

우리는 펜틀랜드 힐스 리저널 파크에 갔다. 아빠는 나무로 둘러싸인 주차장에 차를 세웠다. 주차장 뒤에 산이 있었다. 우리는 차에서 내려 산을 올라갔다.

"꼭대기까지 갈 거예요?"

"그냥 째깐한 산인데, 뭘."

어디가 째깐하다는 거지? 길은 갈수록 점점 가팔라져서 어떤 때는 곰처럼 네 발로 기어 올라가야 했다.

"엘리베이터는 어디 있어요?"

"엘리베이터는 꼬맹이나 노인이 타는 거야."

나는 산꼭대기까지 가는 동안 아무 말도 안 했다. 아니, 숨이 턱까지 차올라 말을 할 수가 없었다. 한참 만에 꼭대기에 도착했다. 나는 체육 시간에 아담 쿠퍼가 그러듯 헉헉댔다. 아담은 우리 학교에서 제일 뚱뚱한 아이다.

"자, 다 왔다. 케어케튼산 정상이야. 전망이 어때?"

아빠가 씩 웃었다. 난 평소 전망에 별로 신경 쓰지 않지만, 여긴 정말 멋지다는 걸 인정할 수밖에 없었다.

"끝내주네요."

산 위에는 바람이 미친 듯이 불어 댔다. 보이지 않는 손이 얼굴을 막 때리는 것 같았다.

"저기 에든버러 성이랑 포스 만 보이지? 그리고 저 큰 바위가 아서왕의 자리야."

"아서왕이 누군데요?"

"몰라. 하지만 누구든지 간에 엉덩이가 엄청 큰 건 확실해."

아빠도 웃길 수가 있구나.

"여기서 썰매 타면 좋겠는데요."

내가 말했다.

"맞아. 눈이 곧 올 거야."

돌무더기가 있었다. 나는 그 중에서 돌멩이를 한 개 가져가기로 했다. 아빠는 '째깐한 기념품'이라고 말하겠지. 우리는 경치를 보았다. 그게 다였다. 산에 올라가면 별로 할 게 없다. 상점도, 축구장도, 극장도 없이, 오직 경치만 있을 뿐이다.

옆구리가 쿡쿡 쑤셔서 우리는 천천히 내려왔다. 수십 번 미끄러지면서 스노 스포츠 센터에 도착했다. 스노 대신 '카펫' 센터라고 불러야 할 것처럼 사람들이 카펫 위에서 스키를 타고 있었다.

"나도 타도 돼요?"

"내가 보는 앞에서 네 다리를 부러뜨리게 할 수는 없어."

다른 아빠처럼 엄격하게 대답했다. 아빠 노릇을 한 적이 없는데도, 아빠가 뭘 해야 하는지 아는 것 같았다. 마음만 먹는다면 끝내주는 아빠가 될 텐데.

스키 타는 사람들을 보다가 우리는 카페로 들어갔다. 이렇게 자주 카페에 가 본 적이 없었다. 아빠는 나에게 소다를 사 주고, 자기는 커피를 샀다. 우리는 야외에 바람막이가 쳐져 있는 나무토막 위에 앉았다. 아빠가 생각지도 못한 말을 꺼냈다.

"좀 이상하게 들리겠지만, 대니. 한편으로는 네가 와서 기뻐. 가끔 네가 어떤 아이일까 궁금했거든."

"정말로요?"

"정말. 자주는 아니고 가끔. 네 엄마 생각을 한 적은 없지만, 네 생각은 가끔 했어."

아빠의 이 말은 포옹이랑 맞먹었다.

"나에 대해서 뭘 알고 있었는데요?"

"별로 없어. 하지만 이름은 알고 있었지."

"어떻게요?"

"누나가 말해 줬어. 내가 고른 이름은 아니야."

"내 이름이 맘에 안 들어요?"

"아니, 그렇지 않아. 하지만 난…… 아들이 생기면 스코틀랜드식 이름을 지어 주고 싶었거든. 프레져, 맬컴, 캘럼 같은."

아빠는 내 얼굴을 보고, 뭔가 이상하다는 걸 알아챘다.

"왜 그래, 대니?"

"지금 캘럼이라고 했잖아요. 그 사람 이름이에요, 캘럼 제프리스."

아빠는 자기가 실수했다는 걸 깨달았다. 하지만 우리 둘은 비겼다. 나는 '아빠'라고 불렀고, 아빠는 '캘럼'이라 했으니까.

"이리 와라. 집으로 돌아가자. 비가 올 거 같아."

아빠가 말했다.

"스코틀랜드에서 기상 캐스터가 되는 건 진짜 쉬울 거 같아요. 1년 내내 비가 옵니다. 안녕히 주무세요."

내가 말하자, 아빠는 미소를 지었다. 우리는 차로 달려갔다.

집에 오는 내내 기분이 좋았다. 아빠가 나를 생각했다고 말한 장면을 떠올리니, 에이미가 내 마음에 들어왔을 때처럼 기쁨이 차올랐다.

5시쯤 아파트에 도착했다. 나는 전화기를 들고 밖에 나가 엄마에게 전화했다. 벨이 울리는 동안 언제나처럼 걱정이 되었다.

"여보세요."

"엄마. 괜찮아?"

"그럼 괜찮지."

엄마가 말했다.

"등은 어때?"

"괜찮아."

엄마가 괜찮아서 다행이었다. 술에 취하지 않아서 마음이 놓였다. 엄마가 아직 살아 있어서 기뻤다.

"어제 왜 술 마셨어?"

"네가 상관할 일이 아니야."

엄마가 쏘아붙였다.

"내가 상관할 일이 아니라는 게 무슨 뜻이야? 내 엄마 일이잖아?"

나도 쏘아붙였다.

침묵.

"오늘은 뭐 했니?"

엄마는 로봇 같은 목소리로 말했다.

"엄마, 말 돌리지 마. 내가 오늘 뭐 했는지는 중요한 게 아냐. 중요한 거는 캘럼 아저씨가 엄마를 계속 때린다는 거야."

더 긴 침묵.

"오늘 호수를 산책했어. 엄마가 꼭 알고 싶다면."

"그랬니?"

"그리고 째깐한 산에 올라갔어."

젠장.

"너 지금 '째깐'하다고 했니, 대니?"

젠장, 젠장. 거짓말할 수 없었다. 엄마가 이미 들었다.

"그건 스코틀랜드 사투리인데. 너 어떻게 스코틀랜드 사투리를 써?"

머리야 빨리 생각해. 이 쓸모없는 덩어리야.

"어. 우리 반에 스코틀랜드 아이가 있어. 걔한테 배웠어."

"그게 누군데?"

젠장, 젠장, 젠장.

"새로 전학 왔어. 이름은 까먹었는데."

나를 계속 궁지에 빠지게 할 바보 같은 대답.

"그래서 내일은 일정이 뭐니?"

엄마가 물었다.

젠장, 젠장, 젠장, 젠장.

난 왜 엄마한테 매일 전화한다고 했지? 엄마에게 전화할 때마다 뭔가가 잘못되고 있는데.

"잘 모르겠어."

침묵.

"수다쟁이 씨가 하고 싶은 말이 그게 다야?"

"어."

"그럼 잘 자라, 대니."

"어, 엄마도."

엄마는 전화를 끊었다.

이번 주 처음으로 엄마는 '사랑해.'라는 말을 하지 않았다. 나는 엄마를 위해서 이러고 있는데 엄마는 내 말에 트집만 잡다니. 정문 옆에 쓰레기통이 있었다. 발로 찼다. 그리고 쓰레기통 뚜껑을 던졌다. 뚜껑이 길에 있는 차에 부딪쳐 차에서 경고음이 울렸다.

건물로 달려와서 문을 쾅 닫고 아빠의 아파트로 뛰어 올라갔다. 현관 문도 쾅 닫았다.

헉, 헉, 헉!

아빠는 차를 마시며 앉아 있었다.

"괜찮니?"

아빠는 상기된 얼굴로 숨을 몰아쉬는 나를 보았다.

"예, 아주 좋아요."

난 세계 최고의 거짓말쟁이다.

마지막 날의 고백

"대니, 오늘이 마지막 날이네. 잘 지내 보자, 응?"

아빠가 말했다.

아빠는 나를 고카트(어린이가 타고 노는 1인승 자동차) 타는 곳에 데려갔다. 그곳은 에든버러에서 꽤 떨어져 있었다. 아마 아빠의 삼촌이 나를 볼까 봐 그런 것 같았다. 이제 걱정할 날도 하루밖에 남지 않았다.

고카트 타는 곳은 한산해서 별로 마주칠 사람이 없었다. 아빠는 고카트를 아주 잘 탔다. 나는 아니었다. 빨리 달리는 게 싫었다. 뚱개가 살찐 발로 액셀을 밟는 모습이 떠올랐다.

"재밌었니?"

아빠가 고카트를 가져다 놓으며 물었다.

"나쁘지 않았어요."

냄새나는 헬멧을 벗어 테이블 위에 놓았다.

"코너를 돌고 나서 액셀을 밟는 걸 배워야 해."

"그러든지."

아빠는 내가 아직도 짜증이 나 있다는 걸 눈치챘다. 다음 주에 아빠는 샌드위치를 만들러 출근할 것이다. 나는 여자 친구를 괴롭히는 놈이 있는 학교와, 엄마를 때리는 엄마의 예비 남편이 있는 집으로 돌아가고. 에이미마저 없다면 돌아갈 의미가 없었다.

차에 탔지만, 아빠는 시동을 걸지 않았다. 시험 시간처럼 고요했다.

"대니……"

"왜요?"

"……네가 더 크면 나를 보러 와도 돼."

"얼마나 더 크면요?"

아빠는 차 좌석에서 몸을 꿈틀거렸다.

"글쎄…… 한 열여덟 살쯤?"

"왜 열여덟이에요?"

"그때쯤 되면 좀 나아질 테니까."

"왜요?"

"그냥 그럴 거야."

"하지만 3년도 더 남았잖아요."

"그렇게 먼 건 아니야."

"3년도 더 있어야 한다고요."

아빠는 핸들에 기대어 속삭이듯 말했다.

"대니, 너를 여기 있게 할 수는 없어. 내가 게이츠헤드로 돌아갈 수도 없고. 그런 거야. 그냥 기다려야 해."

"됐어요."

"나도 너를 도울 수 있으면 좋겠어. 정말이야. 하지만 그럴 수가 없어. 네가 원하는 건 해 줄 수가 없어. 입장을 바꿔 생각해 봐. 너라면 어떻게 하겠니?"

"그놈을 죽이겠지요."

아빠는 짧은 웃음을 터뜨렸다.

"너는 직업도 없고, 책임질 것도 없으니 그 일의 결과도 알 수 없겠지. 하지만 내 대답은 '할 수 없다.'야."

알고 있다. 계속 이야기할 필요는 없다.

"이제 그만 가요."

출발하기 전에 아빠는 몸을 숙여 내 손을 잡았다.

"네가 알았으면 하는 게 또 있어."

무슨 말이 나올지 알 수 없었다. 아빠 자신도 모르겠다는 표정이었다.

"난 지금까지 너에 대해 별로 생각해 보지 않았어. 하지만 이번 주 이후 나는 네 생각을 멈출 수 없을 거야."

아빠는 나를 보며 미소 지었다. 아빠의 눈은 고동색이었다. 나처럼.

대니 교활 크로프트

그날 밤 엄마랑 통화할 때 '째깐한' 같은 말을 하지 않으려고 진짜 조심했다. 다행히 성공했다.

"사랑한다, 대니."

"나도 엄마 사랑해."

엄마는 취하지 않았다. 겁에 질린 것 같지도 않았다. 보통 목소리였다. 나는 기뻤다. 하지만 그 기쁨은 오래가지 않았다. 1초 후에 엄마가 원자폭탄을 떨어뜨렸기 때문이다.

"내일 너 데리러 학교로 갈게."

혀가 묶여 버렸다.

"아, 아, 아니야. 괜찮아, 엄마. 나 혼자 집에 갈 수 있어."

"바보 같지 굴지 마. 바로 길 아래인데, 뭐. 우리가 데리러 갈게."

엄마가 말했다.

"하지만……."

"하지만은 없어, 대니. 네가 출발하는 걸 못 봤으니까 최소한 도착할 때는 거기 있을 거야. 그때 보자."

엄마는 전화를 끊었다.

세상에!

아빠의 아파트 밖 계단에 앉아서 어떻게 해야 할지 한참을 생각했다. 하지만 대부분 다 쓸모없었다. 나는 아파트로 터덜터덜 들어왔다.

"엄마는 괜찮니?"

아빠가 부루퉁한 내 얼굴을 보고 물었다.

"그런 거 같아요."

나는 아빠에게 무슨 일인지 말했다.

"별일 아니네. 내일 아침 일찍 기차를 타면 되지. 수학여행 버스보다 먼저 도착해서 학교 어딘가에 숨어 있다가 버스가 아이들 내려줄 때 쓱 끼어들면 되잖아."

내 얼굴은 모닥불처럼 환해졌다.

"와, 끝내주네요!"

나는 아빠하고 포옹을 했다. 아빠는 나를 꼭 안아 주었다.

아빠는 코트를 집어 들고 나가서 파이와 감자튀김을 사 왔다. 이번에는 실랑이가 없었다.

"너, 수학여행 안 간 거 들키지 않겠지?"

아빠가 길고 흐물흐물한 감자튀김을 입에 넣으며 물었다.

"내가 똑똑하게만 한다면요."

"이 녀석, 혹시 이름에 '교활'이 들어 있는 거 아냐?"

그래 맞다. '대니 교활 크로프트.'

잠시 후 아빠는 감자튀김을 먹다 말고 발을 끌며 걸어왔다. 그리고 나에게 팔을 둘렀다. 기분이 이상할 줄 알았는데 좋았다.

"이번 일주일은 우리 둘을 위한 시험이었어. 어때? 무사히 통과한 거 같니?"

"예, 통과한 거 같아요."

나는 아빠 쪽으로 몸을 돌렸다.

"우리 서로 편지 쓸까요?"

아빠는 파이 냄새가 나는 한숨을 쉬었다.

"안 돼. 너도 알잖아."

"이메일 보내고 삭제하면 돼요."

"그래도 안 돼."

주제를 바꾸는 게 낫겠다고 생각했다.

"메건 아줌마한테 연락 왔어요?"

"응. 토요일 저녁에 만나기로 했어."

"잘되었네요."

"끝내준다고 할 수 있지."

아빠가 나한테 다가왔다. 나는 다시 포옹할 거라 생각했다. 하지만 더 좋은 것을 했다. 아빠는 세 마디 말을 했다.

"잘 자라, 아들!"

이별

　스코틀랜드에서의 마지막 밤은 수학, 영어, 프랑스어가 한 번에 공격하듯 내 머릿속에서 마구 엉키는 바람에 제대로 잠을 자지 못했다. 온갖 꾀를 써서 아빠를 찾았지만, 앞으로 한동안 아빠를 보지 못할 것이다. 마치 생일 선물을 받았다가 아무 이유 없이 빼앗기는 것처럼 불공평해 보였다. 하지만 나는 아빠를 찾아냈고, 내 인생의 빈 공간이 채워졌다. 엄마, 아빠가 있는 우리 반의 다른 아이들처럼. 나는 스스로가 자랑스러웠다.

　자랑스러운 게 또 있다. 꺽다리 데이브를 처리할 좋은 방법이 생각났다. 아침에 나는 아빠한테 삼촌, 그러니까 나한테 큰할아버지인 코너 큰할아버지의 사진을 달라고 했다.

　"삼촌 사진으로 뭐 하게?"

　"그냥 좀 주세요."

　아빠는 방에 가서 옛날 사진을 가지고 왔다.

　"최근 사진 아니야."

　반바지를 입고 근육이 불룩한 모습의 코너 삼촌이었다.

　"딱 좋아요."

나는 사진을 가방에 넣었다.

"네게 줄 선물이 있다."

아빠는 부엌으로 가서 공을 가지고 와 나에게 던졌다.

"파이팅!"

"자, 갈 시간이다, 꼬마야."

나는 공을 가방에 넣은 뒤 코트를 집어 들고 계단을 마지막으로 내려 갔다. 우리는 아빠의 차를 타고 출발했다. 비가 오고 있어서 와이퍼가 자 동차 앞 유리를 쉭쉭 닦았다. 엔진 소리를 빼고는 조용했다. 라디오라도 켰으면 했다. 침묵이 소음보다 끔찍했다.

원형 교차로를 중간쯤 돌았을 때 아빠가 물었다.

"여기 와서 좋았니, 대니?"

어려운 질문은 아니었지만, 대답하기에는 충분히 어려웠다.

"그런 편이지요."

아빠를 만나서 기뻤지만, 메건 아줌마가 떠난 일과 아빠가 내 부탁을 들어주지 않겠다고 한 건 기쁘지 않았다.

"내가 와서 좋았어요?"

"그런 편이야. 그래, 네가 와서 기뻤어."

아빠의 얼굴에 작은 미소가 퍼져 갔다.

다시 침묵이 찾아왔다. 처음처럼.

이게 기차역에 도착할 때까지 우리가 말한 전부다. 할머니는 말이 없 는 나를 부끄럽게 생각할지도 모르겠다. 하지만 지금은 침묵하는 게 맞 는 것 같았다. 서로 말해야 할 것을 모두 다 말했으니까. 아빠가 주차장에 차를 세우자, 나는 차 트렁크에서 가방을 꺼냈다.

"기차까지 같이 갈까?"

고개를 끄덕였다.

"기차표 있니?"

다시 끄덕였다. 나는 이제 편도와 왕복이 뭔지 안다. 앞으로 몇 년 동안은 여기 오지 않을 거라는 것도 알고.

우리는 기차역으로 갔고, 아빠는 출발 시간표를 확인했다.

"10분 후에 뉴캐슬로 가는 기차가 있어. 수학여행 버스가 도착하기 전에 학교에 갈 시간 여유는 충분해."

우리는 플랫폼에 이르고 싶지 않은 듯 천천히 걸었다. 기차는 벌써 와 있었다. 나는 그때 보고 싶지 않은 장면을 보았다. 청년과 나이 든 아저씨가 나랑 에이미가 사람들이 없을 때 하듯 꼭 끌어안고 있었다. 이모 집에서처럼 울음이 터져 나왔다. 아빠는 나를 가는 팔로 감싸 안았다. 눈물이 더 쏟아졌다.

"이봐, 대니. 다 괜찮을 거야."

"아니에요. 아빠는 어떤 건지 몰라요. 그놈은 엄마를 계속 때릴 거고, 사이트에 나온 것처럼 결국 죽일 거예요. 그러면 난 혼자 남을 테고."

나는 코를 훌쩍였다.

"그런 일은 안 일어날 거야."

아빠는 단호한 목소리로 말했다.

"만약 또 그런 일이 생기면 경찰에 신고해. 경찰에 알려."

"일주일에 두 명씩 살해당하는 동안 경찰은 뭐 했는데요?"

아빠는 팔을 거두고 머리를 흔들었다. 나는 아빠를 쳐다보았다.

"아빠, 제발 도와줘요."

아빠는 몸을 굽혀 나와 눈높이를 맞추고 내 손을 잡았다. 사람들이 무슨 일인지 궁금해서 우리를 보고 있었다. 하지만 상관하지 않았다.

"대니, 넌 혼자서 여기까지 왔어. 너는 강한 아이야. 똑똑하고. 이제 용감해져야 해. 강해져라, 대니. 너를 위해서, 네 엄마를 위해서."

"엄마만이 아니라 아빠를 위해서도."

아빠는 내 머리를 자기 가슴으로 끌어당겼다. 다시 눈물이 쏟아졌다.

내가 타야 할 기차의 안내 방송 소리가 들렸다.

"런던 킹스 크로스 행 기차가 7번 플랫폼에서 곧 출발합니다."

아빠는 나를 꼭 끌어안았다. 할머니나 이모가 안아 주는 것과 달랐다. 기쁨과 슬픔 사이에 있는 포옹이었다. 나는 이렇게 영원히 포옹을 풀고 싶지 않았다. 하지만 기차가 출발할 때가 다 되었다.

아빠는 나를 놓아주었다. 나는 코트에 눈물을 닦았다. 아빠도 소매로 눈물을 닦았다. 아빠는 지갑에서 5파운드짜리 지폐를 꺼내 내 주머니에 넣어 주었다. 뚱개가 그렇게 할 때는 싫었다. 하지만 아빠는 싫지 않았다.

"강해져라, 째깐한 녀석아."

이렇게 약하게 느껴진 적이 없었다.

이만 가야 한다.

"아빠, 안녕."

나는 가방을 들고 기차에 올라탔다. 기차 안은 꽉 차 있었다. 아빠가 슬픈 얼굴로 플랫폼에 서 있는 걸 보고 싶지 않아서 나는 지난 일요일처럼 화장실 옆 바닥에 앉았다. 문이 닫히고, 호각 소리가 들렸다. 기차는 천천히 움직이기 시작했다. 그리고 점점 빨라졌다. 하늘이 뒤로 날아갔다. 에든버러는 사라졌다.

다시 집으로……

기차 옆으로 경주마 모양의 솜털 구름이 휙휙 스쳐 지나갔다.

기차는 '던바'라는, 내가 처음 들어본 곳에서 멈췄다가 다시 달렸다. 그러다가 아무 이유 없이 속도가 느려지더니 완전히 멈췄다. 일어나서 창문 밖을 보았다. 기차역도 아니고, 마을도 아닌 들판이었다. 기차를 많이 타 보지는 않았지만, 이런 들판에서 사람을 태울 리는 없다.

스코틀랜드 억양의 목소리로 안내 방송이 나왔다.

"승객 여러분, 열차가 지연되어 죄송합니다. 앞 열차에 결함이 생겼습니다. 자세한 상황은 알게 되는 대로 알려 드리겠습니다."

시계를 보았다. 10시 22분이었다. 수학여행 버스가 도착하려면 아직 시간이 많이 남았다. 다시 앉았다. 에이미가 어떻게 지냈는지 궁금했다. 에이미에게 전화 걸고 싶었지만, 전화기를 충전하는 걸 까먹었다. 에이미가 꺽다리 데이브 때문에 속상한 일이 없었기를. 꺽다리 데이브가 에이미를 괴롭혔다면 녀석을 처리할 계획을 세워 두었다. 녀석이 영원히 떨어져 나가게 만들 계획이었다.

기다림은 계속되었다. 시계를 다시 보았다. 10시 51분. 아빠 집 앞 담에 앉아서 기다릴 때와 같았다. 일어나서 다시 창밖을 보았다. 소들이 고개를 숙이고 풀을 먹고 있었다. 그걸 보니 배가 고파졌다. 초코바 같을 걸 사 올걸. 돈이 없는 것도 아닌데. 사람들이 음식이 든 봉투를 들고 지나가는 걸 보았다. 가서 뭘 좀 사 올까 했다가 마음을 바꾸었다. 이 자리를 잃고 싶지 않고, 누가 내 가방과 축구공을 슬쩍하는 것도 싫었다.

여기가 어디쯤인지 궁금했다. 비행기를 타고 스페인에 갈 때는 의자 앞에 있는 안내 화면 지도에 우리가 얼마나 갔는지 작은 비행기로 보여 주었다. 기차도 그렇게 해야 한다. 내가 아는 건 지금 이 기차가 움직이지 않고 서 있다는 것이다. 나쁜 생각이 들기 시작했다. 만약 버스가 나보다 먼저 도착하면 어쩌지? 내가 버스에 없다는 걸 알면, 엄마는 가출했다고 생각하고 경찰에 신고할 것이다. 당연히 엄마는 그럴 것이다.

스코틀랜드 억양이 다시 들렸다.

"승객 여러분 열차가 지연되어 죄송합니다. 앞 열차의 오작동으로 인하여……"

왜 안 움직이는지 말해 주세요. 소를 보려고 기차표를 산 게 아니에요.

처음에는 결함, 이번에는 오작동. 결국 망가졌다는 걸 그럴 듯하게 표현한 것뿐이다. 이번 주에 일어난 일 정도로 충분하지 않다는 듯 기차까지 말썽이었다. 전화기를 빌려 엄마에게 전화할 수도 있지만 뭐라고 말하지? 기차에서 꼼짝 못 하고 있다고? 레이크 디스트릭트에서 오는 기차라고? 엄마는 깜짝 놀라서 묻겠지. 언제 거기까지 가는 기차가 생겼어?

나는 좌절감에 화장실 문을 쾅 쳤다.

"뭐야?"

안에서 목소리가 들렸다. 이러다 덩치 큰 스코틀랜드 사람이 나와서 나를 한 대 칠 수도 있다.

나는 일어나서 좁은 공간을 걸어 다녔다. 기차가 움직이지 않는데도 아무도 신경 쓰지 않는 것 같았다. 음식을 사거나, 이야기를 하거나, 음료를 마시거나, 음악을 들었다. 여기 있는 사람 중 엄마에게 거짓말한 사람은 아무도 없을 것이다. 가면 안 되는 곳에 갔던 사람도 없고, 엄청 혼날 사람도 없고.

기차는 여전히 멈춰 있었다.

내 남은 인생을 소목장 옆에서 보내겠구나 생각했을 때 기차가 약간씩 움직였다. 객실에서 탄성이 터져 나왔다. 기차는 점점 빨라졌다. 하지만 미친 듯 뛰는 내 심장보다 빠르지 않았다.

나는 도저히 시계 볼 수가 없었다. 하지만 시간을 확인해야 했다.

12시 2분. 젠장!

"뉴캐슬까지 얼마나 남았는지 아세요?"

나는 맥주 캔을 들고 바닥에 앉아 있는 남자에게 물었다.

"한 시간 정도."

남자는 취기 어린 미소를 지었다. 나도 웃을 수 있다면 얼마나 좋을까?

"왜? 늦었니?"

남자는 맥주 때문에 혀 꼬부라진 소리로 물었다.

"예."

"경기?"

뉴캐슬 유나이티드가 오늘 홈경기를 하는지도 몰랐다. 이럴 수가.

"경기 보러 가는 거 아니에요."

"왜 안 보러 가는지 알겠다."

나는 이 남자랑 이야기하고 싶지 않았다. 주정뱅이를 상대하는 건 지긋지긋했다. 나는 절대 제시간에 학교에 가지 못할 것이다. 엄마에게 뭐라고 말해야 하나 생각했다. '호수에 가기 싫어서 스코틀랜드로 갔어요.' 그러면 엄마가 묻겠지. '스코틀랜드 어디?' 그럼 나는 '에든버러요.' 그러면 엄마는 말할 것이다. '거기 네 아빠가 사는 곳이지? 그렇지?' 나는 고개를 끄덕일 테고, 엄마는 내가 왜 그랬는지 말하라고 할 것이다. 그러면 집은 지금보다 더 최악이 되겠지. 엄마는 나에게 소리를 지르고, 내가 열여덟 살이 되어도 아빠를 만나지 못하게 할 것이다.

나는 에이미가 믿는 신에게 기도하기 시작했다. 기차가 고장 나서 내가 집으로 돌아가지 못하기를 빌었다. 하지만 웃기는 건, 내가 나쁜 일이 생기기를 바랄 때는 절대 그렇게 되지 않는다는 거다. 기차는 점점 빨리 달리는 것 같았다.

다시 스피커에서 남자의 목소리가 들렸다.

"다음은 뉴캐슬 역입니다. 다음은 뉴캐슬 역입니다."

네, 들었어요, 들었어. 스코틀랜드 아저씨.

나는 일어나서 창밖에 지나가는 조르디 스타일의 집들을 보았다. 내가 타인사이드에 온 걸 싫어하리라고 생각해 본 적은 한 번도 없었다. 하지만 지금은 그랬다. 세인트 제임스 공원을 찾아보려 했다. 만약 찾는다면 행운이 있을 거라 생각하면서. 하지만 못 찾았다. 공원은 건물에 가려 보이지 않았다.

다시 시계를 보았다. 1시 6분이었다. 지금쯤 버스는 가방을 들고 서로 툭툭 치며 웃는 아이들을 내려주고 있을 것이다. 에이미도 거기서 부모님을 만나 포옹하고 있겠지. 하지만 엄마랑 뚱개는 포옹할 사람이 없을 것이다. 엄마는 두리번거리면서 나를 찾을 테고.

"대니. 누구 대니 본 사람 없니?"

엄마는 겁에 질린 목소리로 소리치겠지.

"대니요? 대니는 여기 없어요."

헤더링턴 선생님은 혼란스러워하며 말할 테고.

"여기 없다니 그게 무슨 말이에요?"

"대니는 수학여행 같이 안 갔어요. 할머니 집에 간다고 했는데요."

엄마는 얼굴이 괴상한 색으로 변해 주저앉을 것이다. 할머니에게 전화하고 내가 거기 없다는 것도 알게 되겠지. 그러면 경찰에 신고할 것이다. 내가 나타나면 엄마는 처음에는 기뻐하겠지만, 곧 화를 내겠지. 뚱개에게 나를 때려 주라고 하고, 엄마도 때릴 거다. 생각만으로도 토할 것 같았다.

기차가 멈췄다. 나는 가방을 들고 문 쪽으로 갔다.

"조르디 꼬마야, 잘 가라."

맥주 마시던 남자가 말했다.

대꾸도 안 했다. 그저 가방을 들고 기차에서 내려 중앙역을 가로질러 터벅터벅 걸었다. 뛰지도 않았다. 이미 늦어서 의미가 없었다. 나는 봉투를 확인해 봤다. 100파운드 넘게 있었다. 다시 에든버러로 가기에 충분했다. 하지만 그건 바보 같은 생각이다. 나는 택시 타는 데로 갔다.

"어디 가야?"

택시 기사가 물었다. 우리 지역 사투리를 다시 들으니 좋았다. 곧장 학교로 갈까 하다가 마음을 바꾸었다. 지금쯤 모두 집에 갔을 것이다. 집 주소를 알려 주었다.

말하고 싶지 않았는데, 택시 기사가 계속 말을 시켰다.

"어디 다녀와야?"

한숨.

"스코틀랜드요."

"스웨티(스코틀랜드 사람을 비하해서 부르는 말)랑?"

아저씨가 무슨 말을 하는지 이해할 수가 없었다.

"아님 너 혼자?"

이번에 아저씨는 백미러로 나를 보면서 물었다. 고개를 끄덕였다.

"너 혼자 가기에는 먼데. 부모 만나러 갔다야?"

내가 이렇게 말할 줄을 몰랐다. 하지만 말했다.

"아빠 만나러 갔었어요."

"좋았다야?"

"예. 좋았어요."

이건 거의 사실이다.

기사 아저씨는 더 말하지 않았다. 아마 내가 대답하지 않을 거라고 생각한 모양이다. 타인강을 건너 10분쯤 뒤에 뚱개의 집에 도착했다.

"다 왔다, 야야."

집 앞에 뚱개의 차가 보이지 않았다. 아직도 학교에 있나 보다. 나를 찾으면서, 기다리면서, 무슨 일인지 궁금해하면서. 엄마는 나랑 전화가 되지 않으니 무슨 일인지 알아내고 있을 것이다. 나는 집 앞에서 엄마가 돌아오기를 기다리려고 했지만, 그러면 엄마가 더 화낼 것 같았다.

"다른 곳으로 가도 될까요?"

"그럼. 스코틀랜드처럼 멀지만 않다면야."

택시 기사에게 학교로 데려다 달라고 했다.

"학교 닫았어야. 오늘 토요일이야."

"그냥 좀 데려다주세요, 예?"

아저씨는 어깨를 으쓱했다.

"네 돈이니까."

나는 에든버러에서 여기까지 올 때가 최악이었다고 생각했다. 틀렸다. 지금이 최악이다. 엄마랑 뚱개에게 가는 중이기 때문이다. 나는 머릿속으로 기도했다. 기적의 신에게, 나를 구해 달라고.

몇 분 후 차가 학교 쪽으로 코너를 돌자 나는 눈을 감았다. 눈을 뜨면 뭐가 보일지 뻔하다. 레인지로버 자동차 한 대와 그 옆에서 손톱을 물어 뜯으며 버스에서 내리지 않은 아이를 찾는 두 사람.

"야야, 다 왔다."

택시 기사가 말했다.

"너를 위한 환영회라도 있나 보다야."

나는 눈을 번쩍 떴다. 눈앞의 상황을 믿을 수가 없었다. 길 양쪽에 차들이 서 있고, 차 옆에 많은 사람들이 있었다. 나는 이게 꿈은 아닌지 눈을 비볐다. 아니었다. 현실이었다. 수학여행 버스는 안 보였다. 아빠랑 엄마들만 잔뜩 있었다.

"여기 세울까야?"

택시 기사가 속도를 줄였다. 엄마랑 뚱개 옆에 세우면 안 된다.

"아뇨, 좀 더 가 주세요."

에든버러에서처럼 나는 몸을 푹 수그리고 위쪽을 살짝 훔쳐보았다. 둘이 보였다. 뚱개가 먼저—뚱개의 배는 절대 놓칠 수가 없다.—보였고, 엄마가 전화기를 들고 있는 게 보였다.

"조금만 더요."

둘 옆을 지나갈 때 들키지 않도록 나는 밑으로 몸을 숙였다. 몇 초 후에 나는 몸을 일으켜서 뒤를 보았다. 뚱개는 이제 작게 보였고, 엄마는 손톱만 하게 보였다. 안전하다!

"여기 세워 주세요."

택시 기사가 차를 세웠다.

"고맙습니다!"

나는 택시비와 팁을 주었다. 엄마가 그렇게 하는 걸 봤다. 사람들이 나한테 욕하지 않게 하려면 그렇게 해야 한다. 가방을 들고 내렸다.

"조심해라야."

물론이죠.

택시가 가고, 나는 온통 녹슨 차 옆에 있는 아줌마, 아저씨에게 갔다.

"무슨 일이에요?"

"모르겠다."

아줌마가 담배를 피면서 말했다. 아줌마 주변은 연기로 가득 차 있어서 마치 불 속에 있는 것 같았다.

"버스가 고장 난 게 틀림없어. 한참 전에 도착했어야 했는데."

아저씨가 말했다.

좋아! 좋아! 좋아!

챔피언 리그 결승전에서 뉴캐슬이 승리의 골을 넣은 것과 맞먹었다. 아니 더 좋았다. 오래간만에 좋은 소식이었다. 기차가 늦었지만 버스는 더 늦었다. 엄마랑 뚱개는 내가 버스에 있다고 생각할 것이다. 버스를 타고 온 것처럼 꾸며야 했다. 내가 가방을 들고 걸어오는 걸 본다면, 어떻게 버스보다 빨리 왔는지 궁금해할 것이다.

버스는 보통 학교 정문 옆 놀이터에 서니까 거기서 오는 것처럼 보여야 한다. 학교 운동장을 크게 돌아가기로 했다. 길로 내려가다가 10학년 학생이 펜스에 만들어 놓은 구멍으로 들어가서 학교 뒤쪽 축구장을 가로질러 전에 불났던 과학실 옆으로 돌았다. 쇠 쓰레기통 옆에 기다릴 만한 공간이 있었다.

오래 기다리지 않았다. 20분 정도 지나자 버스가 나타났다. 내가 생각한 대로 주차장으로 와서 학교 앞에 섰다. 몇 초 후 아이들이 내리기 시작했다. 움직일 시간이다. 나는 가방을 들고 길에서 보이지 않도록 버스 옆으로 걸었다. 아이들이 버스 계단을 뛰어 내려오고 있었다. 아이들 틈으로 재빨리 끼어들었다. 내가 겨우 두 발짝 걸었을 때 누가 내 어깨를 두드렸다.

"대니?"

몸을 돌렸다. 에이미였다. 일주일 동안 야외에 있어서 온통 발갛게 탔다. 할 말이 없었다. 내가 겨우 생각한 것은 '안녕!'이었다.

"너 여기서 뭐 해?"

"어…… 너 오는 거 마중하려고."

"대니, 너 정말 다정하다. 근데 가방은 뭐야?"

재빨리 생각했다. 천천히 잘 생각했어야 했는데.

"쇼핑을 좀 했어."

에이미는 이상한 듯 쳐다봤다.

"쇼핑이라고? 너 쇼핑 싫어하잖아."

"엄마 거 좀 살 게 있어서."

"할머니는 어떠셔?"

"할머니? 어, 많이. 그래, 많이 나아지셨어. 거의 다 나았어."

에이미는 포옹하고 싶은 듯 앞으로 가까이 다가왔다. 나도 에이미를 안고 싶었지만 그럴 수 없었다. 학교에서는 안 되었다.

"그 녀석은 어땠어?"

내가 물었다. 에이미는 놀이터 너머로 한 아이한테 헤드록을 건 채 느릿느릿 걸어가는 껑다리 데이브를 보았다.

"쟤 완전 멍청이야. 내가 다 이야기해 줄게. 하지만 지금은 안 돼."

에이미는 재빨리 내 손을 잡았다.

"엄마랑 아빠가 너무 오래 기다리셨어. 나중에 전화할게."

"그래, 잘 가, 에이미."

"사랑해."

에이미가 입 모양으로 말했다.

"나도 사랑해."

에이미는 서둘러 갔다.

나는 내가 어디 갔었는지, 아니면 토요일에 학교에서 뭐 하는 건지 누가 묻지 않기를 바라며 재빨리 길 쪽으로 걸어갔다.

아무도 묻지 않았다.

엄마가 나를 먼저 보고, 활짝 웃으며 길을 건넜다. 엄마가 가까이 왔다. 나는 엄마의 얼굴에 상처가 있는지 보았다. 아무것도 보이지 않았다. 상처가 있다 해도 엄마가 화장으로 감쪽같이 감췄을 것이다.

"오, 대니. 보고 싶었어."

엄마가 나를 포옹했다. 아빠처럼 꼭 안지는 않았지만 좋았다.

"나도, 엄마."

포옹이 끝나자 뚱개가 뒤뚱거리며 걸어와서—물론 미소를 띠고—뚱뚱한 손으로 내 머리를 문질렀다.

"좋은 여행이었니, 장군?"

장군 어쩌고 하지 말라고요.

"예, 나쁘지 않았어요."

뚱개는 내 코트 주머니에 지폐 두 장을 쑤셔 넣었다. 세상에, 난 부자가 되었다.

"그게 뭐니, 대니?"

"뭐가?"

엄마는 내 셔츠 주머니에서 5파운드짜리 스코틀랜드 지폐를 꺼냈다. 엄마는 지폐를 한 번 보고, 다시 나를 보았다.

"길에서 주웠어."

"스코틀랜드 돈을? 레이크 디스트릭트에서?"

"맞아. 레이크 디스트릭트에는 블랙풀(영국 랭커셔주에 있는 항구도시이자 관광지로, 레이크 디스트릭트와 가깝다.)에서 오는 스코틀랜드 사람들이 많을걸. 아마 글래스고(영국 스코틀랜드 지역의 중심 도시)에서 저 돈을 찾으러 수색대를 보냈을지도 모르겠네."

뚱개가 말했다.

엄마는 지폐를 내 주머니에 다시 넣었다. 하지만 끝이 아니었다.

"왜 이렇게 늦게 온 거니?"

"버스가 고장 났어."

"왜 전화 안 했어. 얼마나 오래 기다렸는데."

"전화기에 배터리가 없었어."

아마 지난 일주일 동안 엄마에게 말한 것 중 유일한 진실일 것이다.

엄마는 집에 가는 길에 이것저것 물었다. 너무 많지도, 너무 어렵지도 않은 질문이었다. 엄마는 아마 매일 밤 나에게 물어볼 것이다. 나는 엄마 얼굴을 자세히 보았지만 아무것도 보이지 않았다. 뚱개가 엄마를 화요일에 때렸다면 지금쯤 모든 자국이 다 없어졌을 것이다. 나는 냄새도 맡아 보았다. 술 냄새도, 소독약 냄새도 나지 않았다. 뚱개가 때렸던 엄마 등에 멍이 크게 들었을 것이다. 하지만 나는 그걸 보지 못하겠지. 엄마가 일주일을 살아남은 게 그저 기뻤다.

뚱개는 속도를 냈지만 아무도 그 사람에게 대들지 않았다. 뚱개는 주차를 하고, 엄마와 나는 집으로 들어갔다. 나는 이 층에 올라가서 침대에 앉았다. 가방에서 공을 꺼내 골키퍼가 하듯 꼭 껴안았다. 기분이 좋았다.

문이 열리고 엄마가 들어와서 내 옆에 앉았다. 엄마가 공을 보았다.

"이거 새 거니?"

"어, 상점에서 샀어."

"너 공 있잖아."

"이게 더 좋은 거야."

"비싸 보이네."

"그렇게 비싼 건 아냐."

나는 잘 알지 못하면서 그렇게 말했다.

"너 괜찮니, 대니?"

"어."

"전화로는 괜찮아 보이지 않던데. 거리가 느껴졌어."

"멀리 있었잖아."

"내 말이 무슨 뜻인지 알잖아."

엄마는 이불 위를 손톱으로 긁었다.

"대니, 우리는 노력하고 있어."

"전화할 때 캘럼 아저씨가 엄마 때렸잖아. 엄마를 울게 만들고."

"아니. 캘럼은 내가 뭔가 잘못했을 때 화를 내는 거야."

"딸꾹질은 잘못이 아냐."

"멈추게 하려고 그런 거야."

나는 시선을 돌렸다. 처음으로 엄마가 창피했다. 나는 엄마가 세상에서 제일 좋은 엄마라고 생각했다. 항상 똑똑하고 옳은 일을 한다고. 하지만 내가 틀렸다. 엄마는 그저 내가 엄마 말에 동의하기만 바랄 뿐이다. '네, 네, 엄마.' 하면서. 하지만 나는 그러지 않을 것이다. 절대로. 왜냐하면 나는 엄마가 모르는 것을 알고 있기 때문이다. 나는 진실을 알고 있다. 엄마는 보려고 하지 않는 진실을.

엄마는 일어나서 문으로 걸어갔다.

"너는 엽서 안 보냈더라."

에든버러에서 보내 온 엽서라니. 아마 엄마는 시리얼을 먹다가 목에 걸렸을 것이다.

"어, 그냥 안 보냈어."

수학여행 뒷이야기

그날 밤에 에이미에게 전화를 걸어 껑다리 데이브가 어땠는지 물었다. 좋지 않았다.

"버스를 탈 때면 항상 내 옆에 앉으려고 하고, 선생님이 보지 않을 때는 키스하거나 만지려고 했어. 진짜 엄청 골칫거리였어."

"왜 선생님한테 말 안 했어?"

"내가 알아서 할 수 있어, 대니."

아무도 나에게 도움을 청하지 않는다.

"에이미."

"데이브를 피하면 돼."

"우리 반인데 어떻게 피해?"

"난 걔한테 마지막 경고를 할 거야. 정말 나쁜 짓을 하면 브라이턴 교장 선생님한테 말할 거고."

"아빠한테 도와 달라고 하면 어때?"

"뭐? 열네 살짜리를 협박하라고?"

"아니, 열네 살짜리의 아빠를 협박하는 거지."

"그렇게 해서 전쟁이 벌어지는 거야."

"네가 아무것도 안 한다면 내가 할 거야."

"제발 바보 같은 짓 하지 마, 대니."

"내가 바보 같은 짓을 한다고? 말도 안 돼."

에이미가 나를 귀찮아할 거라는 생각은 해 본 적이 없다. 그런데 지금은 그랬다. 다른 사람처럼 에이미는 내가 하는 말을 들으려 하지 않았다. 내 말이 쓸데없는 것처럼.

하지만 나는 이제 마음을 돌릴 곳이 생겼다. 스코틀랜드. 그곳에서 좋았던 것들을 생각했다. 아빠, 미니 골프, 피시앤칩스, 물수제비, 카페, 사자, 성, 공차기. 또 싫었던 것들도 생각했다. 비, 이상한 사투리, 고카트, 느린 기차, 가파른 산, 스코틀랜드 축구, 울퉁불퉁한 소파. 좋았던 게 8, 싫었던 게 7. 나쁘지 않았다.

스코틀랜드에서 있었던 일 중 내가 가장 많이 생각하는 것은 아빠였다. 내가 열여덟 살이 되어 아빠를 만나면 아빠는 서른넷일 것이다. 어쩌면 그때는 아빠도 다른 아빠들처럼 배가 나오고, 귀에 털이 난 대머리일지도 모른다. 나도 달라져 있을 것이다. 키도 크고, 아르바이트도 하고, 콧수염도 기르고. 팔에 에이미 문신을 했을지도 모른다. 하지만 엄마는 옆에 없을 것이다. 뚱개는 살인으로 감옥에 있겠지.

월요일에 학교에서 나는 수학여행에 대한 이야기를 많이 들었다. 엄마가 물어본다면 제대로 대답할 수 있을 정도였다.

스튜어트 마틴과 콜린 더핀은 사라진 감자칩 한 봉지를 두고 싸웠다고 한다. 스튜어트는 콜린이 감자칩을 슬쩍했다고 하고, 콜린은 아니라고 하고. 둘이 화장실에서 치고받고 싸우다가 스튜어트가 이빨 하나를 삼켰다. 선생님들이 둘을 떼어 놓고 10분 후에 스튜어트의 가방 밑에서 감자칩이 나왔다. 토빈 선생님은 스튜어트에게 사과하라고 시켰다.

제이미 케번디쉬는 호수에 빠졌다고 한다. 제이미가 엄청 잘난 척을 하자, 아이들은 제이미가 멀리 떨어진 돌까지 뛸 수 없다는 데 5파운드를 걸었다. 제이미는 할 수 있다며 올림픽 선수처럼 펄쩍 뛰었지만 돌까지는 턱없이 모자랐다. 아이들이 거의 한 시간 동안이나 웃어 댔다고 배리가 얘기해 주었다.

토니 헤스킬은 미셸 아서의 추리닝 상의를 더듬다가 걸렸다고 한다. 가려워서 토니에게 긁어 달라고 한 거라고 미셸이 둘러 댔지만, 펜스포드 선생님은 가려운 곳이 등이었다면 모를까 말도 안 된다고 했다. 결국 둘은 벌을 받았다.

케빈 니랜드는 산에 올라가다가 바위 위에 서서 소변을 보았다. 그런데 바위가 미끄러워서 넘어지고 말았다. 케빈은 바지를 적시고, 발목도 삐고, 팔목도 부러졌다. 전화기가 없어서 아무도 사진을 찍지 못해 안타까웠다고 한다. 만약 사진이 있었다면, 백만 뷰는 찍었을 텐데.

제이슨 글레노치와 하이디 로즈는 밤에 몰래 빠져나갔다. 제이슨은 끝까지 갔다고 했고, 하이디는 아니라고 했다. 아마도 제이슨 말이 맞을 것이다.

여기까지가 큰 사건이었다.

방귀 뀌고, 코 골고, 여기저기 움직이고, 잠꼬대하는 바람에 모두들 제대로 잠을 못 잤다는 사소한 이야기도 들었다. 또 몹시 춥고, 무지 지루했고, 지리과 펙 선생님이 빙하에 대해 설명해 준 이야기는 아무도 기억하지 못했다.

이제 꺽다리 데이브와 이야기할 시간이다. 나는 쉬는 시간에 거들먹거리며 놀이터를 걷고 있는 데이브를 발견했다.

"야, 데이브."

내가 소리쳤다. 데이브는 멈췄다가 몸을 돌려 마치 고릴라처럼 팔을 덜렁거리면서 나에게 걸어왔다.

"뭔데, 크로프트?"

"에이미 좀 내버려 둬."

"에이미 좀 내버려 둬."

데이브는 마치 헬륨 가스를 마신 듯한 목소리로 똑같이 따라 말했다. 그리고 나에게 얼굴을 가까이 댔다.

"너 지금 헛수고하는 거야. 에이미는 내가 뭐든 할 수 있게 해 주는걸. 넌 꿈도 못 꾸는 일들 말이야."

"에이미는 그렇게 말하지 않던데."

나는 최대한 목소리가 갈라지지 않게 말했다.

"네가 에이미를 그냥 두지 않으면, 난 이 사람보고 널 혼내 주라고 할 거야."

나는 떨리는 손으로 주머니에서 아빠의 코너 삼촌 사진을 꺼내서 보여 줬다. 데이브는 사진을 노려보았다.

"이 뚱뚱한 놈은 누굴까?"

"뚱뚱한 게 아니라 근육이야. 코너 삼촌은 권투 챔피언이거든."

나는 데이브가 사진 속 사람이 에든버러에 있다는 걸 모르길 바랐다. 그리고 사실 내 삼촌도 아니라는 것도 모르길.

사악한 웃음이 꺽다리 데이브 얼굴에 퍼졌다.

"권투하는 네 캥거루 삼촌 따위엔 눈 하나 깜빡 안 해. 우리 형은 군인이거든. 가라테(옛날 중국 소림사 승려들이 호신술로 쓰던 무술이 일본 류큐섬에 전해져 정착된 일본식 권법) 검은 띠."

꺽다리 데이브는 코너 삼촌의 사진을 갈기갈기 찢었다. 그러고 나서 웃으며 걸어갔다.

털어놓은 비밀

엄마는 수학여행에 대해 더 이상 묻지 않았다. 학교에서와 똑같다. 답을 알고 있을 때는 절대 물어보지 않는다. 꼭 답을 모를 때만 물어본다. 어쩌면 나랑 이야기하는 게 지긋지긋해서 그럴지도 모른다. 나는 엄마에게 똑같은 질문을 하고, 엄마는 똑같이 바보 같은 대답을 한다.

하지만 엄마가 줄기차게 말하는 게 딱 한 가지 있다. '결혼식.'

"대니, 네가 결혼식에서 시동을 해 줬으면 해."

"시동? 그게 뭔데?"

"결혼반지가 놓인 작은 쿠션을 들고 오는 걸 해 달라는 거야."

뚱개가 끼어들었다.

둘의 얼굴에는 이게 무척 중요한 일이라고 쓰여 있었지만, 나에게는 세상에서 제일 하찮은 일이었다. 엄마는 아이를 낳은 남자랑 결혼하지 않고 자기를 때리는 남자와 결혼하려 한다. 나는 화가 났다.

"싫어."

내가 말했다.

"대니, 우리는 네게 결혼식에 참여할 수 있는 좋은 기회를 주는 거야."

엄마가 가르치는 목소리로 말했다.

"나는 그냥 보기만 할래."

나는 방으로 뛰어갔다. 엄마는 따라오지 않았다. 뚱개도 마찬가지였다. 어떻게 해도 내가 그 바보 같은 결혼반지를 들지 않을 걸 아는 듯했다.

하지만 엄마만 문제가 아니었다.

어느 날, 방과 후에 나는 에이미와 맥도널드에 갔다.

"무슨 일이야, 대니?"

에이미가 내 손을 잡으며 물었다.

"선생님한테 껑다리 데이브에 대해 이야기해야 해."

내 대답에 에이미는 손을 뺐다.

"내가 몇 번이나 말했잖아. 내가 알아서 한다니까."

"만약에 걔가 혼자 해결할 수 없는 애를 괴롭히면 어쩔 건데, 응? 괴롭힘을 당하다 스스로 목숨을 끊을 수도 있다고."

"우리 다른 이야기하면 안 돼?"

"안 돼. 이 이야기를 해야 해, 에이미. 문제는 절대 저절로 해결되지 않아. 우리 학교에는 학교 폭력에 대한 규칙이 있어."

"이건 학교 폭력이 아니야. 그냥 좀 짜증 날 뿐이라고."

"폭력 맞아. 처음엔 다 이렇게 시작되는 거야."

"뭐가 그렇게 시작된다는 건데?"

에이미에게 말하고 싶지 않았다. 절대로. 하지만 엄마에게 일어난 일이 에이미에게도 일어나는 걸 원치 않았다. 아무것도 하지 않으면 어떤 일이 일어날 수 있는지 알려 주고 싶었다.

"가정 폭력."

"뭔 말이야?"

에이미에게 말할 시간이다.

"캘럼 아저씨가 엄마를 때려."

에이미가 먹던 햄버거를 내려놓고, 입을 헤 벌린 채 나를 보았다.

"때린다고? 어떻게? 왜? 언제?"

같은 질문이 몇 달 동안 내 머릿속을 괴롭혔다. 나는 더 이상 숨기지 않았다. 캘럼 아저씨가 엄마에게 한 짓을 모두 에이미에게 이야기했다.

충격, 당황, 슬픔이 동시에 보이는 게 가능하다고 생각하지 않았다. 하지만 에이미의 얼굴이 바로 그랬다. 에이미는 햄버거를 밀어냈다.

"끔찍하다, 대니. 너무 끔찍해. 정말 안 됐다. 너무 힘들었겠다."

"생각보다 더 끔찍해."

에이미는 살짝 놀란 얼굴로 나를 보았다.

"수학여행?"

"그게 뭐?"

나는 침을 꿀꺽 삼켰다.

"너가 뭐 했는지 알았다."

에이미는 엄마처럼 마음을 읽은 게 틀림없다. 내 비밀이 탄로 났다.

"너 할머니 때문에 남았던 거 아니지, 그렇지?"

나는 고개를 저었다.

"너는 엄마가 괜찮은지 보려고 남았던 거야."

에이미는 식은 햄버거 위로 몸을 기울이며 내 입술에 뽀뽀했다.

"대니, 너 정말 기특하다!"

말대답

에이미와 나는 이틀 뒤에 만나 앞으로 어떻게 할지 정하기로 했다. 에이미는 계획을 세울 때까지 아무에게도 말하지 않겠다고 약속했다.

에이미에게 모두 털어놓고 나니 기분이 좀 나아졌다. 에이미가 아무리 똑똑하다고 해도 이걸 해결할 수는 없을 것이다.

엄마는 뚱개를 참고 견디기만 하는 게 아니라 결혼이 모든 걸 해결해 주거나, 결혼반지가 매 맞는 걸 막아 주기라도 한다는 듯 행동했다. 마치 결혼이 마법의 힘이라도 주는 듯 말이다.

결혼 어쩌고, 결혼 저쩌고. 엄마에게는 결혼만이 관심의 전부인 듯 보였다. 엄마는 중요한 날 뚱뚱해 보이지 않기 위해 초콜릿 비스킷마저 끊었다. 엄마가 결혼에 대해 이야기할 때마다 나는 최대한 심드렁하게 반응했지만, 엄마는 계속 말했다. "어느 가방이 좋아 보여? 면사포를 할까, 말까? 내가 입장할 때 무슨 음악이 깔리는 게 좋을까?" 엄마는 계속 계속 말했다. 연료조차 닳지 않는, 포뮬러 원에 나오는 차처럼.

엄마와 뚱개와 나는 결혼식을 올릴 교회를 보러 갔다. 블레이돈 근처에 있는 괴상하게 생긴 검은 빌딩이었다. 안은 꽁꽁 얼 만큼 추웠고, 오래

된 나무 의자에서 눅눅한 냄새가 났다. 하지만 엄마와 뚱개는 죽어서 천국이라도 간 듯 활짝 웃었다.

다음으로 결혼식 피로연이 열리는 골프장 클럽 하우스로 갔다. 그곳은 따뜻하긴 했지만 역시 후졌다. 뚱개는 아주 맘에 들어 했다. 술병이 가득 찬 큰 스탠드바 때문인 것 같았다.

엄마와 나는 집 밖에 크리스마스 전구를 장식했다. 뚱개는 술집에서 돌아와 그걸 모두 뜯어 버렸다.

"난 내 집이 싸구려 동굴처럼 보이는 게 맘에 안 들어."

뚱개는 화를 냈다. 엄마는 뚱개와 말싸움하려 하지 않았다. 그냥 포기했다. 하지만 나는 아니었다.

"왜 전구 장식을 다 뜯어 버렸어요?"

"싸구려니까. 네가 주택 융자금을 갚는다면, 하고 싶은 대로 장식을 해도 된다, 장군."

뚱개는 맥주 캔을 한 개 더 땄다.

"그래서 넌 커서 뭐 할래?"

당신한테서 멀리 떨어질 거라고 대답하고 싶었다.

"몰라요."

"대니, 대답해야지!"

엄마가 뚱개의 엄청 큰 사이즈의 셔츠를 다리면서 불평했다. 참 신기하다. 학교에서는 말한다고 혼나는데 집에서는 말 안 한다고 혼난다.

"축구 선수요."

내가 말했다.

"그 녀석들 돈 많이 벌지. 그저 가죽 덩어리 차는 걸로 수백억을 번단 말이야. 그럼 네가 우리를 돌봐 줄 수 있겠구나. 나한테는 페라리 스포츠카 한 대 사 주고, 네 엄마한테는 저 살덩이가 다 떨어져 나가게 러닝머신 한 대 사 줘."

뚱개는 재미있기라도 한 듯 웃었다. 엄마는 그냥 다림질만 하고 있었다. 마치 할머니처럼 귀가 안 들린다는 듯이.

"누구 맘대로."

나는 뚱개를 째려보았다. 뚱개는 맥주 캔을 내려놓고 나를 같이 쏘아보았다. 얼굴이 붉어졌다.

"그런 식으로 나오려면 권투를 배우는 게 좋을 거다, 대니."

"나도 때리려고요?"

뚱개는 곧 폭발할 것처럼 보였다.

"대니, 방으로 가."

엄마가 말했다.

두말할 필요도 없이, 나는 방으로 뛰어갔다. 다른 집에 장식된 반짝거리는 전구를 내다보았다. 크리스마스 전구가 장식되어 있지 않은 집은 우리 집뿐이었다. 앞으로 계속 이럴 것이다. 이곳을 벗어나기 전까지는.

나는 어둠 속에서 침대 위에 앉았다. 뚱개에게 말대답을 해서 기분이 좋았다. 하지만 그것 때문에 엄마나 나에게 화풀이할까 봐 겁이 났다. 힘을 내야 한다. 그래서 나는 에이미를 생각했다. 막 기분이 좋아지려 할 때 엄마가 들어왔다.

엄마가 내 이름을 부르는 방법은 여섯 가지이다. 너무 착한 대니, 너무 나쁜 대니, 바보 같은 대니, 참 고마운 대니, 무슨 말인지 모르겠다 대니, 혼날 거다 대니. 이번은 확실히 여섯 번째인 '혼날 거다 대니'였다.

"대니……."

"어."

"캘럼에게 그런 식으로 말하는 거 싫어. 또 캘럼에게 그런 식으로 대답 안 하는 것도 싫고."

"캘럼 아저씨가 크리스마스 전구를 쓰레기통에 버렸잖아."

"여기는 캘럼 집이야."

"난 우리 집인 줄 알았는데."

엄마는 팔짱을 꼈다.

"너 정말 골치 아프게 하는구나."

"최소한 난 겁쟁이는 아냐."

엄마는 길에 반짝이는 불빛을 보면서 서 있었다.

"그 말은 내가 겁쟁이라는 뜻이니?"

일단 내뱉은 말은 쓰레기통에 버릴 수 없다.

"그래."

희미한 불빛에 엄마가 입술을 깨무는 게 보였다.

"엄마, 어떻게 된 거 아냐? 문신한 남자한테 소리 지르던 엄마가 어떻게 된 거 아니냐고?"

엄마는 더 이상 다투고 싶지 않은 듯 보였다.

"우리가 결혼하면 나아질 거야."

엄마는 부드럽게 말했다.

"결혼하면 그만 때릴까? 사이트에는 그렇게 나와 있지 않던데."

"그 웹 사이트는 우리 같은 사람에 대한 게 아니야."

"아니, 바로 우리 같은 사람 이야기야. 우리가 바로 그런 가족이라고.

왜 엄마는 제대로 보지 못하는 거야, 응?"

"나는 캘럼을 사랑해."

그 말에 나는 몸서리가 났다.

"하지만 그 사람은 엄마를 사랑하지 않아."

엄마는 아무 말도 하지 않았다.

"나는 저 뚱뚱한 개자식을 절대 받아들이지 않을 거야. 난 저놈이 너무 싫어. 죽었으면 좋겠어."

엄마가 침대로 와 내 옆에 앉았다.

"캘럼이 부활절 때 스페인 테네리페 섬에 가자고 하던데, 어때?"

"그 사람이 엄마 목 조르던 곳이랑 똑같이 더운 곳이겠지, 뭐."

엄마가 침대에서 일어났다.

"너를 어떻게 해야 하니?"

엄마는 방을 나가 문을 닫았다.

나는 아래층에서 싸움이 시작되리라 생각했다. 하지만 고함 소리 대신 현관문이 쾅 닫히는 소리가 들렸다. 캘럼 아저씨가 술집에 갔다. 엄마는 안전하다. 두어 시간은.

어떻게 잠들었는지 모르겠지만 잠이 들었다.

하지만 오래 잘 수 없었다. 방문이 벌컥 열리고 엄마가 뛰어 들어와 불을 켜고 나를 흔들어 깨웠다. 나는 눈을 찌푸리고 엄마를 보았다. 엄마는 괴물이라도 본 듯 넋이 나갔다. 내가 말대답한 것 때문에 뚱개가 엄마를 때린 걸까?

"엄마?"

"캘럼, 캘럼이 공격을 당했어."

한밤중의 사건

공격당했다고? 그럴 리가 없다. 위크햄은 그런 동네가 아니다.

옷을 입었다. 엄마는 더 빨리 옷을 입었다. 밖이 매섭게 추웠지만, 엄마는 코트도 챙기지 않았다.

"빨리 와라, 대니."

엄마는 집에 불이라도 난 듯 소리치며 재촉했다. 나는 아래층으로 뛰어 내려갔다.

"어디로 가는데?"

"병원이지 어디겠니?"

엄마가 뚱개의 차를 운전하는 건 처음 봤다. 뚱개가 우리 집 운전사였다. 엄마를 운전석 근처에도 못 오게 했다. 왜 그런지 알 것 같았다. 커브 길에서 너무 빨리 돌고, 엔진에서 부릉부릉 소리를 내고, 신호등은 모두 무시한 채 통과했다. 사륜구동 자동차의 악몽, 그 자체였다.

"무슨 일이야?"

나는 의자를 꽉 잡으며 물었다.

"나도 몰라. 경찰이, 캘럼이 공격당했다고만 말했어."

"어디서?"

"술집에서 돌아오는 길에."

게이츠헤드가 개판이 되고 있는 게 분명하다.

"누가 그랬는데?"

"젠장, 내가 어떻게 아니?"

엄마가 욕을 한다는 건 입을 다물라는 뜻이다.

그 속도로 달리니 병원에 금방 도착했다. 주차장으로 들어가는 내내 타이어가 끽끽 소리를 냈다. 엄마는 주차장에서 빈자리를 발견했다. 하지만 제대로 주차도 안 하고 그냥 시동을 끄고 내려서는 주차비도 내지 않고 뛰었다.

엄마가 저렇게 빠른 건 처음 봤다. 아니 엄마가 뛰는 걸 처음 봤다. 나도 엄마를 따라 뛰었다. 병원의 큰 문으로 들어갔다. 병원 안은 진짜 정신 없었다. 얼굴이 피로 뒤덮인 남자가 목청껏 노래를 부르고 있었다. 잠옷을 입은 한 여자는 아기를 안고 있었는데, 여자와 아기 둘 다 비명을 질렀다. 짧은 치마를 입은 두 소녀는 바닥에서 뒹굴며 싸웠다. 모두 제정신이 아니었다. 정신 병원 같았다. 엄마는 데스크로 달려갔다.

"캘럼 제프리스 보러 왔어요."

여자는 자기 앞 화면을 보았고, 파란 옷을 입은 간호사가 다가왔다.

"따라오세요."

간호사가 무척 빨리 걸어서 나는 거의 뛰다시피 했다. 긴 복도를 한참 따라가다가 경찰 둘이 문 앞에 서 있는 병실을 보았다.

"여기서 기다리세요."

간호사가 말했다. 간호사가 병실로 들어간 사이 엄마는 머리를 만지작거렸다. 경찰은 우리가 죄라도 지은 듯 쳐다보았다. 경찰들은 그런 얼굴을 하도록 훈련받나 보다. 간호사가 나왔다.

"지금 면회가 안 되겠네요. OR로 갔어요."

"OR이요?"

"네, 수술실로요."

엄마 얼굴이 더 이상 창백해질 수 없다고 생각했는데 아니었다. 엄마는 작은 플라스틱 의자에 주저앉아 손으로 얼굴을 감쌌다. 어쩌면 경찰이 해답을 알 수도 있다.

"무슨 일인가요?"

엄마가 경찰을 보며 물었다.

"길에서 다른 남성과 격론을 벌였다고 알고 있습니다."

나이 든 경찰이 말했다. 아마도 상관인 것 같았다.

"엄마, 격론이 뭐야?"

"싸웠다는 거야."

엄마는 답을 간절히 알고 싶은 얼굴로 경찰을 보았다.

"그 사람이 누구예요?"

"아직 모릅니다. 우리가 아는 건 공격자가 스코틀랜드 사투리를 썼다는 것뿐입니다."

코마에 빠진 캘럼 아저씨

무슨 일이 일어났는지 알았다. 직감으로 느꼈다.

아빠가 한 것이다. 아빠가 뚱개를 두들겨 팬 것이다.

나는 엄마 옆에 있는 플라스틱 의자에 주저앉았다. 토할 것 같았다. 그리고 정말 토했다. 간호사가 대야와 바닥 닦을 걸레를 가지고 왔다.

"대니, 괜찮니?"

엄마가 내 다리를 토닥거렸다.

아니, 괜찮은 것과 거리가 멀었다. 아빠가 스코틀랜드에서 와서 엄마의 남자 친구를 병원에 입원시켰다. 내가 부탁한 일을 한 것이다. 몇백 년이 지나도 하지 않겠다고 해 놓고는. 충격으로 저녁 먹은 게 다 올라왔다.

간호사가 축축한 수건을 가져왔다. 엄마가 그걸로 내 이마를 닦아 주었다. 시원한 느낌이 좋았다.

"혈색이 돌아왔구나."

엄마가 말했다.

"그러게요. 이제 좀 사람같이 보이네요."

젊은 경찰이 말했다. 엄마는 내 손을 토닥였다.

"나도 알아, 대니. 정말 충격이지."

그렇다. 하지만 엄마는 진실의 반밖에 모른다.

"난 의사랑 이야기를 좀 해야겠는데, 너 혼자 괜찮겠니?"

고개를 끄덕였다.

엄마가 뚱개에게 무슨 일이 있었는지 알아보려고 간 동안, 나는 의자에 앉아서 생각했다. 정말 아빠였을까? 아마 그럴 거다. 내가 스코틀랜드 남자에게 뚱개를 때려 달라고 말한 다음에 다른 스코틀랜드 남자가 뚱개를 때릴 확률이 얼마나 될까?

하지만 다른 생각도 들었다. 아빠가 뚱개가 어디 있는지 어떻게 알았을까? 게이츠헤드는 넓은 곳이다. 내가 어디 사는지 말했었나? 어쩌면 말했을지도 모른다. 하지만 뚱개가 어느 술집에 있는지 어떻게 알았지? 또 오늘 밤 술집에 갔다는 건 어떻게 알았고? 어쩌면 아빠가 아닐 수도 있다.

하지만 이 생각은 그리 오래가지 않았다. 아빠가 한 게 맞을 것이다. 계속 생각했다. 아빠는 뭘로 공격했을까? 칼? 야구 방망이? 주먹? 주먹은 아닐 것이다. 아빠의 손은 진흙처럼 부드럽고, 푸시업도 열다섯 개밖에 못 한다. 뚱개같이 크고 뚱뚱한 남자와는 싸움이 되지 않는다. 혹시 다른 걸 사용했을까? 일본 무사처럼 칼이나, 스파이처럼 독 묻은 우산, 아니면 빵칼 같은 것. 그래, 아빠는 샌드위치 가게에서 일하니까 빵칼일 것이다.

그러자 다른 걱정이 몰려왔다. 사람들이 나를 탓할까? 누군가 내가 스코틀랜드에 갔었다는 걸 알아내면 어떡하지? 내가 아빠에게 뭘 부탁했는지 들었다면 어쩌지? 그렇지는 않을 거다. 아무도 내가 스코틀랜드에 갔던 걸 모른다. 티나 이모조차도. 나는 배리나 칼, 심지어 에이미한테도 말하지 않았다. 그리고 내가 아빠한테 뚱개를 죽여 달라고 말했을 때 주변에는 아무도 없었다. 메건 아줌마도 없었다. 그걸 아는 사람은 세상에 아빠와 나, 둘뿐이다.

나는 병원에 있는 게 점점 싫어졌다. 바닥을 치웠는데도 계속 피자 토한 냄새가 났다. 게다가 뚱개처럼 술 취한 사람들, 축 늘어진 채 지친 얼굴을 한 환자들, 붕대를 감은 환자들로 가득 차 있었다. 그리고 내 머릿속을 들여다보는 듯한 눈빛을 한 경찰. 그만 내 침대로 가고 싶었다.

드디어 엄마가 돌아왔다. 고개를 푹 떨군 엄마가 복도 저쪽에 보였다.

"대니, 퍼뜩 와라. 집에 가자야."

엄마가 이렇게 사투리로 말하는 건 오랜만이다. 엄마는 말투에 더 이상 신경 쓰지 않는 듯했다.

우리는 긴 복도를 걸어 내려갔다. 엄마는 마치 다섯 살 아이인 양 내 손을 잡았다. 병원 정문에 도착하자 문이 휙 열렸다. 얼어붙을 듯 춥고 비가 내렸지만, 밖에 나오니 좋았다.

우리는 손을 놓고 주차장을 가로질러 갔다. 엄마는 잠시 주차 요금 기계에 몸을 기대 섰다. 눈물인지 빗물인지, 엄마 얼굴이 젖어 있었다.

"캘럼 아저씨는 괜찮아?"

엄마는 고개를 저으며 계속 걸었다.

차에 주차 위반 딱지가 붙어 있었다. 평소 같았으면 화를 냈겠지만, 오늘 엄마는 신경 쓰지 않았다. 그저 차에 타서 좀비 영화에 나오는 사람처럼 게슴츠레한 눈으로 아주 천천히 운전했다.

"어떻게 됐어?"

나는 무슨 일인지 알고 싶어 죽을 것 같았다. 엄마는 마치 외국어를 하듯이 단어와 단어 사이를 쉬어 가며 천천히 말했다.

"누가 캘럼이랑 다투었대. 그러다 캘럼이 머리를 도로에 부딪쳤고."

아빠가 무기를 사용한 건 아니다. 빵처럼 부드러운 손으로 한 것이다. 어떻게 뚱개를 넘어뜨렸는지 알 수 없지만 그렇게 했다.

"캘럼은 지금 아주 안 좋아. 코마 상태야."

엄마의 목이 메었다. 코마는 깨어나지 못하고 계속 자는 걸 말한다. 아주 오랫동안 계속 그럴 수도 있다.

"깨어날까?"

"그러길 바라야지."

나는 아니었다. 그렇게 생각하면 안 되지만, 어쩔 수가 없다. 뚱개는 엄마를 계속 아프게 했다. 만약 그 사람이 낫는다면, 두들겨 맞는 게 어떤 건지 알았을 것이다. 그러면 앞으로 때리지 않을 수도 있겠지.

엄마는 흐느끼기 시작했다. 너무 심하게 울어서 차를 세워야 했다. 눈물로 앞을 볼 수가 없었다. 우리는 우회 도로에서 시동이 걸린 채로 그냥 앉아 있었다.

나는 엄마가 왜 우는지 이해할 수 없었다. 뚱개는 엄마에게 주먹을 날리고, 목을 조르고, 소리를 쳤다. 엄마는 뚱개 때문에 속상한 걸까? 아니면 자기 자신 때문에 속상할 걸까?

나는 엄마를 안아 주고 싶었지만 안전띠 때문에 힘들었다. 대신 엄마의 팔을 꼭 잡아 주었다.

"고맙다 대니. 넌 착한 아이야."

스코틀랜드 사람

코마에 대해 생각하느라 제대로 잠을 자지 못했다. 뚱개가 깨어나면 어떻게 될까? 누가 자신을 공격했는지 기억해 낼 것이다. 경찰은 몽타주 그리는 전문가를 데려올 테고, 누군가는 그게 아빠라는 걸 알아차릴 것이다. 그러면 모두들 왜 대니 아빠가 여기 게이츠헤드까지 와서 대니 엄마의 남자 친구를 때렸는지 궁금해할 것이다. 티나 이모는 엄마에게 그쪽지에 대해 말할 거고. 그러면 모든 게 다 끝장이다.

이런 생각을 하다가 어느새 깜빡 잠이 들었다 깨었다. 나는 추리닝 바지에 티셔츠를 입고 아래층으로 내려갔다. 엄마는 벌써 옷을 다 입고 아침 식사를 하고 있었다. 향이 나는 차를 앞에 두고 있었다. 시리얼 먹기에는 속이 좋지 않아서 나는 물만 한 컵 마셨다.

"엄마, 좀 어때?"

엄마는 내 말을 무시했다. 평소처럼.

"왜 캘럼에게 그런 짓을 한 거지? 스코틀랜드 남자가?"

다시 토할 것 같았다. 말 한마디가 이럴 수 있다는 게 웃겼다. 처음에는 '아빠', 그리고 '째간한' 그 다음에는 '캘럼', 이제는 '스코틀랜드 남자'.

얼굴이 달아오르는 게 느껴졌지만 엄마는 눈치채지 못했다. 엄마는 차를 홀짝이며 멍하니 허공만 보고 있었다.

"게이츠헤드에는 스코틀랜드 사람이 별로 없어. 찾을 수 있을 거야."

엄마가 말했다. 엄마는 그 스코틀랜드 남자가 지금 백 킬로미터도 넘는 곳의 째깐한 아파트에 있다는 걸 모른다. 갑자기 엄마는 뭔가 깨달은 눈빛으로 나를 쳐다보았다. 가슴이 쿵쾅쿵쾅 뛰었다.

"대니, 너 전에 학교에 스코틀랜드 아이 있다고 했지?"

"내가?"

"그래, 수학여행 갔을 때 전화로 그랬잖아. 생각 안 나?"

"걔랑은 상관없어."

"왜 상관없어?"

왜냐하면 스코틀랜드 아이는 없으니까요.

"어, 그냥. 상관없을 거 같다고."

"하지만 그 애 아빠도 스코틀랜드 사람일 테니까, 분명 이 근처에 살 거야. 경찰에 전화해야겠다. 그 사실을 알려 줘야 해."

엄마는 전화기를 꺼냈다. 엄마는 경찰에 연락해서 우리 학교에 존재하지도 않는 스코틀랜드 아이와 역시 존재하지 않는 그 애 아빠에 대해 나한테 이야기하라고 할 것이다. 머릿속이 멍해졌다. 엄마가 전화기를 누르기 시작했다. 나는 그저 보고만 있었다. 하지만 엄마가 버튼을 세 개보다 많이 눌렀다. 다행히 경찰에 전화하는 게 아니었다.

"여보세요. 루이즈, 저 킴이에요."

엄마가 말했다.

"나쁜 소식을 전하게 되어 미안해요. 캘럼에 관한 거예요."

엄마는 뚱개의 가족들에게 전화했다. 나는 동상 흉내를 내는 사람처럼 꼼짝 않고 앉아서 듣고 있었다.

"술집에 갔다가…… 경찰이 전화를…… 어제저녁에…… 머리를 부딪쳐서…… 공격…… 코마 상태……."

엄마는 한참 동안 사람들에게 전화를 했다. 나는 방으로 갔다. 같은 이야기를 계속 듣고 있을 수가 없었다.

나는 에이미에게 전화해서 무슨 일이 있었는지 말했다. 에이미는 뚱개가 어떤 짓을 했는지 알지만, 그래도 그 사람을 위해 기도하겠다고 했다.

엄마가 전화를 마치고, 우리는 병원으로 갔다. 병원은 어젯밤처럼 미친 듯 바쁘지 않았지만, 여기저기에 아픈 사람으로 가득 차 정신없었다. 우리는 대기실에서 손가락이 노랗고 냄새가 지독한 남자 옆에 앉아 있었다. 전화기 가져오는 걸 잊어서 나는 테이블 위에 있는 잡지를 보았다. 이제는 텔레비전에도 나오지 않는 사람들이 실린 아주 오래된 잡지였다.

앉아서 기다리는 동안 이제 더 이상 캘럼 아저씨를 뚱개라고 부르지 않겠다고 결심했다. 이런 일이 일어났는데 그렇게 부르는 건 옳지 않은 것 같았다. 이제부터 이름으로 부를 것이다. 지금부터 그 사람은 다시 캘럼이다.

간호사가 이제 들어가서 캘럼 아저씨를 봐도 된다고 했다.

"가자."

엄마가 말했다.

"나도?"

"그래, 제발."

나는 보고 싶지 않았다. 지금은.

침착하자. 대니! 나는 마음을 가다듬고, 의자에서 일어나 엄마와 함께 복도를 걸어갔다. 우리는 병실로 들어갔다. 처음엔 잘못 들어간 줄 알았다. 전혀 캘럼 아저씨 같지 않았다. 온갖 줄로 연결되어 있는 아저씨의 얼굴은 잔뜩 부었고, 머리가 붕대로 감긴 채 눈을 감고 있었다. 하지만 자세히 보니 알아볼 수 있었다. 간신히.

엄마는 침대 옆 의자에 가서 앉았다.

"우리가 말하는 걸 들을 수 있나요?"

엄마가 물었다.

"아뇨."

간호사가 대답했다.

나는 캘럼 아저씨의 모습을 가까이서 보고 싶지 않아서 병실 뒤쪽에 서 있었다.

"내 옆에 앉아라, 대니."

엄마 옆으로 의자를 끌었다. 하지만 오래 있고 싶지 않았다.

"엄마, 이제 가도 돼?"

엄마는 이번에도 나를 무시했다.

나는 엄마가 무슨 생각을 하는지 알고 싶었다. '이런 모든 일에도 불구하고 난 그 사람을 사랑해.'일까? '이제 캘럼 당신도 어떤 기분인지 알겠지.'일까? '이번 주에는 얻어맞지 않겠구나.'일까? '테네리페 섬으로 휴가 가는 건 이제 물 건너갔네.'일까? 엄마의 얼굴만으로는 아무것도 알 수 없었다.

영원 같은 시간이 흐른 뒤 엄마는 내 손을 꼭 쥐고 일어났다.

"또 올게, 캘럼. 사랑해."

234

엄마가 말했다. 나는 아무 말도 하지 않았다.

우리는 캘럼 아저씨네 가족이 올 때까지 병원에서 기다렸다. 형 이안 아저씨와 동생 루이즈 아줌마 그리고 지쳐 보이는 캘럼 아저씨의 엄마까지, 아저씨의 생일 파티에서 본 몇몇은 알아볼 수 있었다. 누군가의 엄마를 때리는 남자에게도 엄마가 있다. 이번에는 마시고, 춤추고, 웃고, 그러지 않았다. 나의 아빠가 이렇게 만들었다.

"킴, 괜찮아요?"

루이즈 아줌마가 물었다. 엄마는 비둘기처럼 고개를 살짝 움직였다.

"대니는 어떻게 견디고 있어?"

마치 내가 여기 없다는 듯 물었다.

"괜찮아요."

이안 아저씨는 엄마와 포옹했다.

"충격이야."

이안 아저씨가 말했다. 아니, 진짜 충격은 우리 엄마가 아무 이유 없이 맞곤 했다는 거예요.

몇몇은 나에게 인사를 건넸다. 나는 죄책감이 드러나지 않도록 행동했다. 누구도 알아보지 못했을 것이다. 다들 슬퍼서 정신이 없었다.

가족들이 다 같이 모여 그 날의 사건에 대해 이야기를 했다.

"캘럼은 그저 조용히 한잔하러 간 건데."

캘럼 아저씨의 엄마가 말했다.

"캘럼 오빠가 한잔하는 걸 꽤 좋아했지."

루이즈 아줌마가 말했다.

아니, 술 마시는 걸 사랑했죠. 한잔이 아니라 끝도 없이 마셨다고요.

"스코틀랜드 남자가 때렸다니. 도대체 그 사람이 여기서 뭐한 거지?"

이안 아저씨가 말하자, 루이즈 아줌마가 합세했다.

"경찰이 그러는데, 어떤 사람이 둘이 싸우는 걸 들었대. 캘럼이 누구랑 싸우는 사람은 아니잖아."

말도 안 되는 소리. 캘럼 아저씨는 취하면 가로등하고도 싸울 수 있다.

"원래 스코틀랜드 사람들이 싸움으로 유명하지. DNA에 있다니깐."

캘럼 아저씨의 엄마가 말했다.

"대니, 너희 학교에 스코틀랜드 아이가 있다고 했지?"

엄마가 말했다. 대기실에 있던 모든 눈동자가 나를 향했다. 그 냄새 나는 남자까지도. 수업 시간에 걸렸을 때랑 똑같은 느낌이었다.

"스코틀랜드 아이? 그래?"

이안 아저씨가 눈을 가늘게 뜨고 물었다.

"경찰에 말해야 해."

벽에 붙은 질병 포스터 옆에 서 있는 경찰을 보면서 이안 아저씨가 덧붙였다.

나는 경찰을 보았고, 경찰 역시 나를 보았다. 경찰에게 말하러 가야 했다. 모두들 나를 보며 기다리고 있었다. 나는 잡지를 내려놓고 의자에서 일어나 경찰에게 걸어갔다. 죽음의 행진처럼 아주 천천히. 뭐라고 말하지? 만약 내가 '우리 학교에 스코틀랜드 아이가 있어요.' 하면 그게 누구냐고 하겠지? 그리고 걔 아빠는 누구냐고 물을 거고. 그러면 나는 꿀 먹은 벙어리처럼 그냥 서 있겠지. 경찰 바로 앞까지 왔다. 사람들이 쳐다보는 게 느껴졌다. 그 눈빛들이 내 머릿속에 구멍을 내는 것 같았다.

"안녕."

경찰은 나를 내려다보며 미소 지었다. 꺽다리 데이브보다 더 컸다. 경찰치고는 친절한 얼굴이었다.

"안녕하세요."

사람들은 내가 말하기를 기다리고 있었다. 다행히 내가 말하는 게 들릴 만큼 가깝지는 않았다.

"화장실이 어디 있는지 아세요?"

"응. 복도 아래로 내려가다가 왼쪽에 있어."

아직 충분하지 않았다. 사람들이 아직도 나를 보고 있었다.

"어떻게 순경이 되어요?"

경찰은 살짝 웃었다. 사람들이 못 봤기를. '왜 위험한 스코틀랜드 사람을 잡는 이야기를 하는데 웃지?'라고 생각할 테니까.

"글쎄. 먼저 좀 더 자라서 대학을 가고, 시험에 합격한 다음 순찰을 돌면 되지."

"고맙습니다!"

"그건 그렇고 나는 순경이 아니라 경찰이야."

"아, 죄송합니다!"

나는 천천히 사람들 쪽으로 돌아왔다. 엄마는 나에게 팔을 둘렀다.

"잘했어, 대니!"

경찰 조사

그날 밤에 경찰 두 명이 우리 집에 왔다. 한 명은 여자 경찰이고 한 명은 남자 경찰이었다. 엄마와 루이즈 아줌마는 소파에 앉았고, 나는 구석에 있는 의자에 앉았다. 경찰은 부엌에서 가져온 의자에 앉았다. 마치 우리 집 거실에서 경찰 프로그램이 진행되는 것 같았다.

"어젯밤에 무슨 일이 있었는지 이야기해 주겠어요, 킴?"

여자 경찰이 수첩을 꺼내면서 말했다.

잘됐어요, 경찰한테 캘럼 아저씨가 크리스마스 전구 장식을 전부 뜯어버렸다고 이야기해요.

하지만 엄마는 바닥을 보았다.

"별로 특별한 건 없었어요. 제 생각에, 캘럼은 8시쯤 집에서 나갔어요. 평소처럼 플라잉 폭스라는 술집에 갔죠."

"캘럼 씨는 술집에 자주 갔나요?"

남자 경찰이 예리하게 물었다. 꽤 똑똑한 경찰들인 것 같았다.

"횟수를 좀 줄이려고 했어요. 하지만 맞아요. 꽤 자주 갔어요."

"얼마나 자주 갔나요?"

여자 경찰이 물었다.

"일주일에 네 번 정도요. 가끔은 다섯 번 갈 때도 있고요."

네, 그리고 집에 와서는 엄마를 때렸죠. 엄마는 경찰에게 그 이야기를 해야 한다. 경찰 두 명이 거실에 앉아 있는 지금이 완벽한 기회다. 하지만 엄마는 말하지 않았다. 캘럼 아저씨한테 얻어터진 게 마음 아파서일 수도 있고, 아저씨의 여동생 앞에서 이야기하고 싶지 않아서일 수도 있다.

"다른 술집에 간 적은 없나요?"

여자 경찰이 물었다.

"아닐 거예요. 플라잉 폭스는 걸어서 10분밖에 안 걸리거든요. 캘럼은 걷는 걸 별로 안 좋아했어요."

"적대적인 사람이 있나요?"

남자 경찰이 물었다

나.

"적대적인 사람이 있냐고요?"

엄마가 되풀이했다. 엄마는 이 말을 하면서 내 쪽을 보았기 때문에 나는 속이 뒤집히는 것 같았다. 엄마는 눈길을 돌렸다.

"딱히 없는 거 같아요."

"술집에 친구가 있나요?"

남자 경찰이 물었다.

"글쎄요, 말한 적은 없어요. 캘럼은 보통 태블릿이나 포퓰러 원 잡지를 들고 가곤 했어요. 제 생각에는 그냥 혼자 있었을 거 같아요."

나는 술집 유리창으로 캘럼 아저씨가 혼자 있는 걸 본 적이 있다. 엄마 말이 맞을 것이다.

"캘럼 씨와 같이 산 지 얼마나 되었나요?"

여자 경찰이 물었다.

"작년 12월부터 여기 살았어요. 그렇지 대니?"

"예."

그 1년이 너무 길었다.

"술집에 있던 사람들과 이야기해 보셨나요?"

이번엔 엄마가 경찰 쪽으로 몸을 돌려 물었다. 여자 경찰이 고개를 끄덕였다.

"네, 거기 있었던 모든 사람에게 진술을 받았습니다."

엄마는 바보 같은 질문을 던졌다. 진술을 받는 게 경찰이 제일 먼저 하는 일이기 때문이다.

"캘럼 씨가 다른 사람하고 문제를 일으킨 적 있나요?"

남자 경찰이 물었다. 나는 손가락을 세게 꼬았다.

자, 엄마. 지금이 기회예요. 경찰에게 말해요. 캘럼 아저씨가 어떻게 했는지. 다른 사람이 아니라 엄마에게 문제를 일으켰다고 말하라고요.

"아니오."

나는 엄마를 보았다. 하지만 엄마는 나를 보지 않았다.

엄마는 왜 경찰에게 싸운 걸 말하지 않을까? 전에 길에서 운전하던 여자랑 다툰 건 왜 말하지 않을까? 캘럼 아저씨가 얼마나 나쁜 놈이었는지 왜 말하지 않을까? 나는 말하라고 머릿속으로 강하게 빌었지만, 결국 엄마는 말하지 않았다. 아무 일도 없었던 것처럼 그저 조용히 있었다.

나는 실제로 어떤 일이 일어났었는지 경찰에게 말하고 싶었다. 하지만 내가 말하면 경찰은 내게 눈을 돌려 왜 그렇게 화가 났는지, 왜 그렇게 캘

럼 아저씨를 싫어하는지 알려고 할 테고, 그러다 보면 모든 사실을 다 알
아낼 것이다.

여자 경찰이 〈신부〉 잡지를 보았다.

"캘럼 씨와 결혼하실 예정이었나요?"

"네."

엄마가 대답했다.

"유감입니다."

여자 경찰이 말했다.

결국 엄마는 울음을 터뜨렸다. 루이즈 아줌마가 다가와 엄마를 안았다.

"다 괜찮을 거예요."

엄마는 잠시 후에 울음을 멈추었다. 대성통곡하지는 않았다.

경찰은 다시 질문을 시작했다.

"혹시 전 남자 친구가 있었나요?"

여자 경찰이 말했다. 엄마는 약간 불편해 보였다.

"한참 동안 없었어요."

엄마는 뭔가 찔리는 듯 나를 보고 이어 갔다.

"짧은 관계는 두어 번 있었어요."

진짜 짧았나 보다. 기억도 나지 않았다. 여자 경찰이 나를 보았다.

"대니의 아빠는 어떤가요?"

젠장.

엄마는 자기 손톱을 내려다보았다. 머릿속 기억이 엉망인 것 같았다.

"우리는 서로 연락하지 않아요. 대니가 태어난 뒤로 한 번도 본 적이
없어요."

'제발 더 말하지 말아요. 아빠가 스코틀랜드에 산다고 말하지 말아요.'
나는 숨을 너무 오래 참아서 기절할 것 같았다. 엄마는 아무 말도 하지 않
았다. 신이 내 기도를 들어주었다.

루이즈 아줌마는 자기 다리에 있는 물고기 문신을 긁으며 물었다.

"사건을 풀 만한 무슨 단서는 없나요?"

"우리가 가진 것은 술집 근처에 사는 여성에게 들은 것뿐이에요. 쓰레
기를 내놓다가 스코틀랜드 억양의 남자가 욕하면서 소리치는 걸 들었대
요. 그다음에 캘럼 씨가 바닥에 누워 있었지만, 그 남자는 사라졌다고 하
더군요."

남자 경찰이 말했다.

여자 경찰이 엄마를 보았다.

"캘럼 씨에게 원한을 가질 만한 사람이 있나요?"

엄마는 나를 보지 않고 그저 어깨를 으쓱했다.

"캘럼은 컴퓨터 관련 일을 했어요. 자동차 경주 보는 걸 좋아했고요.
문제를 일으키거나 그러지 않았어요. 마약 판매상 같은 것도 아니고요."

"캘럼 씨가 스코틀랜드에서 일한 적이 있나요?"

"캘럼은 출장을 자주 갔지만, 보통 남쪽이었어요. 버밍햄, 레딩, 런던
같은 곳이요. 스코틀랜드로 간 적은 없는 거 같아요. 말한 적 없어요."

침묵.

경찰은 이제 더 이상 물어볼 것이 없었다. 뻔하다. 나 같으면 물어볼 게
더 있는데. 경찰은 모자를 집어 들고 일어났다. 떠나기 전에 남자 경찰은
텔레비전 속 경찰이랑 똑같이 말했다.

"지금 너무 힘든 시간이라는 걸 알고 있습니다. 하지만 뭐든 생각나는

게 있으면 바로 전화 주십시오."

엄마는 고개를 끄덕였다.

여자 경찰은 엄마의 어깨에 손을 올렸다.

"모든 게 다 잘 될 거예요."

엄마는 살짝 미소 지었다.

"네, 캘럼은 괜찮아질 거예요. 황소처럼 강하거든요."

죽음

12월 11일.

'캘럼 제프리스'가 죽었다.

결국 주먹이 일을 냈다. 의료 보험, 의사, 간호사, 기계, 약, 그런 것이 뭔가 할 수 있을 줄 알았다. 겨우 주먹 한 방이었을 뿐 미사일도 아니었으니까. 하지만 의사는 캘럼 아저씨를 구하지 못했고, 그 사람은 죽었다.

엄마가 그 전화를 받던 날 아침을 절대 잊지 못한다. 나는 양치를 하다가 평생 들어본 적이 없는, 끔찍한 비명 소리를 들었다. 나는 칫솔을 떨어뜨리고 아래층으로 뛰어 내려갔다. 루이즈 아줌마가 부엌 바닥에서 비명을 지르고 있었다. 루이즈 아줌마는 캘럼 아저씨가 다친 후 계속 우리와 함께 지냈다. 엄마가 옆에 같이 앉아 아줌마를 붙잡고 있었다.

"안 돼!"

루이즈 아줌마가 울부짖었다. 무슨 일인지 물을 필요도 없었다.

보통 엄마가 속상할 때면 차를 한 잔 만들어 주곤 했는데, 이건 차 한 잔으로 될 일이 아니었다. 어른 둘이 바닥에 누워 서로 끌어안고 있는 걸 보니 기분이 이상했다. 나는 계속 보고 싶지 않아서 거실로 가 의자에 앉았다. 캘럼 아저씨가 앉곤 했던 의자에 앉았다는 걸 깨달았다. 아저씨의 엉덩이가 만든 커다란 자국이 느껴졌다. 캘럼 아저씨가 엄마에게 소리 지를 때처럼, 에든버러에서 돌아오는 기차에서처럼, 그날 저녁 병원에서처럼 토할 것 같았다.

내 마음속은 엉망이 되었다. 몇 달 동안 꿈꿔 왔던 일이 드디어 일어났는데, 왜 이렇게 기분이 이상할까? 이제 엄마는 괜찮아질 것이다. 죽지 않을 것이다. 내가 해냈다. 내가 이렇게 한 거다. 좋은 일을 하고도 비난 받을 수 있을까?

나는 주변을 둘러보다 캘럼 아저씨가 다시는 읽지 못할 포뮬러 원 잡지와 다시는 보지 못할 큰 텔레비전과 다시는 술잔을 올려놓지 못할 컵받침을 보았다. 밖에 있는 레인지로버 자동차. 다시는 교통 위반을 하지 못할 것이다.

눈에서 눈물이 떨어졌다.

도대체 왜 이러지?

소식에 충격을 받았거나 울음소리 때문일지도 모른다. 나는 정원으로 나갔다. 꽁꽁 얼 만큼 추웠지만 상관하지 않았다. 난 공기가 필요했다. 아무 공기라도.

작년 크리스마스 날, 캘럼 아저씨가 엄마에게 소리 질렀을 때처럼 창고 뒤쪽으로 돌아가 쭈그려 앉았다. 조금 후에 엄마가 실내복 차림으로 나왔다. 엄마는 추위를 상관하지 않고 내 옆에 앉아서 팔로 나를 감쌌다. 눈은 충혈되고 얼굴색은 이상한 데다 루이즈 아줌마와 부둥켜안은 탓에 머리가 사방으로 뻗쳐 있어서 엄마 같아 보이지 않았다.

"캘럼이 떠났어, 대니."

엄마의 눈물이 부드럽고 따뜻하게 내 머리 위에 떨어졌다. 한 방울이 마치 내 눈물인 양 얼굴로 흘러내렸다. 내가 수학여행을 갔다면 이런 일은 생기지 않았을 것이다. 캘럼 아저씨는 일하러 가고, 엄마는 콜센터에 가고, 나는 학교에 갔을 것이다. 모든 게 다 평소와 같았겠지. 이렇게 된 건 나 때문이다.

우리는 한참 동안 그렇게 앉아 있었다. 다리에 쥐가 나기 시작했다. 하지만 엄마를 움직이게 할 수 없었다. 아팠지만 그냥 참았다. 드디어 엄마가 일어났다.

"안으로 들어가자. 여기는 너무 춥구나."

루이즈 아줌마가 알렸는지 사람들이 찾아오기 시작했다. 이안 아저씨, 캘럼 아저씨의 엄마, 그리고 내가 이름을 잊어버린 사람들이었다. 우리 가족들도 왔다. 할머니, 할아버지, 티나 이모, 그렉 이모부, 마틴 외삼촌과 쉴라 외숙모, 그리고 캘럼 아저씨를 만나기 시작한 다음부터 보지 못했던 엄마 친구들 몇 명. 모두들 부엌에서 속삭이며 이야기를 나눴다.

학교는 가지 않았다. 방학이 아니었지만 엄마는 집에 있으라고 했다. 생전 처음으로 학교에 가고 싶었다.

"왜 학교 가면 안 되는데?"

"네가 여기 필요하니까, 대니."

엄마가 왜 내가 필요한지 알 수 없었다. 내가 할 일은 다 하지 않았나? 나는 에이미에게 전화해서 메시지를 남겼다. 무슨 일인지 말하고 학교 끝나고 올 수 있냐고 물었다.

계속 부엌에 있을 수는 없었다. 너무 위험했다. 누가 '그 스코틀랜드 소년에 대한 소식은 없니?'라든지, '수학여행은 어땠니?'라는 질문을 할 수도 있으니까. 더 나쁜 건 티나 이모가 거기 있다는 거다. 내가 아빠가 사는 곳을 알고 있다는 걸 아는 사람.

내 방에 올라가서 침대에 누웠다. 하루가 거북이처럼 느릿느릿 지나갔다. 엄마가 점심도 차려 주지 않았지만, 하나도 배고프지 않았다.

6시쯤 초인종이 울렸다. 에이미였다. 나는 에이미와 내 방 침대에 누워 손을 잡고 천장을 바라보았다. 엄마가 오늘은 들어오지 않을 것이다.

"엄마는 좀 어때?"

"속상해하지."

"그런 일이 있었는데도 불구하고."

"응, 그런 일이 있었는데도 불구하고."

"넌 어떤데?"

"기분이 좀 이상해."

"캘럼 아저씨가 없어져서 좋잖아. 안 그래?"

"그래."

"기뻐 보이지 않는데."

왜냐하면 에이미 넌 진실의 반밖에 모르니까.

"그냥 충격을 받아서 그래. 그게 다야."

에이미는 몸을 돌려 내 볼에 뽀뽀했다.

"이겨 낼 거야, 대니."

어쩌면.

"우리 부모님한테 말했어. 뭐든 필요한 게 있으면 부탁하라고 했어."

"우리 엄마가 과거로 가서 엄마를 사랑하고 돌봐 주고 절대 때리지 않는 사람을 만날 수 있게 타임머신 좀 부탁드려도 될까?"

"넌 정말 착해, 대니 크로프트."

에이미는 나에게 한 번 더 뽀뽀하고 침대에서 뛰어내렸다.

"나 빨리 뛰어가야 해. 저녁에 성당 가야 하거든. 학교에서 보자."

드디어 잘 시간이 되어 기뻤다. 하지만 막상 잠자리에 들자 잠을 잘 수가 없었다. 스코틀랜드, 스티비, 캘럼, 주먹질, 나, 스코틀랜드, 스티비, 캘럼, 주먹질, 나. 머릿속에서 이런 생각들이 계속 빙글빙글 돌았다.

다음 날 아침, 아래층에 내려가니 신문이 매트 위에 있었다. 헤드라인은 나를 펄쩍 뛰게 만들었다.

공격당한 피해자 사망

나는 이게 사실이 아닌 듯 계속 바라보았다. 하지만 내 손가락으로 만질 수 있는 진짜였다. 나는 신문을 캘럼 아저씨의 서재로 가져가 책상에 앉아 읽었다. 신문에 의하면, 경찰은 이 일을 살인 사건으로 보고 수사에 착수했다고 한다. 크고 검은 글자 밑에 쓰여 있는 이야기는 나도 이미 아는 내용이었다.

> 캘럼 제프리스(38세)는 지난 금요일 밤 위크햄에 있는 플라잉 폭스 술집
> 에서 집으로 오는 길에 공격당했다.

신문에는 주먹질이나 스코틀랜드 남자에 대한 건 실리지 않았다. 응급 수술을 했지만 부상에 의해 사망했다고 쓰여 있었다.

미소 짓고 있는 캘럼 아저씨의 사진도 실렸다. 엄마나 아저씨네 가족이 줬는지 처음 보는 사진이었다. 사진에서 아저씨는 평범하게 보였다. 입술에 침을 바르고 주먹질을 하는 사람으로 보이지 않았다. 사람들은

이 사진을 보고 '좋은 사람으로 보이는데, 누가 이런 짓을 한 거야?' 할지도 모른다.

다 읽고 나서 신문을 재활용통에 넣었다. 엄마가 보지 않기를 바랐다. 이걸 보면 또 무너질 테니까.

경찰이 엄마랑 이야기하러 다시 왔다. 이번에는 정말 심각했다. 엄마는 할 말이 별로 없었지만 경찰은 많았다. 경찰은 이게 관내 유일한 살인 사건인 듯 계속 질문을 했다.

"제가 아는 건 모두 말했어요."

엄마는 점점 지쳐갔다.

"왜 술집에 있었던 사람들과 이야기하지 않죠? 뭔가 본 사람이 분명 있을 거예요."

"그쪽도 조사 중입니다."

여자 경찰이 말했다.

그러길 바랐다. 하지만 알 수 없다. 텔레비전에서 보면 경찰은 항상 실수를 했다. 어쩌면 이미 많은 실수를 했을지도 모른다.

"그 스코틀랜드 남자는 찾았나요?"

엄마가 물었다.

"우리는 근처에 사는 스코틀랜드 사람들과 이야기 중입니다."

남자 경찰이 엄마가 바보 같은 질문을 했다는 듯 말했다.

나는 금방이라도 엄마가 '대니와 같은 학교에 다니는 스코틀랜드 아이하고는 이야기해 봤나요?' 물어볼까 봐 겁이 났다. 하지만 엄마는 묻지 않았다. 그 일은 묻혔나 보다. 경찰은 모자를 쓰고 스코틀랜드 남자를 찾으러 떠났다. 엄마는 창백한 얼굴 위로 곧게 뻗은 머리를 늘어뜨린 채 소파에 앉았다.

"엄마 차 한 잔 줄까?"

엄마는 고개를 끄덕였다.

내가 차를 가지고 돌아오자 엄마는 다시 울기 시작했다. 나는 차를 탁자 위에 놓다가 엄마가 왜 울었는지 보았다. 표지에 한 단어가 쓰여진 잡지가 바닥에 놓여 있었다.

〈신부〉

장례, 그 이후

12월 19일에 캘럼 아저씨를 화장했다.

화장하러 게이츠헤드에서 출발하기 전에 나는 티나 이모가 준 쪽지를 태웠다. 그 쪽지는 너무 위험했다. 아빠의 지문이 남아 있을까 봐 축구공도 닦았다. 혹시 아빠가 만졌을지도 몰라 내 가방도 닦았다. 어떤 것도 아빠와 연결되면 안 되었다.

나는 에이미에게 장례식에 올 수 있냐고 물었지만, 그 애 부모님이 허락하지 않았다. 우리는 티나 이모의 차를 타고 갔다. 나는 다른 차를 탈걸 그랬다고 후회했다. 이모를 볼 때마다 쪽지가 생각났다. 하지만 이모는 두어 번 나를 의심스러운 눈빛으로 바라봤을 뿐 아무 말도 하지 않았다. 나에게 쪽지를 주지 말았어야 했다고 생각하는 듯했지만, 이모가 그 일을 꽁꽁 숨겼기 때문에 나도 조용히 있었다.

나는 장례식에 가 본 적이 없었다. 엄마는 친구에게 검은 정장을 빌렸다. 그날은 모두 검은색을 입었다. 검은 양복, 검은 신발, 검은 원피스, 검은 넥타이, 검은 모자. 모든 것이 다 검은색이었다. 날씨까지도 그랬다. 하늘이 온통 먹구름으로 가득했다.

장례식에 애들은 별로 없었다. 세어 보니 한 다섯 명 정도였다. 모두 모르는 아이들이었다. 이모의 아이들은 이모부와 함께 집에 남았다. 장례식에 오기에는 너무 어리다고 했다. 어른들은 아이들을 이런 일로부터 떨어뜨려 놓으려고 한다. 왜 그런지 모르겠다. 사람이 죽고, 머리가 잘리고, 폭탄이 터지고, 학살이 일어나는 뉴스는 그냥 켜 두면서. 그건 다른 곳에서 일어난 일이기 때문일까?

캘럼 아저씨는 묘지 옆 작은 방에서 화장되었다. 우리는 제일 앞에 앉았다. 나는 롤러코스터나 이층 버스에 탈 때 맨 앞에 앉는 걸 좋아한다. 하지만 이번에는 뒤에 앉고 싶었다. 뭐 하는지 보고 싶지 않았다.

캘럼 아저씨의 가족이 일어나서 아저씨에 대한 좋은 이야기를 했다. 얼마나 똑똑했는지, 얼마나 운전을 잘했는지, 가족들과 조카들을 얼마나 사랑했는지, 뭐 이런 것들이었다.

엄마 이야기도 했다

"캘럼 오빠는 킴을 사랑했어요."

루이즈 아줌마는 코를 풀기 위해 잠시 말을 멈췄다.

"오빠는 킴을 만났을 때 진정한 보석을 찾았다고 했어요. 킴은 캘럼 오빠를 행복하게 해 주었죠. 두 사람이 함께 오래 행복하기를 바랐는데."

하마터면 웃을 뻔한 이야기 내용도 있었다.

"캘럼은 정말 친절하고 사려 깊은 남자였어요."

엄마는 내 손을 꼭 잡았다. 우리는 다르게 알고 있는데.

아무도 캘럼 아저씨의 나쁜 점에 대해서는 말하지 않았다. 장례식에서는 죽은 사람을 헐뜯으면 안 되는 것 같았다. 사람들의 이야기가 끝나자 관 앞의 커튼이 극장에서처럼 닫혔다. 그게 다였다. 끝!

우리는 미국 가수가 부르는 '마이 웨이'를 들으며 터벅터벅 걸어 나왔다. 나는 이 곡을 엄마가 골랐는지 궁금했다. 마지막 구절에 한 대 맞는다는 가사가 나왔기 때문이다. 엄마한테 다음에 물어봐야겠다. 오늘 말고.

장례식이 끝난 뒤 우리는 모두 캘럼 아저씨의 형인 이안 아저씨네 집으로 갔다. 우리가 사는 집보다 컸다. 차고가 세 개에다 공원 같은 마당에 화장실이 여섯 개나 있고, 텔레비전이 탁구대만큼이나 컸다. 아이들을 위해 만화가 켜져 있었다. 나는 보통 만화를 보지 않지만 오늘은 봤다. 질문을 할지도 모르는 어른들 근처에 있는 것보다 나았다. 사람들은 부엌에 서서 차를 마시거나 샌드위치를 먹으며 수업 시간처럼 조용한 목소리로 이야기 나눴다.

나는 마당에서 축구를 하고 싶었지만, 엄마가 안 된다고 했다. 누가 죽었을 때는 그러면 안 된다고. 나는 장례식 후 며칠이 지나야 축구를 할 수 있는지 궁금했다. 누가 죽었다면 축구 시합 전에 잠시 묵념하는 것이 더 나은 방법인 것 같은데. 왜 그러면 안 되는지 알 수 없었다.

차와 샌드위치를 먹은 뒤 엄마는 사람들에게 인사를 했다. 키스하고 포옹하며 울었다. 몇몇 사람들은 나도 안아 주었다. 우리는 티나 이모 차를 타고 게이츠헤드로 갔다. 길은 막히고, 엄마는 슬프고, 아무도 말하지 않았다. 차에 타고 있는 게 세상에서 가장 지루했다. 내가 하면 안 되는 일을 했을 때는 특히 더. 집에 가는 내내 그랬다.

이모는 우리를 집에 데려다주었다. 엄마와 이모는 한참 동안 부둥켜안고 있었다.

"강해져야 해, 킴."

"노력할게."

엄마가 말했다.

"엄마 챙겨 드려."

이모가 나를 보며 말했다.

죽은 사람의 집으로 돌아가는 건 이상했다. 집 모퉁이를 돌면, 웃으면서 내 머리를 쓰다듬고 돈을 주며 장군이라고 부르는 캘럼 아저씨가 있을 것 같았다. 아저씨의 죽음이 슬플 때마다 나는 한 가지 사실을 떠올렸다. 캘럼 아저씨는 이제 엄마를 때리지 못한다.

크리스마스가 왔지만, 기분이 나지 않았다. 크리스마스트리도 없었다. 가짜 나무조차 없었다. 캘럼 아저씨가 싫어했던 크리스마스 전구도 달 수 있었지만, 엄마는 그러려고 하지 않았다. 그냥 보통 날에 선물을 주고받은 것 같았다. 나는 엄마에게 로션이랑 여러 종류의 초콜릿 비스킷이 들어 있는 통을 선물했다. 엄마는 이제 걱정하면서 초콜릿 비스킷을 먹지 않아도 되었다. 엄마는 나에게 게임기와 뉴캐슬 유나이티드 원정 경기 유니폼을 주었다. 맘에 들었지만, 죄책감이 들어 활짝 웃지 못했다.

"메리 크리스마스, 대니!"

엄마가 말했다.

"엄마도 메리 크리스마스!"

엄마의 남자 친구가 죽었는데 '메리 크리스마스!'라고 하는 건 옳지 않은 것 같았다. 하지만 크리스마스에는 뭐라도 말해야 하는 법이다.

나는 에이미를 만나러 갔다.

올해도 에이미에게 향수를 선물했다. 에이미는 나에게 티셔츠를 주었다. 키스하고 포옹을 했지만, 작년 크리스마스 같지 않았다. 공기 중에 나쁜 기운이 떠다니는 것 같았다. 나는 에이미와 계속 함께 있고 싶었지만 엄마가 허락하지 않았다.

　대신 우리는 티나 이모 집에 갔다. 나는 이모를 볼 때마다 이모가 나에게 뭐라고 말할 것 같아서 불편했다. '아빠한테 편지 썼니? 크리스마스카드 보냈니?' 하고. 하지만 이모는 아무 말도 안 했고, 앞으로도 안 할 거라는 느낌이 들었다.

　구운 칠면조와 여러 음식이 있었지만, 나는 많이 먹지 않았다. 엄마도 접시 위의 음식을 뒤적이기만 했다. 올해는 웃음소리가 별로 없었다. 그리고 집에 운전해 가는 것에 대한 말다툼도 없었다. 이모가 택시를 불러 주었다.

　나는 아빠가 지금 뭐 하고 있을까 궁금했다. 아파트에서 텔레비전으로 영화를 보며 칠면조를 먹겠지. 메건 아줌마가 부모님 집에서 돌아왔는지도 궁금했다. 그리고 나는 '그 생각'을 멈출 수가 없었다. 내가 직접 캘럼 아저씨를 때린 건 아니지만 그런 거나 마찬가지였다. 아빠의 머릿속에 그 생각을 집어넣어 펀치를 날리게 했으니까. 내가 아니었다면 아빠는 절대 그런 짓을 하지 않았을 것이다. 아무것도 모르는데 밤에 167킬로미터를 달려와서 누군가를 때리지는 않으니까.

　나는 아빠가 한 일이 아닐지도 모른다고 기대하기 시작했다. 아빠는 안 한다고 했잖아. 그렇지? 아빠는 몇 번씩이나 다른 사람이 해결할 문제라고 했다. 어쩌면 아빠는 다른 사람에게 시켰을지도 모른다. 아니면 캘럼 아저씨가 길에서 스코틀랜드 남자를 만났고, 그 사람에게 욕을 했을지도 모른다. 캘럼 아저씨가 그러는 게 충분히 상상이 되었다. 스코틀랜드 남자는 캘럼 아저씨가 말한 게 맘에 안 들어 펀치를 한 방 날렸고, 아저씨는 넘어져서 머리를 부딪쳤다. 이렇게 된 것일 수도 있다.

아니, 그럴 리가 없다.

나는 캘럼 아저씨가 공격당한 뒤부터 제대로 잠을 자지 못했다. 다행히 크리스마스 연휴라 침대나 소파에 계속 누워 있을 수 있었다. 엄마는 나에게 잔소리할 기운이 없었다.

하지만 개학하자마자 선생님들이 잔소리를 시작했다.

"일어나라. 일어나, 대니. 겨울잠을 자는 건 곰이야. 사람이 아니고."

헤더링턴 선생님이 말했다. 아이들이 막 웃었다.

"크로프트, 하품 좀 그만해라. 네가 아침에 뭐 먹었는지 다 보여서 내 속이 안 좋으니까."

체육 시간에 토빈 선생님이 소리쳤다. 아이들이 또 웃었다.

에이미도 한마디했다.

"대니, 이해가 안 돼. 난 네가 행복할 거라고 생각했는데. 이젠 너희 엄마가 안전하잖아."

"그건 좋아."

"그럼 행복하지 않은 건 뭔데?"

나는 어깨를 으쓱했다. 거짓말하기에 너무 피곤했다. 에이미는 안과 의사처럼 내 눈을 깊게 바라봤다.

"네 머릿속에서 무슨 일이 일어나고 있는지 알고 싶어."

좋은 일과 나쁜 일

이런 상황에도 좋은 일이 생겼다. 꺽다리 데이브가 퇴학당했다. 얼마 전까지 학교에 있었지만, 이제는 없다. 에이미가 결국 선생님을 찾아간 것이다.

"새해를 시작하면서 나도 이제 좀 바뀌어야겠다고 결심했어."

에이미가 말했다.

"네 말대로 했어, 대니. 선생님한테 데이브에 대해 다 말씀드렸어."

깜짝 놀랐다.

"대니, 네 말이 맞았어. 절대로 나아지지 않았거든. 난 정말 한심했어."

나는 솔직히 에이미가 우리 엄마처럼 계속 내버려둘 거라고 생각했다. 처음으로 누군가 내 말을 들었다. 아니, 아빠에 이어 두 번째구나.

"헤더링턴 선생님에게 말씀드렸더니, 나를 브라이턴 교장 선생님께 데려갔어. 선생님이 꺽다리 데이브를 데려왔는데, 개는 거짓말을 했지, 당연히. 자기는 아무것도 안 했다는 거야. 하지만 선생님들이 전화기를 확인해서 다 찾아냈어. 모든 혐의가 유죄."

에이미가 너무 자랑스러웠다. 그래서 크림이 가득 덮인 핫초코를 사

주었다.

하지만 좋은 소식 3일 뒤 나쁜 소식이 찾아왔다. 웃기게도 정말 나쁜 일은 예고 없이 찾아온다. 공이 얼굴로 날아온다든지, 수업 시간에 풀 수 없는 질문을 받는다든지. 운이 나쁜 날, 누구나 이런 날이 있다. 이 날이 바로 나한테 그런 날이었다.

나는 방과 후 에이미와 공원에 있었다. 우리는 우회로에서 손을 잡고 이야기하고 웃으면서 시간을 보냈다. 나는 평소처럼 키스를 하고 자전거를 타고 집에 왔다. 자전거를 타고 가는 내내 내가 집에 가는 걸 막기라도 하듯 앞에서 바람이 불어왔다. 나중에야 이 생각이 들었다.

골목으로 들어서자마자 집 앞에 차가 서 있는 것이 보였다. 본 적이 있는 차였지만 어디서 봤는지 기억나지 않았다. 심장이 쿵쾅쿵쾅 뛰기 시작했다. 왜 그런지 알 수 없었다. 그저 차 한 대일 뿐인데. 하지만 뭔가 나쁜 소식이라는 감이 왔다.

나는 집 옆으로 자전거를 끌고 가서 부엌을 통해 들어갔다. 내 머리는 같은 질문을 계속하고 있었다. 누구 차일까? 하지만 내 머리는 평소처럼 멍청했다. 에이미 생각으로 가득 차 있어서일까? 거실에서 목소리가 들렸다. 엄마와 남자의 목소리였다. 들어본 적이 있는 목소리였지만, 확실하게 들리지 않았다. 거실까지 문이 너무 많았다.

나는 거실 쪽으로 걸어갔다. 목소리가 조금 커졌지만 그 정도로는 알 수 없었다. 아직도 누구 목소리인지 알아차리지 못했다. 나는 땀에 젖은 손으로 손잡이를 잡고 열까지 센 후 문을 열었다.

헤더링턴 선생님이 몸을 돌려 나를 보았다.

"대니 왔니?"

선생님이 말했다.

"선생님, 안녕하세요."

내가 대답했다.

엄마는 선생님 옆에 앉아 있었다. 둘의 얼굴을 보니 기분 좋은 이야기가 아니라는 걸 알 수 있었다. 심각한 표정이었다.

"무슨 일이에요?"

내가 말했다.

"걱정할 거 없다, 대니."

헤더링턴 선생님이 말했다.

"단지 요즘 너의 행동에 대해 어머니께 말씀드리고 싶어서 왔다."

행동? 뭘 말하는 거지? 껑다리 데이브에 대한 건 아닐 텐데. 그건 벌써 한참 전 이야기니까. 더구나 데이브는 퇴학당했다. 선생님께 말대답한 적도 없고, 에이미와 나는 학교에서는 서로 조심하고 있었다.

"무슨 행동을 말씀하시는 건데요, 선생님?"

나는 최대한 예의 바른 목소리로 물었다.

"요즘 계속 피곤해 보여서."

그게 전부일까?

"예, 가끔 졸릴 때가 있어요."

"가끔 정도가 아니지, 대니. 다른 선생님들과도 이야기해 보았는데 거의 매일 그러더구나."

"앉아라, 대니."

엄마가 말했다.

엄마가 말한 대로 엄마와 선생님 옆 의자에 앉았다. 엄마와 선생님은 우리 집에서 제일 좋은 컵을 들고 있었다. 마치 취한 것처럼 엄마의 컵이 떨리고 있었다.

"네가 지금 힘든 시기를 보내고 있다는 걸 알아. 하지만 뭔가 문제가 있으면 꼭 나에게 이야기해 주겠니?"

"네, 그럴게요, 선생님."

거짓말은 계속 커지고 또 커진다.

"수업 시간에 잠이 드는 건 정상이 아니란다."

헤더링턴 선생님이 말했다.

"대니는 항상 밤에 잘 자요."

이 모든 일 전에는 그랬죠.

"보통 몇 시에 자러 가나요?"

헤더링턴 선생님이 물었다.

"10시쯤이요."

"의사를 한번 만나 보는 것도 좋을 거 같네요."

헤더링턴 선생님이 말했다. 그러자 엄마는 선생님을 쳐다보며 모든 상황을 바꿔 버릴 말을 했다.

"수학여행 가서는 이렇지 않았죠?"

내 심장은 거의 멎었다. 수학여행은 벌써 한참 전 일로 이제는 역사가 되었다. 하지만 지금 여기 거실에서 다시 살아났다. 내 인생에 이렇게 겁에 질려 본 적이 없었다. 헤더링턴 선생님은 완전히 당황한 듯 보였다

"수학여행이요? 대니는 수학여행에 가지 않았는데요."

엄마와 선생님의 입이 마치 금붕어처럼 떡 벌어졌다.

나는 이제 모든 게 끝났다는 걸 알았다. 무슨 일이 있었는지 알려고 할

것이다. 내가 어디 갔었는지, 무얼 했는지, 누구를 만났는지 따지겠지. 죽고 싶었다. 하지만 내 심장은 내 마음과 달리 온몸에 피를 빠르게 보내고 있었다.

엄마는 캘럼 아저씨와 비슷한 표정으로 나를 째려보았다.

"수학여행을 안 갔다고?"

엄마의 목소리가 점점 커졌다. 나는 거짓말하고 싶었다. 갔었다고 거짓말하고 싶었다. 하지만 어떻게 그럴 수 있나. 헤더링턴 선생님도, 다른 선생님도 있는데. 수학여행에서 아무도 나를 보지 못했다. 나는 수학여행에 없었으니까. 눈물이 내 눈을 찌르는 게 느껴졌다.

"응, 엄마. 안 갔어."

엄마는 벌떡 일어나 내 앞에 마주 섰다.

"수학여행을 안 갔다면 넌 도대체 어디 갔었니?"

거짓 없는 사실

말했다. 말할 수밖에 없었다.

헤더링턴 선생님이 없었다면 좀 달랐을지도 모른다. 내가 빠진 이 깊은 구덩이에서 나올 수 있도록 그럴듯하게 꾸며 댔을 수도 있다. 하지만 나는 빠져 나갈 구멍이 없었다.

"스코틀랜드에 갔었어."

"스코틀랜드?"

엄마는 내가 달이라고 대답했더라도, 이렇게 놀라지는 않았을 것이다. 고개를 끄덕였다.

"세상에. 스코틀랜드까지 뭐 하러 간 거니?"

헤더링턴 선생님은 들을 만큼 들었다. 선생님은 절대 멈출 수 없는 엄청난 폭풍이 몰려오는 걸 알았다.

"저는 그만 가는 게 좋겠습니다. 어머니와 대니가 이야기해야 할 것 같네요."

선생님은 코트를 입고 서류 가방을 들었다.

"차와 비스킷 감사합니다, 크로프트 부인!"

엄마는 아무 대답도 하지 않았다. 나만 째려보고 있었다.

"제가 알아서 나가겠습니다."

나도 선생님을 따라가고 싶었다.

거실문이 닫히고 현관문이 닫히는 소리가 들렸다. 그리고 차에 시동이 걸리고 출발하는 소리가 이어졌다. 이 집에는 엄마와 나뿐이었다. 엄마가 무서운 적이 한 번도 없었는데, 지금은 무서웠다.

카펫만 보고 있었다. 엄마의 발이 보였다. 엄마는 마치 얼어붙은 듯 움직이지 않았다. 하지만 엄마의 입은 얼지 않았다. 곧 질문이 시작될 것이다. 내가 대답하고 싶지 않은 질문까지도.

"대니, 너 스코틀랜드에서 대체 뭐 한 거야?"

엄마가 일할 때 나오는, 사람들이 돈을 쓰게 만드는 그런 친절한 목소리가 아니었다. 그 목소리는 가방에 넣어 멀리 던져 버렸다. 크고 듣기 싫은 낯선 목소리가 대신했다.

"대니, 내가 지금 말하잖니."

엄마는 사실상 비명을 질렀다. 나는 엄마를 쳐다볼 수가 없었다. 나는 계속 아래만 보고 있었다. 슈퍼히어로처럼 투명 인간이 되어 사라지고 싶었다. 이 자리에 없는 것이 내가 제일 원하는 일이었다. 에이미와 꼭 안은 채 정원 창고에 있고 싶었다. 아니면 스코틀랜드 아빠의 아파트에 있고 싶었다.

하지만 나는 도망칠 수 없었다. 내가 자전거를 타고 도망간다면 엄마는 캘럼 아저씨의 차로 따라올 것이다. 내가 아무리 빨리 달린다 해도 결국 엄마에게 따라잡힐 것이다. 만약 내가 차는 갈 수 없는 골목길로 간다면 엄마는 경찰에게 전화하겠지. 경찰은 자전거와 개를 풀어 나를 찾아

집으로 돌려보낼 테고. 그러면 엄마는 또 지금 같은 얼굴로 같은 질문을 할 것이다. '스코틀랜드에서 뭐 한 거야?'

왜 런던이라고 하지 않았을까? 그냥 모험하러 갔다고 하면 되었을 텐데. 그러면 엄마가 믿었을 것이다. 하지만 이미 늦었다. 벌써 스코틀랜드라고 말해 버렸다. 뭐라고 하지? 스코틀랜드에 아는 사람이 하나도 없는데. 알면 안 되는 딱 한 사람 말고. 한 번도 가본 적이 없어서 갔다고 하면 어떨까? 그렇게만 말하는 거야. 하지만 엄마는 사람들에게 이야기할 테고, 이모와도 이야기할 것이다. 이모는 아빠의 주소를 알고 있으니 엄마에게 말하겠지. 오늘은 아닐지 몰라도 언젠가 일어날 일이다. 엄마는 결국 알게 될 것이다. 메건 아줌마가 나에 대해 알게 된 것처럼. 모든 조각이 딱 맞춰지겠지. 내 엄청난 거짓말의 퍼즐이.

나는 카펫에서 눈을 들었다. 이제 더 이상 거짓말하고 싶지 않았다. 거짓말이 지겨웠다. 나는 어린애가 아니다. 나는 여자 친구도 있다. 이제 진실을 말할 시간이다.

"아빠 만나러 갔어."

엄마는 내가 악마로 변하기라도 한 듯 쳐다보았다. 그리고 비명을 지르기 시작했다. 완전히 미친 것 같았다. 나는 엄마를 사랑한다. 정말 사랑한다. 하지만 엄마로부터 도망가야 한다. 여기 말고 다른 곳에 있어야 한다. 비명 소리로 알 수 있었다.

무슨 일이 있었는지 엄마가 알았다.

나는 문 쪽으로 달려가려 했지만, 엄마는 내 팔목을 잡고 나를 소파로 밀었다. 엄마는 숨을 너무 거세게 쉬어 말을 할 수가 없었다. 캘럼 아저씨가 스페인에서 엄마를 잡았을 때처럼. 겨우 입을 연 엄마의 목소리는 아주 작았다.

"그 사람이 죽였지, 그렇지? 스티브가 캘럼을 죽인 거야."

머리가 빙빙 돌았다. 캘럼 아저씨가 나를 물속으로 밀어 넣어 물을 먹었을 때 같았다. 물속에 점점 가라앉으면서 공기가 부족하고, 모든 게 부족한 순간. 벗어나려고 애쓰지만 아무도 도와주지 않을 때.

엄마는 내 어깨를 잡았다.

"스티브가 캘럼을 때린 거지, 그렇지?"

나는 대답하고 싶지 않았다. 하지만 이제 거짓말은 의미가 없었다. 진실이 너무 커서 숨길 수 없었다. 엄마는 결국 알아낼 것이다.

"어."

내 어깨를 꽉 잡은 손에서 힘이 빠졌다. 그리고 마치 저격수의 총에 맞은 것처럼 엄마가 소파로 털썩 주저앉았다. 엄마는 거기 그냥 앉아서 나를 뚫어지게 보았다. 나는 울고 싶었다. 하지만 너무 무서워서 눈물도 나오지 않았다. 스코틀랜드에 빨리 가서 아빠에게 경고해야 한다. 사람들이 아빠를 잡으러 갈 거라고 말해 줘야 한다. 하지만 경찰들은 역에도, 기차에도 있을 것이다. 경찰은 어디에나 있으니 나를 붙잡을 것이다.

엄마의 목소리가 드디어 돌아왔다.

"왜?"

나는 이미 너무 많이 말했다. 펄쩍 뛰어서 문으로 달려갔다. 하지만 엄마는 나보다 빨리 가서 문을 닫았다. 손잡이를 잡았지만 소용없었다. 엄마는 체중을 실어 문을 닫았다. 캘럼 아저씨가 없애려고 했던 그 모든 체중을 실어서.

엄마는 내 멱살을 잡았다.

"나에게 말하기 전엔 아무 데도 못 간다."

엄마는 위협적으로 말했다. 나는 손잡이를 다시 돌리려 했지만 엄마는 힘이 엄청 셌다. 나는 도망칠 수 없었다. 엄마는 내 멱살을 더 세게 움켜쥐었다.

"왜?"

엄마는 내 얼굴에 바짝 대고 비명을 질렀다.

"캘럼 아저씨가 엄마를 때리니까."

나도 같이 비명을 질렀다.

엄마의 손가락이 풀리는 게 느껴졌다. 엄마가 나를 놓았다. 엄마는 내가 옳은 일을 한 걸 알았다. 내가 엄마를 위해서 한 일이란 걸.

그때 엄마가 나를 때렸다. 엄마는 지금까지 한 번도 나를 때린 적이 없었다. 내가 식탁 의자에 내 이름을 새기거나 공을 차서 침실 창문을 깼을 때도 때리지 않았다. 하지만 지금 나를 때렸다. 퍽!

나는 개똥처럼 바닥에 웅크리고 쓰러졌다. 얼굴이 아팠다. 하지만 마음이 더 아팠다. 나는 엄마를 도우려고 한 건데…… 정말 그런 건데…… 결국 엄마를 아프게 만들었다. 그리고 이제 엄마는 나를 아프게 했다. 아무래도 말이 되지 않았다.

"너한테 이런 짓을 해도 되는 권리가 있는 줄 알아?"

엄마가 소리쳤다.

"캘럼 아저씨가 엄마를 때릴 권리는 있고?"

엄마는 잠시 침을 삼켰다.

"그래 좋아. 캘럼이 하면 안 되는 일을 했다 치자. 하지만 내가 참은 건 너 때문이었어."

뭐? 나는 보청기가 필요한 것 같았다.

"나 때문이라고?"

"그래, 너. 난 내가 못 해 준 모든 걸 너한테 해 주고 싶었어. 작은 아파트에 처박혀 여행도 못 갔잖아. 네 생일이나 크리스마스 때 선물 생각나? 그건 모두 네 이모가 준 돈으로 산 거야. 난 아무것도 해 줄 수가 없었어. 아무것도. 하지만 캘럼이 길을 열어 주었지. 모르겠니?"

아니, 난 모르겠다.

"이 집에서 살려고 그랬단 말이야?"

"단지 집만이 아니야. 모든 것. 음식, 옷, 휴가, 돈. 내가 수백 년이 지나도 너에게 줄 수 없는 이 모든 것 말이야."

"엄마, 이건 그냥 물건일 뿐이야."

"그래. 네가 사랑하는 물건들이지. 난 이 집을 처음 봤을 때 네 얼굴을 잊을 수가 없어."

"하지만 죽는다면 이런 것들이 다 무슨 소용이야?"

"캘럼은 나를 죽이지 않아."

"엄마, 자기가 죽지 않을 거라 생각한 여성이 1년에 백네 명씩 죽어."

"왜 나에게 그런 이야기 안 했니, 대니?"

"내가 말했잖아. 계속 계속. 하지만 엄마는 안 들었잖아. 캘럼 아저씨 말만 듣고. 뚱뚱한 개자식 말만 듣고 내 말을 안 들었어. 엄마는 왜 나 때문에 맞고 사는 거라고 말 안 했어?"

커다란 바위가 떨어진 듯 방 안에 큰 침묵이 흘렀다. 우리는 같은 집에서 같은 지붕 아래 살면서 같은 소파에 앉아 같은 텔레비전을 보고 매일 얼굴을 마주쳤지만, 뭘 하고 있고 왜 그러는지 이야기하지 않았다. 이번

일은 그 침묵의 대가였다.

엄마는 벽에 기댄 채 미끄러져 내려와 내 옆 바닥에 주저앉았다. 그리고 얼굴을 손으로 가리고 흐느꼈다. 아주 오랫동안 아무 말도 없었다.

"때려서 미안하다, 대니."

"괜찮아, 엄마."

괜찮지 않았다. 하지만 이건 마음에 걸리지 않는 거짓말이었다.

"네 아빠에게 무슨 말 했니?"

"캘럼 아저씨를 없애 달라고 부탁했어."

"뭐라고 하던?"

"싫다고."

아빠가 하지 않았을 확률도 낮지만 있다.

"다른 스코틀랜드 사람일 수도 있어."

엄마는 코웃음을 쳤다

"내가 아는 스티브라면 분명히 했을 거야."

"이제 어떻게 할 거야?"

"경찰에 전화해야지."

나는 무릎을 꿇고 엄마의 추리닝 바지를 잡고 빌었다.

"엄마, 제발 경찰에 전화하지 마. 아빠는 캘럼 아저씨를 죽이려고 한 게 아닐 거야. 아빠는 그러고 싶지 않다고 했어. 아무것도 안 하고 싶다고 했어. 다 내 생각이었어."

내 머릿속에 어떤 일이 벌어질지 그려졌다. 아빠와 메건 아줌마가 집에서 텔레비전을 보고 있을 때 경찰이 갑자기 총을 들고 문을 부수며 들어갈 것이다. 메건 아줌마는 비명을 지르고, 아빠는 카펫으로 밀쳐져 수

갑을 차고 질질 끌려 나올 것이다. 전부 내 탓이다.

"엄마, 제발."

"미안하다. 대니."

"전화하지 마."

어떤 말도 통하지 않았다. 엄마는 경찰에 전화했다.

경찰은 도둑이 들기라도 한 듯 아주 빨리 왔다. 엄마와 부엌에서 이야기하고, 나랑도 이야기했다. 나는 아빠에게 죄를 뒤집어씌우고 싶지 않지만, 이미 많은 걸 얘기해서 경찰에게 모두 다 털어놓았다. 이제 캘럼 아저씨가 진짜 어땠는지, 그 바보 같은 가짜 웃음 뒤에 뭐가 숨겨져 있는지 사람들에게 알려야 할 때가 되었다.

경찰은 바로 행동에 나섰다. 스코틀랜드에 가서 아빠를 타인사이드로 데려왔다. 아빠가 절대로 오고 싶어 하지 않은 이곳으로.

자백

경찰은 나와 엄마를 경찰서로 데려갔다. 나는 가고 싶지 않았다. 경찰서에는 내가 아니라 캘럼 아저씨가 갔어야 했다. 엄마는 나에게 맘 굳게 먹고 경찰에게 모든 걸 다 이야기하라고 말했다.

벽지도, 그림도, 아무것도 없는 방에 들어갔다. 텔레비전에서 본 것과 똑같았다. 취조를 당하는 것이 나라는 것만 달랐다. 경찰 말고 다른 사람이 있었는데, 내 변호사인 스톡스필드 씨였다. 변호사는 무척 친절했다. 나보고 경찰에게 모든 것을 다 말하라고 했다.

나는 그 말대로 했다. 처음 캘럼 아저씨가 나타났을 때부터 말했다.

"엄마는 뚱개를 인터넷에서 만난 거 같아요."

"누가 뚱개야?"

정장을 입은 경찰이 물었다. 나도 모르게 캘럼 아저씨의 별명이 흘러나왔다.

"뚱뚱한 개자식이오."

내가 말했다. 경찰들이 내 말에 씩 웃었다.

"이제부터는 캘럼 아저씨라고 부를 수 있지, 대니?"

"네."

나는 캘럼 아저씨를 악마처럼 보이게만 말하지 않았다. 처음에는 친절했고, 나에게 돈을 주고, 내 머리를 쓰다듬고, 우리를 큰 집에서 살게 해주었다는 이야기도 했다. 하지만 엄마를 놀리고, 엄마에게 소리 지르고, 엄마를 때렸다는 것도 이야기했다.

그 다음 내가 인터넷에서 찾은 것을 이야기했다. 일주일에 두 명이 죽는다. 나는 엄마가 그렇게 끝날까 봐, 죽을까 봐 너무 두려웠다고 했다. 그래서 뭔가 해야 한다고 결심했고, 엄마를 구하기 위해 캘럼 아저씨를 죽여야 한다고 생각했다고 말했다.

"그래서 아빠를 찾아서 캘럼을 죽여 달라고 했니?"

고개를 끄덕였다.

"고개를 끄덕이는 건 안 돼, 대니. '네, 아니오.'로 대답해야 한다."

녹음하고 있다는 걸 잊었다.

"네, 아빠에게 뚱개를…… 아니, 죄송해요! 캘럼 아저씨를 죽여 달라고 부탁했어요."

"그랬더니 아빠의 반응은 뭐였니?"

"아빠는 절대로 안 된다고, 백만 년이 지나도 안 된다고 했어요."

"왜 그랬지?"

"그건 아빠의 문제가 아니라고 했어요. 엄마가 해결해야 하는 문제라고요. 엄마랑 아빠는 아무 사이도 아니라고 했어요."

내 대답에 경찰이 만족했는지 어떤지 알 수 없었다. 경찰의 얼굴은 텅 빈 백지 같았다.

"저는 아빠랑 좋은 시간을 보냈어요. 하지만 아빠는 캘럼 아저씨에게 아무것도 하지 않겠다고 했어요. 그리고 전 집에 왔어요."

경찰은 드디어 질문을 멈추고 녹음기를 껐다.

"잘했다, 대니."

스톡스필드 변호사가 말했다.

경찰과 변호사는 나를 여자 경찰과 함께 방에 두고 밖으로 나갔다. 스톡스필드 변호사가 돌아와서 내 반대쪽 의자에 앉았다. 변호사의 얼굴은 심각했다.

"지금은 집에 가도 된단다. 경찰이 검찰과 의논한다고 하는구나."

"뭘를요?"

"너도 범죄를 저지른 건지에 대해서 의논하는 거야. 살인을 공모한 건 범죄 행위란다."

"공모요?"

"같이 했다는 뜻이야."

배 속의 음식이 밖으로 튀어나올 것 같았다.

"그럼 저는 감옥에 가나요?"

"뭐라고 대답할 수 없구나, 대니."

엄마도 경찰에게 그동안 있었던 일을 이야기하고 나와 같이 집으로 향했다. 나는 택시 창문 밖으로 토했다. 감옥에 간다는 생각은 캘럼 아저씨와 함께 사는 것만큼이나 끔찍했다.

경찰은 나에게 학교에 가지 말라고 했다. 에이미하고도 연락할 수 없었다. 경찰은 증거를 찾기 위해 내 전화기와 노트북 컴퓨터를 가져갔다. 그리고 내가 외국으로 나가는 걸 막기 위해 내 여권도 가져갔다. 엄마는 내가 집에 있는 게 좋을 거라고 했다.

내 인생에서 제일 긴 날들이었다. 아빠뿐 아니라 나도 어떻게 될지 걱정되었다. 엄마, 에이미 그리고 친구들과 떨어져 감옥에 간다는 생각은 지금까지 있었던 그 어떤 일보다 끔찍했다.

엄마는 나에게 아빠를 어떻게 찾았냐고 물었다.

나는 마지막으로 거짓말을 했다. 공원에서 아빠를 아는 사람을 만났고, 그 사람이 아빠가 사는 곳을 알려 줬다고.

엄마는 거짓말이라는 걸 눈치챘지만, 다그칠 기운이 없는지 아무 말도 하지 않았다.

3일 후 스톡스필드 변호사가 여자 경찰과 함께 집에 왔다. 나는 둘의 얼굴에서 어떤 소식인지 읽어 보려고 했지만, 둘 다 상점의 마네킹같이 아무 표정이 없었다.

우리—스톡스필드 변호사, 여자 경찰, 엄마, 나—는 모두 거실에 둘러앉았다.

"좋은 소식이 몇 개 있어, 대니."

스톡스필드 변호사가 말했다.

"경찰은 검사와 의논하여 너를 기소하지 않기로 했다."

"열나 잘 됐네요."

"대니!"

"죄송합니다!"

"경찰이 네 아빠와 이야기했는데, 네 아빠의 말과 네 말이 일치했다고 해. 검찰은 너와 네 아빠가 공모했거나 계획을 세운 증거가 없다고 결론 내렸어."

허공에 주먹을 날리며 방 안을 뛰어다니는 기분이었다. 하지만 좋은 소식은 계속되지 않았다.

"하지만 네 아빠는 살인으로 기소되었단다."

"아빠는 나를 다시 만나기로 약속했어요. 내가 열여덟 살이 되면 만나기로 했단 말예요."

"어떻게 될지는 법정에서 결정 날 거야."

스톡스필드 변호사가 말했다.

"하지만 살인은 종신형인걸요. 아빠는 샌드위치 가게에서 일하는데 어떡해요?"

엄마는 캘럼 아저씨가 죽던 날처럼 나를 가슴에 끌어안았다.

스톡스필드 변호사와 여자 경찰이 떠났다.

나는 에이미와 이야기할 필요가 있었다. 에이미가 그날 밤 우리 집에 왔다.

"대니, 무슨 일이야?"

에이미는 내 방으로 뛰어 들어오며 말했다.

"왜 학교에 안 오는 건데? 내가 미친 듯이 너에게 문자를 보냈는데. 무슨 일이냐고? 학교에서 다들 네 이야기를 해. 네가 체포되었다고."

"나 체포된 거 아니야."

"그럼 무슨 일인데?"

두려웠지만, 나는 에이미에게 모두 털어놓았다.

내가 말을 마치자, 에이미는 내가 마치 다른 사람인 것처럼 그저 쳐다보기만 했다. 에이미가 나를 자랑스러워할 거라 생각했다.

"대니, 이 바보. 바보 멍청이야."

나는 다시 한 대 얻어맞은 듯했다.

"아빠한테 가서 캘럼 아저씨를 죽여 달라고 하다니. 왜 경찰에 안 간 건데?"

에이미가 나를 멍청이라고 부른 것과 내가 한 모든 일이 잘못이라는 걸 아는 것 중 어떤 게 더 나쁜 건지 모르겠다.

"에이미, 너는 이 집에서 사는 게 어떤 건지 이해 못 해. 네 가족은 완벽하잖아. 네 엄마가 항상 맞으면서도 자신을 구하려고 하지 않는다고 상상해 봐. 넌 어떻게 할 건데?"

"그래도 이건 아니지. 난 절대 너처럼 하지는 않을 거야. 나한테 말했어야지. 너는 내 남자 친구잖아. 그 말은 서로 자신에 대한 걸 이야기해야 한다는 거야. 이런 문제는 혼자서 해결할 수 없다고."

"하지만 너도 꺽다리 데이브에 대해 아무에게도 말 안 했잖아."

"처음에는 그랬지. 하지만 나중에는 이야기했어. 나는 용기를 냈어. 네가 날 설득했잖아. 왜 너는 그렇게 안 한 건데? 네 용기는 어디 갔어?"

좋은 질문이다. 내 용기는 어디 갔지? 딱 한 번 내가 꺽다리 데이브를 밀었을 때 그거였나? 그나마 조금 있는 용기를 그때 다 써 버렸나 보다. 나는 에이미에게 털어놓기엔 너무 겁쟁이였다. 친척들에게 이야기하기에도, 경찰한테 말하기에도 그저 너무 겁쟁이였다.

마음속 깊은 곳에서는 에이미가 옳다는 걸 알고 있다. 에이미에게 이야기했어야 했다. 다른 사람들에게라도. 누구에게든. 대신 나는 이 일에 상관하고 싶어 하지 않는 한 사람에게 이야기를 했고, 결국 그 사람을 살인죄로 기소되게 만들었다. 나는 세상에서 가장 큰 잘못을 저질렀다.

"미안해!"

내가 말했다.

"나도 미안해!"

에이미는 침대에서 일어나서 내가 한 번도 본 적 없는 얼굴로 나를 보았다.

"에이미?"

에이미는 몸을 돌려 그대로 가 버렸다.

재판

우리는 캘럼 아저씨 집에서 이사했다. 그래야만 했다.

캘럼 아저씨의 형은 우리 집을 팔려고 내놓았다. 엄마가 캘럼 아저씨 형과 전화로 말다툼하는 소리를 들었다. 하지만 소용없었다. 캘럼 아저씨는 우리 엄마에게 무언가를 주도록 유언장을 바꾸지 않았다. 캘럼 아저씨가 그 정도로 관대했던 건 아니었다. 캘럼 아저씨 형이 더 큰 집으로 이사할 수 있는 돈을 원해서일 수도 있고, 아니면 일어난 일에 대한 복수일 수도 있다. 엄마는 좋은 집에서 살기 위해 캘럼 아저씨한테 맞는 것도 참았지만, 이제 다 끝났다.

우리는 타인강 건너 블레이크로에 있는 임대 아파트로 이사했다. 엄마는 게이츠헤드가 지긋지긋한 것 같았다.

이제 더 이상 나쁜 일은 없을 줄 알았다. 그런데 맙소사! 내가 새 학교에서 처음으로 만난 아이가 누군지 맞춰 보라. 꺽다리 데이브. 나는 다시 지옥이 시작되겠다고 생각했다. 하지만 놀랍게도 꺽다리 데이브는 마치 오랜만에 만난 친구를 대하듯 반갑게 말을 걸었다. 사이에 두고 싸울 에이미가 없기 때문일까? 어쩌면 나를 무서워해서일지도 모르겠다. 내가 아빠를 시켜 엄마의 남자 친구를 죽게 했으니 누군가를 시켜 자신을 죽일 수도 있다고 생각했을지도 모른다.

3개월 뒤 아빠는 뉴캐슬에 있는 형사 법정에 서게 되었다. 그 날은 나도 엄청 두려움에 떨었다. 법정에서 그동안 있었던 일을 모두 이야기하도록 되어 있었기 때문이다. 나는 너무 긴장해서 집에서 출발하기 전에 화장실을 다섯 번이나 다녀왔다.

"나랑 경찰에게 말한 대로 다 말하면 돼."

엄마가 말했다.

"어."

내가 들어가기 전에 변호사는 내 진술서 사본을 주고 읽어 보게 했다. 다시 기억을 떠올릴 필요도 없었다. 그동안 일어난 모든 일은 내 머릿속에 문신처럼 새겨져 있었다.

나는 법정으로 걸어 들어갔다. 세인트 제임스 경기장으로 걸어 들어가는 것과 비슷했다. 모두 나를 보았다. 하지만 여기 있는 얼굴들은 즐기러 온 것이 아니었다. 캘럼 아저씨가 왜 죽었는지 알아내기 위해 있는 사람들이었다. 마치 양 팀의 팬들처럼 모두 와 있었다. 내 쪽은 엄마, 티나 이모, 그렉 이모부, 마틴 외삼촌, 쉴라 외숙모, 할머니. 또 너무 슬픈 표정의 메건 아줌마와 사진으로만 보았던 아빠의 코너 삼촌도 있었다. 그리고 캘럼 아저씨 쪽에는 루이즈 아줌마, 이안 아저씨, 캘럼 아저씨의 엄마, 그리고 이름이 기억나지 않는 사람들이 있었다.

나는 증인석으로 갔다. 몸이 미친 듯이 떨렸다. 먼저 증인 선서문을 읽으라고 했다.

"나는 엄숙하고 경건하게 진실만을 말할 것을 맹세합니다."

278

가발을 쓴, 이상하게 생긴 사람이 나왔다. 아빠를 감옥에 넣으려는 사람인 것 같았다. 나에게 엄청나게 많은 질문을 했다.

나는 모든 것을 말했다. 내 머릿속에 있는 일을 엄마에게 하나도 말하지 않았는데 사람들이 가득 찬 이곳에서 다 이야기하고 있다니, 얼마나 아이러니한가?

캘럼 아저씨를 처음에 만났을 때로 돌아갔다. 돈, 장군, 미소 등. 캘럼 아저씨의 가족들은 그런 이야기만 듣고 싶을 것이다. 내가 그다음에 한 이야기는 듣기 싫을 것이다. 술 마시고 욕하고 때리는 캘럼 아저씨의 모습에 대한 이야기들. 캘럼 아저씨의 가족들은 이런 모습을 몰랐다.

흐느끼는 소리가 들렸다. 어디서 나오는 소리인지 확실하지 않았다. 그리고 나는 인터넷에서 찾은 것을 말했다.

일주일에 두 명의 여성이 죽는다.

엄마가 그중 하나가 되기를 원하지 않았다고 했다. 반 친구들에게 이럴 때 어떻게 하겠냐고 물었더니, 모두 아빠에게 해결해 달라고 할 거라고 해서 나도 그렇게 했다고. 아빠를 찾아 스코틀랜드로 갔다고 말했다.

"아빠는 어떻게 찾았니, 대니?"

침을 꿀꺽 삼켰다.

밝히고 싶지 않지만 법정에서는 거짓말하면 안 된다. 이모가 용서해 주기를. 엄마도 나를 용서해 주기를 바랐다.

"티나 이모가 말해 줬어요."

"아빠에게 간 다음에 무슨 일이 일어났지?"

스코틀랜드에서 있었던 일을 이야기했다. 아빠의 약혼자가 떠난 것은 빼고. 아빠에게 캘럼 아저씨를 처리해 달라고 했지만, 아빠는 절대 하지 않겠다고 한 것도 말했다.

질문이 끝났다.

나는 엄마 옆으로 가서 앉았다. 엄마가 화를 낼 거라고 생각했다. 하지만 놀랍게도 엄마는 "잘했다, 대니." 하고 속삭였다.

다음은 엄마가 대답할 차례였다. 엄마는 나보다 더 힘들 것 같았다. 엄마가 말하고 싶지 않은 것까지 다 말해야 하기 때문이다. 하지만 나는 엄마가 자랑스러웠다. 엄마는 캘럼 아저씨가 한 나쁜 일을 모두 다 이야기했다.

검사는 지금 캘럼 아저씨가 재판을 받는 게 아니므로 질문을 그만해야 한다고 했다. 하지만 판사는 캘럼 아저씨의 행위가 이 사건과 관련이 있으므로 계속해야 한다고 했다.

맞다.

만약 캘럼 아저씨가 그런 짓을 하지 않았다면, 이런 일은 일어나지 않았을 것이다. 다음은 아빠의 차례였다.

아빠는 양복을 입고 있었다. 정말 똑똑해 보였다. 나에게 살짝 웃어 보였다. 아주 째깐한 웃음이었다. 아빠도 내가 말했던 걸 모두 말했다. 단, 스코틀랜드 사투리로. 아빠는 살인 혐의에 대해 '무죄'를 주장했다.

아빠는 어떻게 캘럼 아저씨를 찾아냈고, 술집을 알았는지 이야기했다. 그리고 한 번 만나야겠다고 마음먹었다는 것도 말했다.

검사는 나에게 할 때보다 아빠에게 훨씬 깐깐했다.

"왜 게이츠헤드까지 왔습니까?"

"제프리스 씨에게 겁주고 싶었습니다."

"죽이려 했습니까?"

"아닙니다. 만약 그럴 생각이었다면 무기를 들고 왔을 겁니다."

"뭘 하려고 했습니까?"

"저는 제프리스 씨가 대니 엄마를 때리는 걸 막기 위해 완력을 쓸 생각도 했습니다. 하지만 비틀거리며 길을 걸어오는 그 사람을 보자 그럴 수가 없었습니다."

"그래서 뭘 했죠?"

"저는 제프리스 씨에게 킴을 그냥 놔두라고 소리쳤습니다. 게이츠헤드에서 떠나라고 했습니다."

"그러자 제프리스 씨는 어떻게 했습니까?"

"주먹을 들고 저에게 달려들었습니다. 그래서 저는 그 사람을 밀쳤습니다."

"제프리스 씨를 때렸습니까?"

"아니오. 그냥 밀었을 뿐입니다."

나는 전혀 몰랐다. 아빠가 캘럼 아저씨가 뻗을 때까지 두들겨 팼다고 생각했다.

"제프리스 씨는 체격이 큰 사람이었습니다. 그런 사람을 넘어뜨리려면 꽤 힘이 필요했을 텐데요."

"저는 단지 저에게서 밀어내기만 했을 뿐입니다. 제프리스 씨가 취하지 않았다면 넘어지지 않았을 겁니다."

"그럼 당신은 취해서 정신없는 사람을 괴롭혔단 말입니까?"

"제프리스 씨가 저를 공격했습니다. 정당방위였어요."

"그러고 나서 뭘 했습니까?"

"제프리스 씨가 머리를 부딪친 걸 보았습니다. 그래서 숨을 쉬는지 확인을 하고 자리를 떴습니다.”

말이 되는 것 같았다. 배심원들도 그렇게 생각하는지 살펴보았지만, 열두 명 모두 표정이 없었다.

아빠는 막힘없이 술술 대답했다. 준비를 잘한 것 같았다. 나보다 훨씬 나았다.

질문이 다 끝났다. 가발을 쓴 두 사람 모두 더 이상 질문하지 않았다. 둘은 각각 배심원에게 이야기했다. 한 사람은 아빠가 캘럼 아저씨를 죽이려는 의도를 가지고 게이츠헤드로 왔다고 말했고, 또 다른 사람은 그렇지 않다고 했다.

배심원들이 판결을 위해 퇴장했다.

우리는 배심원들이 회의하는 동안 밖으로 나왔다.

뉴캐슬 형사 법원 밖에서 사람들이 웅성거리고 있었다. 캘럼 아저씨의 가족들은 ‘우리에게서 멀리 떨어져.’ 하는 표정으로 나와 엄마에게서 멀찍이 떨어져 있었다.

엄마는 법정에서 이야기를 듣고 티나 이모에게 갔다.

“어떻게 그럴 수가 있어?”

“무슨 말이야?”

티나 이모가 말했다.

“대니한테 스티브 주소를 줬잖아.”

“대니가 아빠에게 편지 쓰고 싶다고 했어. 나는 직접 만나러 갈 거라고는 상상도 못 했다고.”

이 말에 엄마의 흥분이 가라앉았다.

“스티브가 어디 사는지 어떻게 알았어?”

"나랑 제일 친한 친구였잖아. 기억나?"

티나 이모가 사람들이 모여 담배 피우는 쪽을 눈으로 가리켰다. 엄마의 눈이 이모의 눈길을 따라갔다.

"레이첼, 스티브의 누나."

"아, 그래. 생각난다. 스티브를 파티에 데려왔지."

"레이첼한테 스티브의 주소를 받았어. 혹시 대니 일로 연락할 필요가 있을 때를 위해서."

엄마와 이모, 두 자매는 탁한 타인강을 바라보았다.

"그 동안 너는 왜 나에게 이야기 안 했니?"

이모의 질문에도 엄마는 강만 바라보았다.

"그 크리스마스에 뭔가 잘못되고 있다는 걸 알았어. 답 전화도 없고, 나랑 만나지도 않았잖아. 왜 내 전화를 받고 이야기하지 않았니?"

이모는 강 위로 나무토막이 떠내려가는 걸 보며 말했다.

엄마는 속상해 보였다. 이제 모든 사람이 엄마가 침실 네 개에 큰 텔레비전이 있는 집에 살기 위해서 캘럼 아저씨가 한 짓—농담, 욕, 주먹질—을 견뎠다는 걸 알게 되었다.

"그게 어떤 건지 언니는 몰라."

이모는 엄마를 안았고, 둘은 울기 시작했다. 엄마가 흐느끼며 말했다.

"언니한테 계속 신세 지고 싶지 않았어. 난 대니를 위해 뭔가 해 주고 싶었어. 그게 좋은 거라고 생각했어."

엄마랑 이모는 한참 부둥켜안고 있다가 떨어졌다. 엄마는 드디어 미소를 지었다.

"전화할게."

"그러면 좋겠다."

이모는 엄마의 볼에 입 맞추고 걸어갔다.

엄마가 이모와 이야기한 내용에 대해 생각하는 동안 누군가 다가왔다. 낡은 신발을 신고 담배를 피우고 있는 할머니였다. 그 사람은 서서 나를 보았다. 슬픈지, 화났는지, 아니면 둘 다인지 알 수가 없었다. 캘럼 아저씨네 가족 중 한 명이라고 생각했다.

"왜 그러세요?"

엄마가 그 사람을 보면서 물었다.

"내 손자를 제대로 보고 싶어서 그래요."

아빠의 엄마였다. 엄마는 뭐라고 해야 할지 몰랐다. 하지만 아빠의 엄마는 알았다.

"문제를 일으키다니, 부전자전이구나."

할머니는 아스팔트에 담배를 눌러 껐다. 체격이 큰 남자가 와서 할머니에게 팔을 둘렀다. 아빠의 삼촌인 코너 큰할아버지였다.

"이리 와요, 쉴라."

코너 큰할아버지는 스코틀랜드 억양으로 크게 말했다. 큰할아버지는 할머니를 데려가면서 나에게 도끼눈을 떴다. 코너 큰할아버지는 할머니에게 아빠가 말썽 피우지 않게 잘 보살피겠다고 약속했을 것이다. 내가 아빠를 생애 최악의 문제에 빠뜨렸으니, 나에게 도끼눈을 뜨는 것도 무리는 아니다.

"엄마, 부전자전이 무슨 뜻이야?"

엄마는 할머니가 멀어지는 걸 보았다.

"아무것도 아니란다. 아무것도 아니야."

우리는 난간에 기대서서 흙탕물이 천천히 바다 쪽으로 흘러가는 걸 보았다. 저 물은 다시는 뉴캐슬을 보지 못하겠지. 아빠는 언제 뉴캐슬을 다시 볼 수 있을지 궁금했다.

세 시간 반 후에 배심원들이 판결을 가지고 왔다. 살인에 대해서는 무죄였다. 그리고 과실 치사는 유죄였다.

아빠는 4년 형을 선고받았다.

재회 그리고 편지

엄마와 나는 더 이상 그 일에 대해 이야기하지 않는다. 우리 둘 다 말해야 할 건 다 말했다. 캘럼 아저씨는 떠났고, 어떤 말로도 돌아오게 할 수 없다.

엄마는 전처럼 나에게 화난 것 같지는 않았다. 내가 엄마에게 상처를 주기 위해 한 일이 아니라는 걸 아는 듯했다. 나는 엄마를 구하려고 했던 것뿐이다. 엄마는 이상하게 캘럼 아저씨를 그리워하는 것 같았다. 하지만 더 이상 캘럼 아저씨 이야기를 하지는 않았다. 그리고 컴퓨터에서 누군가를 찾지도 않았다. 아마도 남자라면 질렸나 보다.

친구들과 익숙한 동네를 떠나 강 건너에 사는 건 맘에 안 들었다. 무엇보다 에이미가 그리웠다. 밤마다 눈을 감고 에이미의 얼굴을 떠올리며 함께했던 시간을 생각했다. 에이미의 몸이 나에게 가까이 있고, 우리의 입술이 부드러운 자석처럼 밀착되었을 때를 그리워했다. 나는 더 이상 울지 않겠다고 약속했지만, 가끔은 참을 수 없어 베개를 적셨다.

재판이 끝나고 한 달 뒤 일이었다.

"대니, 누가 찾아왔다."

나? 나를 찾아올 사람이 없는데, 이제는. 현관으로 갔다.

'에이미'였다. 아빠가 거기 서 있었다고 해도 이토록 놀라지는 않았을 것이다. 에이미는 미소를 지으며 말했다.

"대니, 안녕!"

에이미는 화장을 하나도 안 했지만 여전히 멋졌다.

"들어가도 돼?"

"응, 물론이지."

우리는 부엌으로 가서 앉았다. 엄마는 다른 데로 자리를 피해 주었다. 나는 에이미에게 키스하고 싶었지만 그럴 수 없었다. 에이미가 왜 왔는지 알 수가 없었다.

"나, 재판 때 갔었어."

"그랬구나."

"응, 무슨 일이 있었던 건지 듣고 싶었어."

"난 너 못 봤는데."

"코트를 얼굴까지 끌어올리고 뒤쪽에 앉아 있었거든."

에이미가 있는 걸 몰랐던 게 다행이었다. 사람들의 눈이 모두 나를 보고 있는 것만으로도 충분히 끔찍했으니까.

"난 여전히 네가 바보 같은 짓을 했다고 생각해, 대니. 특히 나한테 말하지 않은 거. 하지만 네가 왜 그랬는지 알 것도 같아."

진짜 행복하면서도, 한편으로 헷갈렸다.

"그럼 왜 빨리 안 왔어? 재판은 벌써 한참 전에 끝났는데."

에이미는 뭐라고 말해야 할지 잘 모를 때처럼 바닥을 내려다보았다.

"엄마, 아빠한테 그 이야기를 했어. 나는 너를 다시 만나고 싶다고 했는데, 엄마와 아빠 둘 다 죽어도 안 된다는 거야."

"하지만 너 지금 여기 왔잖아."

"그래, 맞아. 네가 떠올라 참을 수가 없었어. 대니, 정말 보고 싶었어."

에이미가 일어섰고 우리는 다시 떨어지고 싶지 않은 듯 꽉 껴안았다.

이렇게 에이미가 내게 돌아왔다. 앞으로는 에이미에게 모든 것을 다 말하겠다고 약속했다.

우리는 주말에 만나서 가능한 한 게이츠헤드에서 멀리 떨어진 곳으로 갔다.—휘틀리베이, 더럼, 사우스쉴즈, 타인머스 등. 역사는 반복된다. 나랑 아빠가 에든버러에서 그랬듯이 누구도 우리 둘이 같이 있는 걸 볼 수 없도록 했다.

에이미는 자기 부모님에게 친구를 만난다고 했다. 이건 세상에서 제일 큰 거짓말은 아니다. 난 엄마에게 사실대로 말했다. 엄마는 반대하지 않았다. 엄마는 에이미가 나랑 잘 어울린다고 했다.

모든 것이 다 끝난 지금은 잠을 좀 잔다. 하지만 가끔 한밤중에 일어나서 그동안 있었던 일을 떠올렸다. 스코틀랜드의 침대에 누워 있는 메건 아줌마를 생각하고, 감옥에 있는 아빠를 생각하고, 내 옆방에 있는 엄마를 생각했다. 나 때문에 모두 혼자가 되었다.

나에게 새 방이 생겼다. 지난번 방에 비하면 후졌지만, 나를 기분 좋게 하는 몇 가지가 이 방에 있다. 에이미가 준 키스로 뒤덮인 열다섯 번째 생일 카드와 아빠와 함께 간 산꼭대기에서 가져온 돌멩이와 에든버러에서 아빠가 사 준 축구공, 5파운드짜리 스코틀랜드 지폐, 그리고 마지막으로 아빠의 사진이다. 아무도 제대로 된 사진을 가지고 있지 않아서 뉴캐슬 형사 법정 바깥에 있던 신문에서 구했다. 거기에는 '에든버러 남성 유죄'

라고 쓰여 있었다. 나는 그 부분을 찢어 버렸다.

　하지만 제일 중요한 것은 서랍 바닥에 있다. 내가 가지게 될 거라고 상상도 못했지만 갖게 된 것. 엄마가 나에게 주었다. 더럼 감옥에서 온 편지다. 엄마는 읽고 싶어 하지 않았지만, 나는 읽었다.

대니에게

너에게 절대 편지를 쓰지 않겠다고 말한 걸 기억해. 하지만
이제는 모든 게 바뀌었어. 나에게 무슨 일이 있었는지 생각할
시간이 많다 보니, 너한테 내 기분을 이야기해 주고 싶었단다.
나도 무척 힘든 일이었지만, 너도 역시 힘들었지? 메건은 두어 번
면회는 왔지만 계속 내 곁에 있을 거 같진 않구나. 메건도
힘들 거야. 부모님이 날 면회하는 것조차 반대하시거든. 다시
나를 만나지 않겠다고 해도 난 메건을 원망하지 않을 거야.
그러다 보니 네 생각이 났어.
한편으로 네가 밉기도 해. 내 인생이 슬슬 자리를 잡아 가고
있을때 네가 나타났거든. 하지만 나는 널 탓하지 않을 거야.
넌 단지 네 엄마를 돕고 싶었던 거고, 그걸 할 수 있는 사람이
나밖에 없다고 생각했던 거니까. 그 일을 한 내가 바보였지.
그러니까 대니, 자신을 너무 괴롭히지 마. 일어난 일은 일어난
거야. 내가 게이츠헤드로 가서는 안 됐지만, 네가 에든버러에
왔다 간 이후 네가 한 말에 대한 생각을 멈출 수가 없었어.
네가 엄마의 남자 친구가 그런 짓을 하는 집에서 매일 밤
침대에 누워 두려움에 떤다고 생각하니 참을 수가 없었단다.

그래서 그랬던 거야. 나는 그냥 캘럼 씨에게 겁을 줘서 떠나게
하려 했던 것뿐이었어. 내 인생이 언제나 그랬듯 이번에도
잘못 흘러갔지만…….

하지만 대니, 난 네가 이걸 꼭 알아줬으면 좋겠어. 난 네 엄마를
위해서가 아니라 너를 위해서 행동했다는 거.

만약 메건이 나를 떠난다면, 내게는 아무도 없겠지. 너를 여기로
데려와 줄 사람도 없을 테고. 그러니까 편지로 어떻게 지내고
있는지 알려 준다면 너무 기쁠 거 같아.

아직도 그 아이랑 사귀고 있니? 아직도 미니 골프 세계 챔피언이니?
물수제비를 잘 던지던 네 팔은 어때? 최근에 높은 산에
올라간 적 있니? 내가 평생 여기 있는 건 아니니까,
여기서 나가면 너에게 제대로 된 아빠가 될 거라고 약속할게.
너도 좋은 아이가 되도록 노력하렴.

사랑한다.
너의 아빠 스티비

추신: 페널티 킥을 할 때는 고개를 숙이고 공을 보는 걸 잊지 마라.

백만 번은 읽었는데도 아직도 편지를 읽으면 기분이 이상했다.

아빠를 정말 힘들게 찾았지만, '찾지 않았다면 좋았을걸.' 하고 생각할
때가 있다. 하지만 아빠의 편지를 읽을 때면 찾기를 잘했다는 생각이 들
었다.

다만, 아빠를 보러 가서 '캘럼 아저씨를 손봐 달라고 말하지 않았다면
좋았을 텐데…….' 하고 생각한다. 아빠 대신 경찰이나 가정 폭력 상담소

에 전화했어야 했다. 에이미에게 이야기했어야 했다. 누군가에게 말했어야 했다. 하지만 이미 너무 늦었다. 시계를 거꾸로 돌릴 수는 없는 법이다.

아빠가 감옥에서 나올 때 엄마와 함께 가서 기다리고 싶다. 에이미와 갈 성격의 여행은 아닌 것 같으니까. 아빠가 그렇게 나쁜 사람이 아니라는 걸 엄마도 알 테니 말이다.

아빠가 감옥 문을 나오면, 나는 아빠를 있는 힘껏 꼭 껴안은 다음 기차를 타고 바닷가로 갈 것이다. 우리는 식당에서 피시앤칩스를 먹고, 이야기하고 웃으며 계획을 세울 것이다. 그러고 나서 바닷가로 산책하러 갈 것이다. 공을 가져가서 셋이 함께 차야지. 엄마는 공을 따라 달리려고 할지도 모르겠다. 돌멩이 몇 개를 찾아 물수제비 시합도 하고 싶다. 그러고 나서 모래사장에 털썩 주저앉아 바다를 바라볼 것이다. 원래 그랬어야 할 모습으로. 처음으로 셋이 함께.

엄마, 아빠 그리고 나.

가정 폭력 발생 직후 도움이 필요한 경우,
여성긴급전화 1366에 전화하면
응급조치, 병원 후송, 친인척 연락 등 신속한 도움을 받을 수 있습니다.

청소년문학의 봄 02

은밀하고
위험한
엄마 구출 작전

초판 1쇄 2021년 4월 5일 | **2쇄** 2022년 2월 4일
글 맬컴 더피 | **옮김** 조수연 | **표지그림** 김성용
펴낸이 박우일 | **만든이** 김난지 | **꾸민이** 디자인 나비 | **제작** (주)웅진, 신홍섭
펴낸곳 봄개울 | **등록번호** 390-96-00662 | **주소** 강원도 춘천시 남면 충효로 750-12
전화 033-263-2952 | **팩스** 0303-3130-2952
이메일 bomgaeulbook@naver.com
블로그 blog.naver.com/bomgaeulbook

ISBN 979-11-90689-17-5 (43840)

제조국 대한민국 **사용연령** 10세 이상
주의사항 종이에 베이거나 긁히지 않도록 조심하세요.
책 모서리가 날카로우니 던지거나 떨어뜨리지 마세요.
KC마크는 이 제품이 공통안전기준에 적합하였음을 의미합니다.